모던 경성과 전후 서울

모던 경성과 전후 서울

초판인쇄 2022년 12월 28일 **초판발행** 2022년 12월 30일
지은이 한국문학연구원
펴낸이 최대석 **펴낸곳** 모던앤북스 **출판등록** 제2008-04호
주소 서울시 중구 명동길 61, #717
전화 031-581-0491 **팩스** 031-581-0492
전자우편 book@happypress.co.kr

값 30,000 ⓒ한국문학연구원, 박주택 외
ISBN 979-11-91384-41-3

이 책의 국립중앙도서관 출판예정도서목록(CIP)은 서지정보유통시스템 홈페이지(http://seoji.nl.go.kr)와
국가자료공동목록시스템(http://nl.go.kr/kolisnet)에서 이용하실 수 있습니다.
모던앤북스는 행복우물출판사의 임프린트입니다.
본 저서는 2022년 서울문화재단 예술인지원사업의 지원을 받아 출간되었습니다.

모던 경성과 전후 서울

한국문학연구원

박주택 외

이구용 | 이근영 | 박성준 | 최　연 | 김원경
김태형 | 김웅기 | 이지영 | 최민지 | 인수봉

차례

제1장 모던 경성 태동기, 개화기(~1910년대)

제2장 사상과 분열의 시대, 모던 경성 형성기(1920년대)

제4장 해방과 전후 서울

총론

경성/서울은 대한민국의 수도이자 문화를 견인하는 국제도시로 다양한 문화콘텐츠와 역사를 들여다볼 수 있는 다수의 지표가 존재한다. 1910년 일본으로부터 국권을 침탈당한 이후 한양은 경성으로 개칭되고 일본의 식민정책에 따라 개화가 이루어지며 식민지 근대 도시로의 모습으로 점차 변모하게 된다.

경성은 나라 잃은 민족의 슬픔과 국권 회복에 대한 강렬한 의지와 욕망이 발현되는 공간이었다. 또한 새로운 문화와 과학기술로 대변되는 근대(성)에 대한 지식인들의 관심과 이를 통해 대중의 의식 수준을 제고하여 나라를 되찾겠다는 계몽주의적 발상이 혼재하는 공간이었다. 말하자면 조선이 갖고 있었던 유교적 관습과 봉건적 문화로부터 탈피하여 근대문명을 받아들이는 가운데 일면에서는 일본의 식민정책에 편승하는 위험 요인도 함께 내재하는 공간이었던 것이다.

민족의식과 근대의식은 식민지라는 지정학적 공간 안에서는 상충될 수밖에 없는 심급이었다. 오늘날 근대 경성의 중심지였던 명동과 종로, 그리고 청계천과 한강, 인쇄 골목이 있는 을지로 등에는 건물

자체가 그대로 보존되어 있는 것을 볼 수 있다.

당시 세워진 경성역, 은행, 주식회사, 학교 등은 일본의 도시계획에 따라 세워진 것이며 건축 양식 또한 조선의 전통적 양식과는 거리가 먼 근대양식으로 축조된 것이었다. 민족문화의 관점에서 이 같은 흔적은 철거의 대상이 되기도 하지만 문화의 관점에서는 경성/서울의 변화 양상을 살필 수 있는 중요한 자료가 되기도 한다.

『모던 경성과 전후 서울』은 문화적 관점에서 경성에서 서울로 이어지는 근대문화의 역사를 재구하는 것을 목적으로 한다. 당시 '모던'이라는 개념은 경성/서울이라는 공간을 지배하는 하나의 주류 미학이었다. 모던은 조선적인 것의 대척점에 있는 양식을 의미하며 의식주부터 의식에 이르기까지 모든 것에 영향을 끼치는 중요한 테제였다. 당시에 시도되었던 문학, 음악, 미술 등의 예술 분야 또한 조선이 가지고 있었던 전통적인 미와는 다른 것이었다. 말하자면 사진과 영화라는 과학기술을 활용한 예술이 등장하고 백화점과 같은 새로운 상업문화가 등장하면서 생활양식이 급격하게 변화되었다.

최근 서울을 비롯해 지방 곳곳에서 근대문화의 형성과정과 그 역사를 짚어 보는 문화적 고찰 사례가 늘고 있다. 그 가운데에서도 이러한 사례가 가장 많은 도시는 단연 서울이라 할 수 있다. 『모던 경성과 전후 서울』은 이러한 근대문화에 대한 고찰을 실증적 자료로 보충하고 근대(성)에 대한 단편적 인식을 확장하고 구명하는 차원에서 발간되었다. 이를 통해 우리는 국권 침탈 이후 해방공간까지 경성/서울이라는 공간에서 자생하였던 문학작품과 기사문 등을 망라하여 당시의 문화 풍경을 조망하고 그 의의와 가치를 살필 수 있을 것이다.

도시란 고대 도시국가(polis)의 개념에서 차용된 국가행정 차원의 지방정부를 의미하는 것이지만 그 안에서 만들어지는 문화가 도시의 외연을 장악하는 경우가 많았다. 즉 도시의 가치나 생활환경은 그 공간을 점유하고 있는 '시민'들의 사고방식과 생활양식에 따라 현저하게 달라지는 것이다. 따라서 도시의 발전은 시민들에게 양질의 생활환경을 제공하고 그 가치를 제고할 수 있는 계획이 국가주도적으로 실천할 때 일어나는 것이 아니라 시민의 생활양식 안에서 도시 고유의 장소감을 찾고 문화의 흔적을 보존할 때 더욱 간취될 수 있는 것이었다.

서울은 수도로서 발전을 이루는 한편 그것이 지속적으로 국가주도적 차원에서 이루어져 왔다는 데에서 문제점을 안고 있다. 이러한 사정으로 식민지 경성의 모습은 일본 식민지기의 잔재로 치부되기 마련이었다. 그러나 도시문화란 시민들의 생활양식과 당대의 메커니즘을 추적하는 문화주의의 관점에서 인간의 행위를 규제하는 제도와 구조로부터 어떤 모습으로 변화해 갔는지를 조망할 때 올바른 접근이 가능하다.

오늘날 근대에 대한 기억은 더 오래된 역사보다도 멀리 사라졌다. 서울 소재의 역사관, 박물관, 문학관, 미술관 등이 문화 공간으로 존재하고는 있지만 실제로 이곳을 찾는 관람객은 줄고 있다. 전통문화에서 현대문화로 발전해오는 과정에서 근대문화가 축소되어 있는 것을 이어줄 수 있는 것은 당대의 자료다. 당시에 발표된 문학작품뿐만 아니라 기사문, 르포와 같은 실제를 접함으로써 근대문화의 역사를 이해할 수 있을 것이다. 이점에서 서울에서 태생한 자료들을 추적하는 것은 중요한 작업이 아닐 수 없다. 도시문화에 대한 관점과 문제의

식에 따라 진행된 핵심 연구에서 중요한 것은 당시 발표된 자료를 최대한 발굴하여 '객관성'에 근거를 두고 자료를 선별하는 작업이라 할 수 있다. 이는 지정학적 관점에서의 근대(성)의 지형을 정확히 이해할 수 있도록 만듦으로써 스낵컬처(snack culture)로 소비되는 문화가 아니라 한국의 문화와 역사를 올바르게 이해하는 데 기여할 것이다.

로컬리티는 전근대가 양산하였던 기존 질서에 비판과 충격을 가하고 그 균열을 바탕으로 새로운 구조를 만드는 데 있어 공간의 역할이 중요하다는 사실을 전제한 인문학적 개념이라 할 수 있다. 이를 통해 전근대적 양식이었던 '한양'에서 근대적 양식이 된 '경성', 그리고 해방 이후 오늘날의 모습으로 변모해 온 '서울'까지의 변화 양상을 '근대'에 초점을 두고 당대 지식인과 대중이 어떤 방식으로 생활양식을 바꿔 가며 자주적인 근대성을 지니게 되었는지 살피는지가 중요하다. 이 점에서 치욕의 공간에서 모뉴먼트의 공간으로 재독할 수 있는 경험을 마련하여 근대문화를 올바르게 이해하고 문화적·상징적·매체적 의미를 재조명하는 과정을 통해 근대 공간의 체현을 추구한다는 점에서 『모던 경성과 전후 서울』이 의의를 지니고 있다고 할 수 있다.

『모던 경성과 전후 서울』은 식민지기 경성에서 해방 이후 서울로 이어지는 근대문화가 단순히 일본에서 이식된 것이 아니라 정치적 폭력성을 이겨내면서 자생적인 문화로 탈바꿈을 위한 실천이 무엇이었는지를 추적한 결과물이다. 『모던 경성과 전후 서울』이 제시하는 근대문화의 로드맵은 예술작품과 기사문, 르포 등에 나타난 문화의 양상이라는 측면에서 문화사적 기능을 축약한다. 이를 통해 연구자들이 활용하는 연구서적으로서의 가치도 중요하겠지만 독자로 하여금 경성/

서울에 대한 이해를 제시하고 전통문화와 현대문화가 혼효하고 있는 서울을 어떻게 바라볼 것인가 하는 궁극적 질문을 제시하고자 한다.

과거에서 오늘날에 이르기까지 한국의 문화는 서울의 다양한 장소들과 함께 하였다. 이 같은 장소에 대한 이해는 서울이 만들어온 문화를 간접적으로 체험하게 되는 것과 같은 효과를 주며 서울이라는 공간 자체에 대한 문화적 접근을 용이하도록 한다. 길상사와 백석의 이야기, 심우장과 한용운의 이야기, 마리서사와 김수영의 이야기 등 익히 알고는 있지만 장소와 작가의 관련성이 드러나는 자료를 실제로 접해 보는 것이 바로 이러한 예이다. 『모던 경성과 전후 서울』은 다방면에서 관련 작품과 자료를 탐색하였다. 그 결과 당대 문화를 견인하였던 예술작가들의 생가나 활동지 등 경성/서울을 소재로 한 장소들의 본원적 의미를 유추할 수 있는 자료들을 선별하였다. 이를 통해 서울이라는 공간을 새로운 '기억 문화'의 공간으로 탈바꿈하고 문화적 기억의 새로운 축적을 통해 자료집 이상의 가치를 구현하도록 하였다. 즉 서울의 새로움을 연구하기 위해 다양한 사료를 검토하고 이전까지 주목받지 못했던 문학 작품과 당대 담론의 관계성을 토의하며 문학과 문화로서 가치를 마련하고자 하였다.

최근 한국의 문화가 국제적으로도 관심을 받는 가운데 '극복해야 할 기억'으로 바뀌고 있다. 그러나 당시 발표되었던 자료를 통해 발견하게 되는 메커니즘은 훨씬 복잡한 것이었다. 이 점을 고려하여 『모던 경성과 전후 서울』은 역사적·정치적·문화적 기억으로서 근대를 조망함으로써 근대(성)가 가져온 서울의 여러 면을 두루 살피고자 하였다. 이를 기반으로 경성/서울이 숨겨온 "새로움"을 알리는 토대와 문화가

지향하는 방식에 참조항이 되는 것이 목적이었다.

『모던 경성과 전후 서울』의 구성은 1장 모던 경성 태동기, 개화기 (~1910년대), 2장 1920년대-사상과 분열의 시대 "모던 경성" 형성기, 3장 1930년대 경성의 "곳" - 여행·소비·모더니즘, 4장 해방과 전후 서울로 구성되어 있다.

1장에서는 국권침탈 이후 일본의 도시계획에 의해 대한제국의 수도가 쇠락과 동시에 발전의 길을 걸을 수밖에 없었던 상황을 바라보았다. 이에 따르면 1910년 8월 29일 대한제국이 멸망함에 따라 수도 한성 역시 식민지 수도 경성으로 격하되어야만 했다. 당시 왕실이 저항의 심층적 근거로 작용하고 있었지만 경성의 도시화 계획은 조선의 이미지를 조각내거나 지우는 일에 더욱 가깝게 진행되고 있었다. 은행과 주식회사가 들어서고 유교 문화가 사라지는 시대적 변화에 따라 생활양식도 변화하기 시작했다. 이 시기 이화학당을 비롯하여 정동여학교, 배화학당, 숭의여학교 등 여학교가 설립됨으로써 여성의 사회적 진출에 대한 기반이 마련되고 여성 중심의 소비문화가 자리잡기 시작하였다. 1910년대까지의 수도 한성과 도시 경성의 공존은 점차 식민지 근대 도시의 기틀이 마련되어갔다. 중요한 것은 근대화에 따른 대중적 열망과 '문화통치'가 교묘한 합을 이루며 새로운 도시 이미지가 생성됐다는 것이다. 이른바 '모던 경성'이다. 따라서 이 시기를 '모던 경성'의 태동기라 칭해질 수밖에 없는 이유가 여기에 있다.

2장에서는 3·1운동 이후 경성의 변화된 모습을 탐색하였다. 국권침탈에 따른 대대적인 항거 이후 일제는 무력에 의한 강압보다는 문화적 회유와 민족의 분열을 꾀하는 방식으로 통치의 가닥을 잡았다.

교육의 기회가 많은 조선인에게 주어져 재일 조선 유학생이 증가하는가 하면 조선인이 관리로 채용되는 변화가 이루어졌다. 일본의 회유정책은 조선 내 일용직과 여성 노동자에 대한 수요 증가로 이어지고 동경 유학생을 중심으로 사상적 계몽운동이 주도되면서 경성의 근대(성)는 더욱 주체적인 면모를 띠게 된다. 그런가 하면 20년대 경제정책은 자본의 불균형적 분배를 가져왔다. 경성에 거주하는 일본인과 조선인 간의 심각한 자본적 격차는 경성, 혹은 경성 부근으로 이주해 온 조선인들이 대부분 단순노동직·일용직 등을 통해 생계를 유지하도록 만드는 배경이었으며 청소부, 거지, 청요리집, 신기료장수, 넝마주이 등의 직업으로 인해 조선인은 서민·빈민층 생활을 유지할 수밖에 없었던 것이다. "그대들은 果然(과연) 朝鮮人(조선인)을 爲(위)하여 誠意(성의)잇는 政治(정치)를 하엿다고 할 수가 잇는가"라고 비판하였던 24년 《조선일보》의 칼럼은 이러한 20년대의 어두운 일면을 고발하는 외침이라 할 수 있다.

3장 1930년대 경성의 矣 - 여행·소비·모더니즘에서는 30년대 경성의 풍경을 여행·소비·모더니즘이라는 관점에서 개발의 명암을 다루었다. 경성 일대에 10~20년대에 걸쳐 조선은행(1912), 경성우편국(1915), 조선총독부(1926), 경성부청(1926) 등이 건설되고, 25년 경성역을 신축한 결과 경성은 30년대 전후 본격적인 근대 도시로서의 기능을 하기 시작한다. 인구수 역시 급증하기 시작했고 인구수 증가는 경성의 수도로서의 기능을 충족시킴과 동시에 '관광도시'로의 발전을 가능하게 만들었다. 관광 사업과 인프라의 확충을 통해 이전보다 경제적·문화적인 발전을 거듭하게 된 경성에서 시민들은 근대 도시 문화의 영향권 아래 살아가게 되었다. 이는 문화의 선도 역할을 맡는 계층의 등장과 이들을 대표할 수 있는 새로운 문화적 방법론을 발견하는 결과를 가져왔다.

이러한 경성의 문화적 황금기 이면에는 다양한 문제점이 도사리고 있었다. 급격한 도시화로 인한 전통 의식의 상실, 경성부 확대 이전까지 존재했던 경성 내 일본인-조선인 인구 불균형, 경성으로의 급격한 인구 유입으로 인한 빈민 발생, 경성과 지방 사이의 경제적·문화적 격차 발생 등의 문제가 산적했던 것이다. 결국 여러 긍정과 부정이 도사리고 있었지만 이 시기는 경성이라는 문화권이 형성된 시기라고 할 수 있다.

4장 해방과 전후 서울에서는 해방공간에서 경성이 서울로 개칭된 후 펼쳐진 정치적, 문화적 변모 양상을 다루고 있다. 이 시기 경성부가 서울시로 명칭을 변경하고 행정구역을 특별시로 승격시킴으로써 새로운 도시 공간으로 창조되고 있음을 알 수 있다. 이는 식민지의 잔재와 한국전쟁, 도시화 과정에서 상공업과 주거지가 혼재하는 환경을 통해서도 짐작할 수 있다. 해방을 맞이한 서울은 국권 회복의 감격과 자유 민주주의 국가 건설을 통한 새 삶을 구축해갔다. 이 시기 서울은 서구 문물과 가치관을 모방하고 새로운 풍속도를 그려갔다. 당구나 땐스홀, 베비골프 등 오락거리를 즐기는 문화가 팽배했으며 진고개와 혼마치로 불리던 충무로와 명동은 이러한 세태를 집약한 공간이었다. 또한 근대식 건물과 호화로운 음식점, 다방, 미장원, 양품점 등이 들어서며 새로운 취향과 취미를 소비하는 근대적 정체성을 드러낸다.

서울은 근대 도시로 진화하여 국가의 중심지 역할을 수행하며 무의식적인 선망의 공간이 되었다. 그런가 하면 자유와 문화적 욕망을 투영한 공간으로 부흥하며 밀매음과 빈민들이 들끓는 중층적인 공간으로 배치되기도 하였다. 또한 급격한 외래문화의 유입으로 이질성과 혼종성이 교차하는 변화를 어떻게 규정하고 적용할 것인가를 둘러싼 우려가 공존했다. 이는 식민으로 인한 기형적 근대화의 잔재와 외부세계에 대한 폐쇄적 태도 그리고 사회제도적 안전망의 미비와 무비판적 수용 등이 초래한 민낯이었다. 그렇다 하더라도 이는 근대화로 나아가는 서울의 가치들이 급격하게 접목되는 과정에서 보다 나은 삶을 강구하는 노력의 산물이라 할 수 있다.

『모던 경성과 전후 서울』은 근대도시로서 서울의 변천 과정의 역사를 통시적 관점에서 이해시키고자 하였다. 이러한 기획은 흥미로울 수 있는 자료의 구성을 통해 근대도시로의 새로운 여행을 가능하게 한다. 토대 콘텐츠 발굴에 있어 유용한 연구자료가 협업을 통해 이루어지는 연구 트렌드에 맞춰 연구 현장, 교육 현장, 언론/출판 현장, 번역 현장, 경제 현장 등 전문가들과 함께 토대연구의 일환으로 수행된 것이기 때문이다. 이 기반 자료의 발굴과 생성이 그 자체로 의미 있는 작업이 될 수 있을 것이라 기대하며 객관적 자료로 기능할 수 있도록 원전 검토에 노력을 기울였다. 이 같은 담론의 구조적 의의를 바탕으로 『모던 경성과 전후 서울』은 꿈과 현실, 사유와 실천, 미래와 현재의 만남을 가시화하는 사유를 검토했다.

장소애라는 개념은 한 공간에 축적된 개인의 추체험이 개인에게 미치는 정서적 영향을 의미하지만 이 같은 체험들이 모여 공동의 문화로 발전될 때 그것은 곧 장소성으로 변모하게 된다. 이와 같은 사유에 정초하여 시작된 『모던 경성과 전후 서울』은 국권을 상실하고, 국호를 바꾸고, 다시 국권을 회복하는 거대한 역사적 변천 속에 놓인 장소의 복잡다단한 문화적 구조의 표정을 담고자 노력하였다. 한국 문화의 글로벌화와 영향력이 지속적으로 확대되고 있는 이 시점에서 한국문화연구원이 의도한 연구의 가치와 의의가 독자들에게 잘 가닿기를 기대한다. 발간을 위해 힘써준 모던앤북스와 여러 방면에서 연구를 수행한 한국문학연구원의 연구 위원과 연구원들에게 깊은 감사의 말씀을 드린다.

한국문학연구원
원장 박주택

제1장

모던 경성
태동기, 개화기

(~1910년대)

모던 경성 태동기, 개화기(~1910년대)

대한제국의 수도는 일본의 도시계획으로 쇠락의 길을 걷는다. 1904년 8월 '제1차 한일 협약'으로 일본의 주권 침탈이 본격적으로 시작되고 이에 따라 주권을 뺏기지 않으려는 대한제국의 수도 한성의 저항과 식민화 계획에 따른 도시 경성의 공존이 연출된 탓이었다.[1] 이후 1905년 11월 '제2차 한일 협약(을사늑약)'으로 무게 중심은 급격히 기울기 시작하였고 1907년 7월 고종황제의 강제 퇴위와 함께 그 흐름은 더욱 가속화되었다. 1910년 8월 대한제국이 멸망함에 따라 수도 한성 역시 식민지 수도 경성으로 격하되어야만 했다. 경성의 도시화 계획은 조선의 이미지를 조각내거나 지우는 일에 더욱 가깝게 진행되고 있었다.

이 시작은 1907년 7월에 구성된 '성벽처리위원회'의 주도로 남대문의 좌우 성벽을 허물어뜨리는 일이었다.[2] 이어 황제의 자리에 오른 순종의 무료함을 달래기 위해 일제가 창경궁 안에 박물관, 동물원, 식물

---

1 성효진, 「한성과 경성의 불안한 공존: 식민지시대 서울의 도시 이미지 형성에 대한 연구」, 『미술사와 시각문화』22, 미술사와 시각문화학회, 2018, 92-94쪽.
2 이경민, 『경성, 사진에 박히다』, 산책자, 2008, 198-201쪽.

원 등을 조성하다가 1911년 창경원으로 그 명칭을 변경하였다. 같은 해 조선 최고의 교육 기관이었던 성균관은 경학원(經學院)으로 개편되어 일본의 식민 정책에 따른 교화 기관으로 그 목적을 달리하였고, 1915년에는 경복궁에서 조선총독부 주최 식민 통치 5주년 기념 '시정오년기념조선물산공진회(始政五年記念朝鮮物産共進會)'가 개최되기도 하였다.[3]

성 밖에서는 '시구개정사업(市區改正事業)'을 통한 근대화가 추진되고 있었다. 1912년 발표된 해당 사업으로 도시의 도로, 교량, 하천의 재정비가 본격적으로 이루어져 근대 도시의 기반인 전기와 수도의 설비가 가능해졌다.[4] 이는 종각의 위치를 변경하거나 덕수궁의 대한문을 뒤로 눌러 앉히는 등 과거 건축물의 훼철(毀撤)을 담보로 하는 것이었다. 이제 경성은 광화문 네거리와 남대문을 가로지를 수 있는 도로와 이를 다시 경성역과 연결한 직선 도로망을 품게 되었다. 조경을 위해 심어진 버드나무가 가로수 역할을 하고 있었고 그 너머로는 많은 수의 자동전화와 전등이 설치됐다.

반면 드물어진 것도 있었다. 물장수의 행렬이었다. 상수도의 보급으로 물장수의 행렬이 점차 보기 드물어지고 있었는데 1914년에는 배달 급수의 폐지로 이마저도 역사의 뒤안길로 사라지게 되었다. 그러나 인력거만큼은 달랐다. 전차의 등장에도 불구하고 인력거는 여전히 대중교통의 주요 수단으로 존재하며 행렬을 멈추지 않았다. 인력거의 바퀴가 점차 좋은 것으로 변하며 승차감이 나아진 탓도 있겠으나 당

---

3 염복규, 『서울의 기원 경성의 탄생』, 이데아, 2014, 25쪽.
4 권보드래, 『1910년대, 풍문의 시대를 읽다』, 동국대학교출판부, 2008, 114-115쪽.

시 주된 이용객이 일본인 혹은 중산층, 기생이었음으로 미루어 보아 그들에게 있어 인력거는 자신들의 지위나 재산을 과시하기 위한 상징처럼 기능했다.

중인계급 중심에서 가장 두드러진 용모 변화는 바로 단발이었다.[5] 유교 사상과의 충돌로 일찍이 고종 재위 시절부터 시도되고 있었던 단발령은 번번이 철회되기 일쑤였으나 1896년을 기점으로 배재학당을 중심으로 각 학교에서도 위생과 편리성을 이유로 단발을 시행하였고, 1900년대부터는 ≪황성신문≫, ≪대한매일신보≫ 등의 대중매체에서 단발령과 관련된 기사글과 이발소의 개업 관련 광고가 꾸준히 게재되기도 하였다. 신흥 계급으로 부상한 중인계급의 용모 변화가 점차 조선인 전체로 확장되는 대중화로 이어진 것이다.

1911년에는 이발업을 관리·감독하기 위한 경무총감부령 제6호 전문 11조의 '이발영업취체규칙(理髮營業取締規則)'이 제정되기도 하였다. 현재로서는 최초의 이발사에 관한 출처를 명확히 찾아볼 수 없으나 다만 고종의 단발 후 국왕의 머리를 손질하기 위해 궁에 들어간 안종호가 최초의 이발사라고 전해질 뿐이다. 기록에 따르면 조선인이 운영한 최초의 이발소는 1901년 인사동에서 개업한 '동흥이발소'라고 전해지는데 후에 광화문으로 옮겨 이름 역시 '광화문이발소'로 바꾸었다고 한다. 반면 당시까지만 해도 여성들의 단발은 적극적으로 이루어지지 않았던 것으로 확인된다.

그러나 당시 여성들에게 있어서도 근대적 변화는 감지되고 있었다. 조선에 최초로 설립된 근대식 여학교는 이화학당이었는데 이들을 중

---

5 이경민, 『경성, 카메라 산책』, 소명출판, 2012, 67-71쪽.

심으로 한 개량 한복과 치마 길이, 머리모양, 구두, 양산 등의 차림이 유행한 것이다.[6] 이와 더불어 정동여학교, 배화학당, 숭의여학교, 호수돈학교, 숙명여학교, 덕성여학교 등 전국에 걸쳐 수많은 여학교가 설립됨으로써 여성의 사회적 진출에 대한 기반이 마련되고 이에 따른 변화가 일기도 했다.

근대식 교육을 받은 이들의 존재가 가정생활에만 국한될 것이 아니라는 점에서 새로운 소비 주체로 주목받게 된 것이다. 당시 신문에 게재된 광고에서도 여성의 소비 욕구를 자극하는 화장품, 장신구, 의류 등이 꾸준히 증가하게 된다. 이는 1900년대 이전 대부분의 광고가 담배나 주류에 할애됐던 것에 비하면 새로운 소비의 주체로 여성의 존재가 부각됨에 따른 변화임을 짐작할 수 있다.[7] 실제 1920년대에 본격적으로 대두되기 시작한 '신여성' 담론의 주요 인물들이 바로 해당 시기를 청년기로 보내면서 유의미한 경험을 획득한 바 있다.

이들은 자신들의 달라진 외모를 사진에 담기도 하였다.[8] 처음만 하더라도 혼을 뺏기는 기계라 여기며 두려움과 기피의 대상으로만 인지됐던 카메라를 마주하기 시작한 것이다. 일찍이 갑신정변 이전인 1883년부터 김용원, 황철, 지운영 등에 의해 사진 기술의 도입이 시도되기도 했지만 1907년에 이르러서야 김규진의 '천연당사진관(天然堂寫眞館)'이 문을 열며 조선인에 의한 조선인 재현이 가능해졌다.[9]

---

6 김수진, 『신여성, 근대의 과잉』, 소명출판, 2009, 292-293쪽.
7 김응화, 「근대 상품광고로 본 신(新)소비문화와 신여성」, 『동국사학』52, 동국대학교 동국역사문화연구소, 2012, 161, 171쪽.
8 이경민, 앞의 책, 83, 91-94쪽.
9 조선인 최초의 사진관은 개성 남대문 안 서랑에 위치한 '오경옥 사진관'으로 추정되지만 현재로서는 이를 명확히 할 수 있을 만한 자료 부족으로 '최초'라 명명하기에는 한계가 따른다. 이경민, 앞의 책, 93쪽.

당시 그의 일거수일투족은 ≪대한매일신보≫에 소개될 정도로 많은 이의 관심을 받고 있었는데 이는 조선인 중심의 새로운 문화에 대한 대중들의 요구를 반증하는 것이었다. 이후로도 경성과 그 외 지역에서도 조선인이 운영하는 사진관이 늘기 시작했으며 신문에는 이와 관련된 광고 지면이 할애되고 있었다. 말하자면 카메라가 현상을 기록하거나 신분을 증명하기 위한 도구적 의미를 넘어 '근대적 시각'을 표상하는 문화로써 자리하고 있었다.

시대에 맞춰 근대 모습을 갖추어 나가기 시작한 조선인들은 유흥과 여가의 시간 역시 새로운 근대 공간에서 보내기를 선호하였다. 바로 카페였다.[10] 카페가 새로운 문화공간으로 대중적 인기를 끌게 된 것은 다음 시기에 이르러서지만 이미 1911년 남대문통 3정목(현 남대문로 3가)에는 3층 양옥으로 지어진 조선 최초의 카페 '타이거'가 문을 열었다. 주인은 일본인 노노무라 겐조(野野村謙三)[11]였는데 당시 유일의 카페였던 '타이거'는 경성의 안내 책자로 제작되어 경성 내의 교통, 전기 등의 사정을 자세히 수록한 『경성번창기(京城繁昌記)』(박문사, 1915)에도 명소로 소개될 정도였다.

더불어 조선 최초의 영화 '대연쇄극'이 상영되기도 하였다. 연쇄극의 형태는 영화의 범주에 해당하기에는 미흡한 지점이 존재한다. 영상과 연극을 교차적으로 상영하는 연쇄극은 영상예술과 공연예술의 중간 즈음에 자리할 수밖에 없기 때문이다.[12] 그러나 당시의 기술적·시

10 이경민, 앞의 책, 17쪽.
11 노노무라 겐조는 사진관을 운영하기도 하였다. 그가 운영한 사진관은 1907년 문을 연 '경성사진관'이었는데, 마찬가지로 『경성번창기』에 소개될 정도의 유명세를 누렸다. 이경민, 같은 책, 96쪽.
12 김수남, 「연쇄극의 정체성 논의 -총체예술론적 관점에서-」, 『공연문화연구』25, 한국공연문화학회, 2012, 6-8쪽.

대적 한계를 가늠한다면 1919년 상영된 대연쇄극인 김도산의 〈의리적구토(義理的仇討)〉는 분명 한국영화의 효시로 그 의의를 다하는 것이라 할 수 있다.

여가 생활로는 운동회, 꽃놀이 등이 등장하고 있었다. 전근대적인 공동체 놀이 문화가 대체로 금지의 대상이었으므로 평일에는 일하고 주말에만 여가를 즐기는 새로운 형태로 고안된 식민 제국의 일원으로서의 모습을 갖춰야만 했다.[13] 따라서 대부분의 문화 행사는 주말에 계획될 수밖에 없었는데 그 형태는 소박하면서도 소시민적인 분위기를 풍기는 것이었다. 그중 당시 최대의 대중매체인 ≪매일신보≫ 주관의 행사를 살피면 1912년 4월의 '경성시민춘기대운동회(京城市民春期大運動會)'를 시작으로 가을철 밤 줍기 행사 혹은 한강·청량리·우이동 등지에서 즐기는 꽃놀이 등이 있었고, 이에 따른 세부 일정으로 보물찾기, 광대 줄타기 등이 추가되었다.

이후의 문화 형태는 점차 각종 공연과 전시회, 운동경기로 종류가 다양해지기도 했는데 그중 문화생활과 경제활동을 결합한 형태의 '종로야시(鐘路夜市)'는 주목할 만한 것이었다. 종로가 밤만 되면 모든 상점이 일찍이 문을 닫아 활기를 잃곤 하여 다른 지역에 비해 낙후될 수밖에 없었는데 이를 보완하고자 1916년부터는 정례적으로 '종로야시'가 열리게 되었다.[14] 첫해 참여한 점포 수만 250여 개에 달하는 '종로야시'는 오늘날과 비교해도 크게 다르지 않은 모습으로 진열된 물품은 화장품, 철물, 과실, 지물, 포목 등의 일용 잡화나 생필품이었다.

---

13 권보드래, 앞의 책, 226-227쪽.
14 이경민, 앞의 책, 119-121쪽.

진열된 상품 외에도 사람을 구경할 수 있는 서로가 서로의 볼거리가 되는 근대적 시선이 교차하는 곳이었다. 요컨대 백화점이 들어서기 이전까지의 '종로야시'는 도시 산책자의 출연을 이끄는 대표적 장소였다.

1910년대까지의 수도 한성과 도시 경성의 공존은 타자의 개입에 의한 것이라 할지라도 점차 근대화된 도시로 기울었다. 중요한 것은 근대화에 따른 대중적 열망과 이후의 '문화통치'가 교묘한 결합을 이루며 새로운 도시 이미지가 생성됐다는 것이다. 바로 수많은 콘텐츠를 통해 다루어지고 있는 일제 강점기의 대표적 이미지인 '모던 경성기'로 이 시기가 '모던 경성기'의 태동기라 칭해질 수밖에 없는 이유가 여기에 있다.

박주택 | 이구용 | 최민지

漢陽歌一節

최남선

너보아라 하난듯 웃둑하게서
큰光彩를 發하던 저獨立門은
오날와서 暫時間 빗업슬망정
太陽갓히 煥할날 머지안햇네
南山밋해 지여논 壯忠壇저집
나라爲해 몸바린 神靈뫼신데
泰山갓흔 義理엔 목숨보기를
터럭갓히 하도다 壯한그분네.

『소년』, 1908.12.

惠善의死

전영택

一

「秀德언니, 日本가면 맘들이 다그러케 變할싸요」

「왜요?」

「글세 異常스러워요.」

「응 安靜子氏말이구려!」

「아니야……에그 내 空然한말을햇네!」

「왜 엇전가. 그래 니애기를해요」

「기아가 그러케 될줄은 몰낫서!」

「언니가 그러니말이지 나는 처음보아도 엇재別해요. 대체 靜子라니 그건 무슨일홈이야.」

「본래는 靜子가 아니구 貞淑이라오, 고들뎡字 말글숙字. 貞淑이라고 저를 몹시 사랑하시든 저희한아버지씌서 지어주신 일홈이 잇다오.」

「貞淑이가 좀죠와!」

「그려구 하는말을 당초에 알수가업지안어요?」

벌서 한五年前녀름일이다. 셔울S女學校 寄宿舍에, 다른學生은 放學이되어 各々 自己집으로 도라간後에,北間島서 온學生셰사람과 咸興서 온學生한사람과가치 寂々하게 남아잇는 林惠善은 方今 져녁을 해먹고 한방에 잇는 咸興學生(金秀德)으로 더브러이런니아기를 쯔내엿다.

惠善이 S學校에 온지는 퍽오랫다. 中間에 病으로 因해서 멧해 쉬엿다가 그해봄에 다시올나왓다. 惠善의집은 過히 멀지도 아니하다. 秀德이는 온지도 오래지안엇거니와집이너머멀고 길이不便해서 아니갓스나 惠善의집은汽車沿邊에잇고 十餘時間이면 갈수가잇다.그집안 形勢도왜넉々하다.그려고그 시집이京城안에 잇슴으로 거긔 가이슬도 이셧다. 그러나 여러가지 事情으로 집에잇는것보다 學校에잇는거시 便하다고 생각하고 부러 아니가고잇는거시다. 惠善은 放學하기멧츨전에 自己집에 이런편지를하엿다.

아부님전샹서

요새일긔몹시덥사은대

아부님긔톄후강령하시오며, 온댁내가태평하시온지문안알외옵나이다 불효식은렴려하옵심으로 별일업시지내오니 복행이올셰다 아부님끠서는 과려치마시옵소서 이번 하긔휴학은 재명일부터 시작되옵는바 졔가감히아부님압헤 말삼들이기 어렵사오나 저는放學에집에 도라가지아니하옵기로 마음에 決心하엿습내다. 저갓흔不孝의자직은 차라리 세상에 태여나지아니하엿든거시 좃사올거슬우리家運이사나와 不幸히 세상에나와서 갓다가나 근심으로 歲月을보내시는 아부님을 더욱傷心케하고괴롭게하오니 저갓흔자식은도로혀 아부님눈압헤보이지

아니함만갓지못하다생각할쑌아니오라, 舍監씌서도 아니갈터이면남
아잇는 學生을좀도라보아달라하옵기로 그리하겟다고 約束을하엿싸오
니 罪悚千萬이오나 기다리시지마옵시기를바라나이다.

아부님 긔후내々강령하옵시기를바라옵나이다

* * * * *

數年前부터 東京가서 女子美術學校東洋畵科에 들어공부하는 安
靜子는 惠善이가 技藝科를 卒業할째에 本科를 卒業하엿고 두사람
은旣往에(처음에는 엇드케 始作이되엿든지)寄宿舍에서 늘한房에 잇
섯기째문에 情分이매우 갓갑다. 녀름放學에 도라왓든 靜子는 惠善이
가 放學에도 집에가지아니하고 學校에 그냥 잇다는말을듯고 仁川서
부러 차자보랴고 왓섯다. 終日놀고 午後네時에 갓다. 말잘하고 썩 多
情한天質을가진 靜子는 더위에 寄宿舍에서 적々하게 지내는두사람
을 慰勞하노라고 여러가지로 재미잇는니애기를 만히 하엿다. 東京갓
든친구들의 消息 이며, 자긔친구몃사람과, 엇든 男子와 처음으로 帝
國演劇場에가서 「하물렛트」演劇을 보든 니애기와 音樂學校音樂會
에 가서 로시아處女의 소래지르는 獨唱을 듯든니애기며 「시로도」(私
主人)에 혼자 이슬째에 밤이면 무섭든 니애기며 電車를 잘못타서 終
日고생한 니애기며 活動寫眞과 小說이 재미잇든니애기로 혼자서 終
日 짓거리다가 마그막에는 이다음 보름날은 自긔어머니生辰이니 놀기
겸하야 仁川자긔집으로 오라그 신々부탁을하고 갓다. 꼭멸간갓흔 이
寄宿舍에서 몹시 갑々하고 괴롭게지내든두사람은, 靜子로因하야하로
終日時間가는줄을 모르고 지내엿다. 그러나 靜子의訪問은, 惠善이와
秀德의게는 맛치 잔々하든湖水에 돌을들던져 물결을 니르킨셈이엿

다.

「공부나 좀 햇다는 재센지 英語와 日語는 절반이나 더석거말하데!」
이거슨 秀德이 對答이다.

「참말 우리것치 無識한 사람은 당초에 아라드를수가업서!에그 우
리도 어서 東京이나 갑시다.」

惠善이가 아라드를수업다는거슨 靜子의말보다도, 그말의쏙뜻이엇
다. 그思想을 理解할수업다는 거시엇다. 秀德이는 그말을 아라드를수
업다는거스로 대답을하닛가 惠善이는이러케말하고 혼자 씨익우섯다.

두사람사이에는 暫間 沈默이 이섯다. 이째에 마침 어제브터 잠시
머젓든 장마비가 가늘게 소래업시 내린다. 惠善이는 無心히 그거슬
바라보고 안저서 앗가 靜子가 말하든거슬 생각한다. 靜子가 終日짓거
린니애기를 다 니저버리드래도 惠善에게는 한가지 니즐수업고 내버
려둘수업는말이 이섯다. 지금 惠善의머리에는 그말이 마치 活動寫眞
貌樣으로 쩌나온다. ─男子들이 離婚을한다고 세상에서 몹시辱들을
하지마는 辱하는사람은 제가 當해보지를 못해스닛가그래.

나는 離婚할사람은 해써리는거시 올흔줄알아. 나더러 납븐년이라
고들 할는지 모르겟지마는 좀생각을해보아! 세상에 第一어리석은물
건은 朝鮮女子야!사나히는 실타는데 엇져쟈고 부덕々々살자고한단
말이야? 그사나히아니면 사나히가업다고 흥. 烈女는不更二夫니무어
니하는말은 멧千年前녯날에 精神쌔진 사나히들이제마음대로함브로
한말이야, 긋다위말째문에우리나라에 慘酷하게 한平生을보낸사람이
얼마나만을테요. 아이구 구역나, 혼자살지혼자살어! 그려구 大體結
婚이라는 法이 몬져 생겻겟소? 男女의 사랑이 몬져 생겻겟소? 죠선

사람은 모도그 아니쩌운法의 종이되어서엇절수가업서! 말하면 사람
이라니 제씀으로제목을매는 셈이야. 以往 아모것도 모르고 泰平하게
지내는사람은 몰나도 한번눈을쓴다음에야 누가그어리석고無意味한
結婚生活을 하려고 하겟소. 男子들도 同情할만하기야 하지! 第一불
상한거슨 女子야─ 靜子가 이러케, 얼골이쌀개져가면서 演說처럼한
말을생각하다가

「언니 무슨窮理를 그러케해요?」

秀德이가 무릅을 툭치며 하는말에 비로소 머리를 돌녀 秀德을向
하야

「글세 貞淑이가 本來는 퍽얌전 햇다오. 校長씌서 늘稱讚을 하시고
누구든지 貞淑이를 본바드라고햇다오.」

「글세! 品行에늘 甲을햇다지!」

「그럼요! 저이아버지씌서도 아조 칭찬을허시고 貞淑이갓흐면 學校
보내도 죠곰도남붓그럽지안타고 자랑을하셧다는데. 그르든 아이가
아이구, 東京을가드니 그러캐變햇서요. 態度든지말하는게든지. 앗가
지거리든말이그게다 무슨말이요. 하나도當치아는소리를………」

「글세 좀 사람이교만해보여요!」

「前엔 그러치아넛다오.」

「自己어머니生辰날 오라는거슨 엇더케요, 가요?」

秀德은 나는아니가겟는다드시 이러케말한다.

「언닌 엇절테요?」

「나는 가기실혀」

「왜? 가보아!」

「언니가 간다면 나도가지」

「東京니애기나 좀더 듯습시다그러 가서」

「언니는 그런데 왜 집에안가고 잇서요? 이졔라도가요?」

「글셰 집에는 가서무얼해? 이거 좃치안소?」

「죠키는 무어이죠와 져르닛가 저러케 身勢가되지, 언니는 쪽 金剛山으로 가는것이죠홀테야」

「쏘져른소리를 하네. 내가 즁이되면 좃켓소?」

「좃코말고 언니가 즁이되랴거든 언니머리는 싹가서 날주어」

「나는 언니아니면 못살겟소」하고 惠善은나오지안는 우슴을 억지로우섯다.

이째에 景福宮大闕안 松林속에서 부헝이 우슨소래가 부인 學校에울녀서 이상스럽게 무섭게들닌다.

「그새 벌서 밤이 들엇나보에! 멧時야?」

「아홉時半이야, 그만잡시다.」

「무서워 엇더케 자나」

「무섭기는 무어이 무서워, 나는 원 當場 무어시와서 잡아간대도 무서운거시 업서!」

「언니는 쪽 할머니것해요」

하고 秀德이는 심겁게썰々웃는다.

惠善이는 니러나서 잘준비를 한다. 부슬々々내리든 비는어니새멋고 하날에는 별이 반쟉々々한다. 엿해도 鐘路서는 夜市에서 싸구려々々々々웨치는소래가요란하며 婦人네들 靑年들, 녑헤게집부 忘紳士들이 우물々々졔각금 구경거리가되면서 오고가고 할거시다. 電車는 요란하게 쨍々 소리를 치면서 다라날거시오, 餘食집에서는 술먹고 써드는소리에 지나가든 사람의발을 멈출거시다. 그러나 이제 惠善이와 秀德이가 니애기를긋치고 자리에 누으매 종용하든 寄宿舍는더한겹 무섭게 고요해젓다.

惠善이는 자리에누으면 依例히 한時間이나 지나야 잠을드는거시 習慣이되엿다. 그려고 언졔든지 꼭 電燈을 켜고자는 버릇이이섯다. 그와 反對로 秀德이는 불을 써야 잠이드는째문에 처음에 얼마동안은 衝突이되어 싸홈도 만히 하엿스나 惠善이가 神經衰弱으로 因해서 자지못하고 앨쓰는거슬 同情하야 秀德이가 讓步하야 電燈은 켜두고 秀德이는 도라누어자는거시 두사람사이에 한規例가 되엿다. 秀德이는 어니새옷을벗고 소매업는자리옷을 가라닙고 모기댱속으로드러가서

「나는먼저잣게! 또 혼자서 冊보겟지!」 하면서 한편쪽으로도라눕는다.

「응」 하고 맛젹은대답을하고 惠善이도 싸라누엇스나 오늘져녁은 冊도보기실코 마음에새로히 쳐량한생각이니러나고 몹시神經이興奮되어 卒然이 잠이들것갓지아니하야, 혼자속으로 秀德을보고 에그부러워하엿다.

平常時갓흐면 恒用네사람식잇고 사람이만하지면여슷사람싸지내든房에, 放學이되어 사람도업거니와덥다고 單두사람만 이스닛가, 房안은 별노쓸々하고 고요한대, 잇다마큼 모기소리가 가늘게들니는外에는, 秀德이 숨소리리가 들닐쑨이다. 惠善은 精神나간사람쳐럼 電燈을믈쓰름이 바라보고잇다.

惠善은 아모리생각하여도 오늘 静子가한말이 명녕 自己의게 무슨 쯧이잇는것갓다.고 약은거시 날더러드르라고하는말이야 그야말노 저는 當하지를 아넛스닛가 쉽게도 말하지. 졔가 當해보아라. 암만해도 무슨曲節이잇는말이다 그말이. 이제 저히집에 가거든좀 자셰히 무러보아야지─혼자서 어리져리 생각을한다.

二

자는줄아랏든 秀德이가 무슨생각이 낫든지 도라누으면서

「언니! 인젼 잡시다. 무슨생각을해요?」

「조림이와야자지………」

「나도 엇재잠이 안와요. 언니니애기나 해요」

「할니애기가 잇서야지. 글셰 부듸 계집애로 태여날거이 무어시겟소. 사나히가 좀못되고」

「에그 갑작이 별소리를 다해요 어서니애기나하나해요」

「참말이야 秀德언니도 이담에 애낫커든애여 게집앨낭낫치마러요………」

「듯기실혀!」

「아니 웃는말이아니야 내 니애기를허지. 자지아늘례요?」하는惠善의말에는 깁흔슬픔이 씌엇다.

「자기는!」

「나는 게집애로난거시 平生에 怨이닛간말이요. 내니애기를 하지오. 우리어머니씌서 우리오래비쥭여써리고 그만 심화로 죵내 도라가섯다오. 우리오래비가 엇더케튼々하고 잘생겻섯는지 손님이오시면 안쏘

는 놋키를 실혀햇지오. 그려고 어린거시 엇더케그러케말을 잘하고 쑥
々한지 크면 總理大臣이 되거나 裁判官이되리라고늘 그랫서! 그러든
거슬 내가 얼두살 먹는해가울에 親庭한아버지끽서 보고십흐시다고
더리고오라고 너머그르시고, 어머니끽서도 親庭에가신지가 近十年
이되서서, 나는할머니하고 집에잇고 아홉살먹은 오래비를더리고 가
셧다가그해겨울을지나고 그다음해三月에야, 오셧는대, 그럿케 잘놀
고 튼々하든 애가 거긔서 水土不服이엿는지 무슨병이 올낫는지 밥도
잘안먹고 기운이 업시느릿々々하드니그만 病이낫지오. 암만 藥을써도
낫지는안코 쌧々 말나서 쎠만 앙상하게 남아요. 그려더니쏙 病난지
한달만에 그만 죽겟지오」

「아이구—져걸엇재!」하면서 秀德이는입을쌕버거고아물질못한다.

惠善은 말을니어 「아이구 참 그때 어머니끽서 아조 失性을하시고
애를쓰시는거슨 참아 못보겟서요. 오래비가 살아슬째부터 나것혼거
슨 우습지만 그러노라닛가 나것흔게야어듸 姓名이잇서요? 어린마음
에도 모도덜(기애가 죽지말고 져게나죽지!)하는것갓해요. 게집애라니
참 賤합듸다. 어머니는 밤낫 울기만하고, 아부지는每日 藥酒만잡수시
구 空然한일에도 덜싹성을내시닛가 나는 엇더케무서운지 도무지 氣
運을못펴고자랏서요. 그려다가 어머니가 시골서는 갑々해서못살겟다
고해서 가을에셔울노 移舍를 하섯지오. 移舍한지 석달만에 感氣갓치
병이나시드니 죵내 도라가셧서요 그때는 몰낫서도 지금생각하닛가
쏙 鬱禍로 도라가셧서요. 어머니끽서 나히는 그리만치안어도 子宮病
으로 기애난후로는 애기를 낫치못하시닛가 다시나을실 希望은업는
대 그러케 잘낫든거시 죽으닛가 엇재 울화가 안나서겟소?」

秀德이는 여긔까지 잠々이 듯다가 후—숨을내쉬고

「그러닛가 언니하나만 불상해졋구만」

하고同情을한다.

「우리할머니는 퍽八字가 사나우신이야 닐흔이넘도록 도라가시지안코 게서도 우리할머니는 원악 나히만흐시닛가 당신 잡수시는것박긔는 아모것도 모르시고노—누어게시지오. 그려고 아버지씌서는 本來브터 말이젹으시든데다가 그러케 不幸한일만 당하시닛가 하로 終日가야 말한마대를아니하시지오. 나는그새애셔간신이 자라나서 열여들살되는해봄에 出嫁라고 햇지오. ………아이구 인저구만둡시다. 에구더워!」하면서말을멈춘다.

「왜요?어서 마자니애기해요」秀德은이려케 재촉을하면서「그런대 참 셔방님씌서는 東京가서工夫하신다지오? 그째에야 재미들 보앗겟지오? 사랑도만히밧으시고」하고 惠善을바라본다. 惠善은 얼골에쓴우슴을씌우면서

「홍!사랑밧엇지오. 나갓흔八字에 사랑이 다 무어시겟소. 사랑대신에 밤낫 안방구석에서 종노릇만하고, 남편이라고 말도 별노 못해보앗는대요. 당초에만나야 말을하지오」

「왜 徽文義熟優等生이시라지오.」

「누가 압닛가 언니는 잘도압니다」

「그래!」秀德이는쏘 재촉을한다.

「前에는 평생 多情한말한마대 아니하시든 우리아부님이 나를 보고십흐시다고 오라고하시겟지오. 그래그째는 엇더케 깃븐지 三年만에 親庭엘 갓지오. 그째 우리집에서는 쏘 시굴누 내리갓섯서요. 가

닛가 위로윗말도하시고 무얼다무러보시기 그져좃타고 햇지오. 그려
고 몃츨을 지내는대 하로는 우리아부님이 불느십듸다 그려! 불느시드
니 瞥眼間에 공부하고십지안으냐고 무르서요. 그래 처음에는 웬셈을
몰나 실타고 햇지만 종내 공부를하게안되엿서요? 그러닛간 그째—내
가 시믈한살이지. 이내 서울와서 梨花學堂에도가보고 貞信學校에도
가보아야 結婚한사람이라고 잘밧아야지오. 그러다가 엇더케 이學校
를차자왓드니 고마운兩班들이入學을식힙듸다 그려. 그래 이내 짐을
가지고 寄宿舍로들어왓지오. 그째 그房이 지금 李明善이랑잇든八號
室이야. 그째事務室압헤 섯노라닛가 양쪽진學徒들이왓다갓다하면서
나를 힐끗힐끗 쳐다보아요. 져게—웬 시굴찍이가 무얼하러 왓나 하
고. 처음에 한두어달동안은 그냥 아모썻도몰느고 어릿々々하면서 歲
月만보냇지요. 에그몹시도 붓그럽드니! 그려다가 이력져력하드니 녀름
放學이되어서 집엘내려갓지오.」

「왜 시댁에는아니가고요? 東京가셧든 어른이 귀국허셔슬텐데.」

「그런말은마러요! 나는아모도 업서요. 그냥반은 한번가고는당초에
아니온다오.—집이라고가야 재미가잇서야지요. 半年이나客地에잇다
가 하로終日車를타고 가서 집에들어가야 어늬누구 多情한말노반갑다
고하나요.」

「왜 할머니 안게시든가요」

「벌서도라가섯지오 그니애기는쌧구만.」

「그날져녁은 밥도안먹고 그냥대—구울엇서요. 실컷울고계풀에 머
저서 엇더케 잠이들엇든지 그이튼날아참에야 째엿드니 눈이 똥々부엇
서요.」잠시멈추엇다가 한숨을한번짓고다시.

「우리집이그러케 어렵지는 아나서밥걱정이나 옷걱정은 하지아녓서도 나는 참엿해썻 털끗만치도 싸뜻한사랑이라고는 바다보지못햇서요. 그날져녁에는 참 별생각이 다 납듸다. 도로 셔울가고십기도하고 칵물에싸져죽고십기도하고—덥기는몹시더운대 雪上加霜으로 病院에를 每日댄니게 되엿지요.」

「왜 무슨病으로?」

「病일홈도 몰나요. 머리쏠이 몹시 아프고 그러고 눈이 아프기 公立病院에 가뵈엿드니 코속에 病이낫다나요. 每日午後세시면 病院에 갓다오는거시 할일이엇지요. 시골이 되어서 양머리하고 댄니기가 엇더케 不便한지 아부지는 남붓그럽다고 걱정은하시고, 아이구—참 속상해서 죽겟서요!」

「혼자 댕겟서요?」

「엇더케 혼자댕겨 게집애하나더리고 댕겻지…… 그째마침 海州 우리사촌오라버니가 東京서공부하다가夏期休學에 歸國하면서 지내가는길에 들니셧는대 엇더케반가운지, 나히는나보다 한살더위인대 쏘으고매슬적에보고는 처음맛낫는대 엇더케재미잇게지냇는지. 그려구 그이가 꼭女子갓해서 퍽親切하고 재미잇서요. 무얼熱心으로 가라쳐주고—日語만히 뱃지오. 그러고 그다음브터는 오라버니하고 病院엘 댕겻지요. 몃츨댄니닛가 病이 깁허들엇다고入院을하고 手術을하야되겟다나요. 그래오라버니가 入院을식히고 아조가치 와기섯지오. 入院한이튼날 手術을 한다는대 무서워서 참혼낫서요. 時間이되엇다고 해서오라비니를싸라 아래層못통이에잇는 異狀스러운房엘들어갓지오. 지금은해각만해도 진져리가나요. 看護婦 셋허구 일본醫士하나허고

죠선醫士하나허고 죄다힌옷을닙고 들어브터서 나를 手術床이라는대 다 뉘이드니 手術할자리만남기고는 왼통횐거즈로 덥흔다음에 죄다 동여맵듸다그려. 그려고죠선의사가 와서 코에다 솜을놋트니 瓶을가 지고 藥을 한방울식 쩌러터리는거슬보고는 그만精神을 일헛서요. 그 새멧시間이나지낫는지 깨보닛가옷이 왼통 쌈에젓고, 本來잇든 病室 인대 寢臺녑헤 오라버니가 우둑허ㅡ니안져서듸려보시는거시 희미하 게 보이는대 꼭 꿈결갓해! 그리고그날져녁은熱이나서 왼몸이 불덩어 리가되드니煩熱症이 몹시나서못견듸겟서요. 밤이들사록 熱은 漸々더 오르는대, 看護婦라고 어대서긋싸위를 더려왓는지 키가 커ㅡ다랏코 얼골이뚱々한게ㅡ, 寢臺밋헤서잠만자겟지오. 오라버니씌서 看護婦代 身으로 쏙안저서 어름을 연해 가라대고, 藥을 써네어주시면서 밤을 째々 새웟지오. 그째 나는 엇더케 고마문지 말은못하고번々 쳐다만보 다가 괴로운가운대도 눈물이 시르々 소사나와요. 오라버니는 왜그르 느냐고 무르시는거슬겨우 머리을 흔들어서 「아니」라는쑷을 表하엿지 오. 그려구는 속으로 「하나님복만히 내리소사」하고 빌엇서요. 이럭저 럭해서 날이밝앗는대 오라버니말슴이 얼골이 몹시부엇다고 해요. 니 틀위에 광대쎠를 쌔려내고 手術을 한모양이야요. 그째 죽엇스면안좃 소?」

「아여 별말을다생요. 그어른 참親切도해라. 우리옵바는벌서七年前 에 죽엇서요. 滿洲들어갓다가 淸人의 盜賊놈의게 칼에 마저 죽엇다 오.」

「에구 씀직해래 멋살에그랫서요」

「수물한살에」

「앗가워라」하고혀를채고 惠善은다시니애기를 쓰낸다.

「그려구 오라버니가 아침진지도 아니잡숫고 집에잠간 댕겨온다고 허시면서 寢臺우에(내가슴녑혜)거러안즈시드니 내손을 만지고 別하게 나를 듸려다보시겟지오. 그래 나도 엇전지 맘이異常생서 가지말나고햇지오. 그러닛간 잠간 댄녀서 곳 오신다고 하시면서 니불을 꼭々덥허주시드니 나를 注目해보시면서 문을열고 나가셔오. 나가신담에는 이내 작구기달녀져요. 얼—마잇드니 집에서 게집애가 와요. 그래 日本書房님 왜아니 오시나 무르닛가 댁으로 아침車에 써나셧다고 그리겟지오. 아이고 참無情도해요 男子라니. 그만 눈물이 쏘다져나와서 작구울엇서요. 그러케울어보기는 처음이야요.」

「져런 속엿구만!」秀德이 놀난다.

「日本가신지四年만에 첨나오섯는대 나째문에 中間에서 보름이나 遲滯가 되엿서요. 나만흐신 우리큰오마니가 오쟉기다리겟서요? 가시긴가셔야해요.」

「그런대 申先生(惠善의남편)은 그째도 아니오셧든가요」

「말해무얼합닛가. 那終에 들으닛가 지나가면서 旅館에서 묵어가고 우리집은 드려다보지도 안엇서요.」

「……………!」

「自己집에 잇든 종이 그近處에 잇대도 한번 차자보지안켓서요. 사나히는 사람아니야요………」

惠善이는 感情이極하야 여긔까지말하다가 秀德이 얼골을보닛가 어늬새 두눈을감앗다. 숨소리가 잔々하고 어골의 筋肉이 잇다금 흠씻々々하는거슨 벌서 무슨 단꿈을 꾸기를 始作한모양이다. 惠善이는, 그

동모의 萬事泰平이라는듯한 자는얼골을 잠시 드려보다가, 黃泉길을 혼자가는듯한 孤獨의悲哀와, 가삼을 욱여내이는듯한 새로운自己身勢의서름을 째다라 눈물은 멋춤업시소사나서 예원두눈두덩을 너머서 이리져리마음대로흐른다.

밤은 몹시 고요한대 房안은 죽은드시 沈默하엿다. 惠善은 곱게살진 왼편팔을 놉히들어 돌아누으면서 후— 한숨을 짓는다.

멧시인지는몰으나 南大門停車場에서 밤車汽笛소래가쌕—하고 밤空氣를 을녀들넛다.

三

惠善은 지난밤에 舍監房時計가 두번을치는소래를듯고야 잠이 들어서 자다가 쑴에 東旭(사춘오래비)을보앗드니 果然 東旭이가 寄宿舍엘 차자왓다. 아참에 좀 늣게니러나서 아침을먹고 머리를빗고안젓는대 暫間도라보랴고왓든 黃先生(書記)이 名函을 가지고와서「반가운손님오셧소, 惠善氏」하면서 드려써리고나가는거슬 惠善은 얼는 집어보고.

「아이구 옵바!」

하면서 머리를 급히비서 들고 쮜여 나갓다.

惠善은 事務室노들어가서 의자에안젓다가니러나는 東旭을보고 너머반가와서 벙글々々웃기만하고 말도 아니나온다. 東旭은 몬져 입을 열어

「잘이섯니 더운대, 갑々하지?」

「녜!」

惠善은 그냥 무슨말을할줄을모른다.

「시굴댁에서는 安寧하시드라. 하로겨녁묵어왓다.」

「아부지 무어라오하셰요?」

「아니」

「져리가서 學校구경하시지오」

事務室에 書記가 그냥안저잇슴으로 그거슬 避하야 從容히 니야기
하기兼하야 惠善은 東旭을 引導하야 上傍教室노 올나갓다. 高等普
通科와 技藝科의 뷔인 教室을 대강 드려다보고 두사람은 東편족맨끗
헤잇는技藝科한教室노 드러가서 유리窓을열고 그밋헤 의자를 갓다
놋코마조안젓다.

東旭과惠善이 사이에는 여러가지 問答이이섯다. 東旭이는 이내「
그새 東京갓든 女學生들이 오지아넛섯너냐」고 물었다. 惠善은 靜子
밧긔 온이가 업는대 아조 거만하드라고 하는말과 여러가지 니애기를
만히 하엿다는말과 靜子의게대하여 評判이좃치못하드란말까지하엿
다. 이말을들은東旭은잠간 머리를기우렷다. 이러케 대강한會話가 긋
난다음에 東旭은 惠善의 一身上에대한일을 뭇기를 始作하엿다.

「그래 왜 집에아니갓니?」

「돈만업새고 나것흔거시 왓다갓다하면 무얼해요. 공부도 한것업
시」

「그럼 平生 學校서 살테니?」

「그래도 좃치오」

「學校가 퍽 재미잇는게로구나!」

「재미잇구말구요」

「그래서는 못써! 그래도 放學이되면 집에가잇서야지, 남들은 다갓는대 갑々한줄도 몰나? 그려고 아부지가 긔다리실생각도해야지.」

「나는 아무것도몰나요. 나는 無神經이야요. 나는 집도업서요.」

「생각을 그러케곡하게먹어서는 못써, 이계라도 집에 가거라.」

「실혀요 옵바는 空然이 그러네.」

「정말 안갈테니? 그러면 다시는 너한대 차자오지도 아니하고 편지도아니하겠다.」

「왜요? 아부지한대 무슨부탁밧고 오셧나요?」

「아니」

「그럼 왜그르셔요. 東京건너가실쌔 쓰오세요」

「아니온다인전. 그런대 申氏댁에서는 아모消息도업더니?」

「消息은무슨 消息이요. 이번온後에 내人事로 두어번갓섯지오.」

「그래 放學에 와이스라고 아니하더니?」

「실혀요!」

「그럼 너도 마음이 變하엿구나.」

「…………」

「그럼 惠善아! 내말을드러라.」

「말슴을 하세요.」

「너도 그만한마음을 가졌스면 正式으로 離婚을 하지!」東旭은 嚴正한목소래로 이말을하고 惠善을보앗다.

「실혀요 離婚이다 무어시야요?」이러케 말하는 惠善의 얼골에는 別노 不快히녁이거나 놀내는빗츤업다. 그러나 東旭을만나 반가워서 잠시밝아 젓든 얼골빗츤슬어지고 차々 컴々해진다.

「실키는 왜실여, 굿싸짓아니써운 民籍은 그집에다 왜두어, 空然히 아모개안해라는 일홈만 가지고이스면 무얼하니?」

「離婚을하면 무얼해요?」

「하면좀조와, 너는아조 자유의몸이되고 맘대로할수가잇지안니? 그러면 그사람도 마음대로할수가잇고.」

東旭은 惠善의將來를 생각해서 이말을쯔냇스나 惠善이가 아모대답도 아니하고 五臟이 타서나오는듯한한숨을 질새에 말한거슬 後悔하엿다. 잠간 만나보고가는길에, 반가운니애기나하고 慰勞나 해주고 갈거슬 쓸데업쓴말을해서 穩靜하든마음을 散亂하게하고 煩悶을니르키게하엿다고 생각은하엿스나, 惠善이가 아직 舊思想에 져저서 그냥두엇다가는 一平生 不幸한사람이 되겟다고 다시 생각하고 말을니어

「내가 편지로도 그말을 늘 한듯십다마는 自己의 運命은 自己손에 달녓너니라. 너는 아직도 나이도 過히만치아는대 이졔라도………」

「그럼 엇더커란 말이야요. 改嫁한다는 말이야요?」

「할수만 이스면.」

「그게 무슨말이야요. 그런法이 어대잇서요? 짐생도 아니고! 그려고 나갓흔거세게 이졔 무슨樂이 도라올나구요. 사람의 八字란 그림자갓치 압서간다는 말이 올아요.」

「아니다, 그거슨 녯날말이지 지금은 그럿치안타. 어듸지금세상에 굿다위 생각만하다가는 살아보겟니. 예수敎에서도 그거슬許諾하고, 그려구 사람의 運命은勿論 졔손으로 開拓하기에 달넌거시다.」

「예수敎에서는 許諾하드래도 아버지가 그거슨 죽어도 못하리리고 하십니다. 그려고 改嫁하야 쏘 그러치오 이전 사나히란 당초에 밋업

지를 안어요. 옵바는내놋코.」

「何如間 離婚해주는거시 申에게 대해서도 죠흔일이 아니냐. 그사람은 平生혼자 살나겟니?」

「왜요, 죠흔사람하고 結婚해 잘살겟지오. 나는 나혼자살어오. 그려고 잘사는 모양을좀보겟서요.」

「그거슨 法律上許諾지안는거신데.」

「離婚해도 이담—에 해요」

「엿해도 古情을 難忘인가보구나」하고 東旭은잠간 웃고 다시 慇懃한態度로 무릅우에노은 可憐한 惠善의손을 잡으면서 嚴正하고도 情다온목소래로「그럼 엇절테니 將次? 그러지말고 오늘져녁에 잘생각을 해보아라」하고 잡앗든손을꼭쥐엿다.

「생각만히 해보앗서요. 별수업서요, 죽을남늬다. 졉대 新聞에 누가 漢江에 싸져 죽엇다기에 동무덜 하고散步겸가보앗지오. 죽을만한데가 잇나보랴고.」

「그게 무슨쓸대업는말이야」 東旭은 無心이이러케 對答하고 時計를 쓰내보앗다.

「아이구 벌서 열두시야」 하고 감작놀나 니러서서, 여름동안 작난이나하고 재미잇는冊이나보고 아모죠록 잘이스라고 作別을하면서 가치내려갓다.

쟝마비가 금시에 퍼부어, 東旭은 人力車를 불녀타고 旅館으로갓다.

人力車가 담경못통이를 도라가는거슬보고 惠善은 고엿든 눈물이 내리는비와갓치 쏘다져나온다. 寄宿舍房으로 드러가지아니하고 도로 두사람이 니애기하든 教室노 올나가서 東旭의안젓든 의자에캉 쓰러

업드러져서 서름과눈물 나오는대로 실컷 울엇다.

실컷 울다가 窓밧글 내다보앗다. 챗직갓치 내리든 비는 어느새 가느러지고 景福宮大闕안松林에서는 흰연긔갓혼김이 무럭々々올나가고 가마귀가 한머리 긔운업시 어대로 나라간다. 敎室은 자느드시 고요한대 한편담 染板에는 누가 작난한거신지「南大門」이라「漢江」이라하고 커다랏케 씨어잇는거시 惠善이 눈에 씌엇다. 惠善은 언제까지 그대로 이섯는지?

四

惠善은 上層敎室에서 내려와서 事務室압을 지나다가 마침 왓든 遞傳夫의게 玉色洋封套편지한쟝을 바닷다. 어졔왓든 靜子의 편지다. 얼는쓰더서 보더니별안간에 얼골이 싸매지그 입수가 파아래진다. 두손으로 들엇든 편지를 한편손에 국여쥐고 자우손과 파래진입수를 파르르썬다. 그려고는 입수를ㅅ개물고 밧것空中을 向하야마치그압헤선 사람을 칼노찌르려는 듯이 노려보고섯다.

「에구 憤해!」

이러케 한마대를 부르짓고는 精神업시 마루우에 쏙구러졋다.

秀德이는, 惠善이가 自己의 오라버니가왓다고 반가히 나가는거슬 보고, 自己가 열네살적에 滿洲地方에서 칼에마저죽은 오라버니를 생각하고.

「아이구—우리옵바도 살앗스면……」

이러케 혼잣말을하엿다. 그러구 희미한 記憶을 가지고 오라버니얼골을 想像하여보앗다. 키가훨신크고, 얼골이길슴하고 버얼것코, 눈이 동그런거시 파아래서 퍽무서웠다. 그래도 빙긋우슬쌔는 매우多情하였다. 秀德은이런생각을하고, 쇠리느러지고 손톱긴淸人한쎄가왁 밀녀나와서 번쩍하고 칼을내여 自己오바버니를 푹씨르는거슬보고 씀직놀내엿다.

그러는새 時間이 퍽지냇지만 惠善이가 엿해아니들어옴으로 갑々해서.

「무슨니애기 들을 하노.」하였다.

그려고 지금차자온 惠善의오라버니를 想像해본다. 키는 좀 적고 얼골은 동구스름하고 살갓은희고 볼에 살이 좀지고 눈은가늘고 코는좀 놉고 머리는 한가운데를가르고 목소래는 쪽々하고, 이러케 自己마음대로 그려놋코는 情답게생각하엿다. 이거시 秀德의 理想的男子인듯십다.

「에그 니애기가 길기도하다!」하고 혼자서 젬々적々한 생각이나서, 自然집해각이나고 마음이 처량해젓다. 支離하게 내리는쟝마비에 성을내이고 惠善이 오래잇슴을 怨妄하엿다. 그려고 自己어머니의게 편지쓰기를 始作하엿다. 편지를맛치고보닛가 열두시가 지냇다.

「웬일이야 엇재 엿해안드러울가!」

事務室로 나가보앗다. 事務室에는 아모도업고 텡々부엿다. 「필경 두 홀이 어대를 간게로다. 간단말도아니하고?」혼자속으로 생각을 하고 도로 드러왓다.

秀德은 自己방으로 드러가지아니하고 北間島서온 學生들잇는房으로가서 點心을갓치먹고 안저서 間談을 하다가 문득 惠善이생각이나서 自己房으로 와보앗스나 엿해안드러왓다. 秀德은 혼자서 슬금々々

事務室잇는 쪽으로 나가보앗다.

秀德은, 事務室압헤싸지가서, 惠善이가 門間마루에너머지거슬보고 깜작놀냇다. 그려구 四方을 휘々 둘너보앗다. 보아야 사람의痕跡은 업다. 달녀들어 쩔니는손으로 가슴을 딥허흔들면서.

「언니! 언니!」 불넛다.

눈은허여머얼것코 입수를 꼭물고 한편족 젓이 드러나고 아래는 치마가 좀 벳겨져 白玉갓흔 종다리를 드러내놋코, 그냥精神을 못채린다. 秀德은무어시나잇나보랴고 뒤적々々보다가 惠善의바른편손에 국여진 종희를 發見하엿다. 그거시 靜子의게서온 편지인줄을알고 爲先安心을 하엿다. 그리고 寄宿舍로 쮜어들어가서 동모들을 請해다가 여러이 써데여 房에다 갓다 누엿다.

다른사람더러 물을쓰리라고하고 秀德이는 靜子의게서온편지를 닑어본다. 편지사연은이럿타.

밤사이 언늬씌서는 안령하시지오. 어졔는 실례만히하엿서요. 空然히 쓸대업는말을햇서요 용서하서요 얼마나 번민을하셧나요. 그러나 저는 언늬를 사랑함으로말 삼드리지안을수업서 몃자를올니나이다.

女子高等師範學校에서 공부하는 尹貞熙하고 申先生하고는 오래전부터 서로사랑하엿섯지오. 그러나언니를쩌려서 마음대로 못하다가 이번에 貞熙이가 卒業할臨時에 申先生이 언니와離婚아지아느면 交際를 쓴켓다고해서 申先生은 卽時 언늬아버지씌 離婚請求를하고 貞熙이와 아조 結婚을하엿는데 지금은日光으로 두흘이避暑를 갓지오. 이졔九月에는 同夫人을 하시고 歸國을하신답듸다. 나도 旣往에는 貞熙이를 퍽사랑해서 친형님가치지냇지오. 그려고 申先生한대는 英語

도 배호고 先生님겸오라버님으로 섬겻서요. 그러나 이번 行事를보고
는 엇더케 분한지 絶交를 하엿나이다. 어졔는 말삼드릴 機會가 업섯
나이다. 춍々이만. 七月十八日 동생 샹서—

五.

鐘路에 來往하는사람이 차차적어지고 여긔져긔서 商店門닷치는
소래가들니게되엇다. 한時間前까지 繁雜하고 騷搖하든거리는 어니
새 고요해지고 비ㅅ물고인대 長明燈과 電燈불이 빗쳐서 얼는々々하고
하늘은 못퉁이々々々퍼럿케 구름새로 틈이 가고, 별이 한개 두개 무슨
意味가 잇는드시 이상하게 반쟉거린다. 鐘路쪽에서 電車가 새문안을
向하여 쌩々소래를 요란하게내이며 虎狼이눈갓흔 불빗츨내쏘아 압길
을빗치고 「레—일」(鐵路)에고인물을 지익직 左右로헷치면서 부살갓
치 다라온다.

惠善은 磚洞밧겻—洋靴店잇는대까지 無事이나와, 大元商店압을도
라서 鐘路큰거리로나섯다. 뒤를한번 슬젹도라보고 鐘路네거리를向하
야 수깃々々가다가 왼편쟉氷水店에서 중얼々々하는소리를듯고 흠씻
놀나고, 발거름을 쌜니옴겨 압만向하고간다. 쌜간등단自轉車탄電報
配達夫갓흔사람이 방울을 싸르르울니고 지나간다.

典洞골목에서 술취한사람두흘이 하나은 파나마에 두루매기닙고
하나은 麥藁에힌洋服닙고 비츨々々하면서 日語로 무어라고 쥐절거리
고 나온다. 惠善은 무서워서얼는 쮜어 普信閣압흐로가서 南大門가
는 電車를 집어탓다.

惠善은 대체 무엇하러 어대로 가려는고?

· · · · · · · · · ·

앗가 事務室압헤서 靜子의편지를 바다 보고, 어졔겨녁에 밤새도록 잠을못자고 苦悶하고, 낫에 東旭을만나 니애기할째에도 몹시精神이 興奮하엿거니와 作別한 뒤에 혼자서(點心도니저버리고) 거의 셰時間이나 울고 焦悶을한끗이라, 너머 憤한김에 上血이되어 卒倒를 하엿스나 한三十分 지나 겨우쌔여나 精神을차렷다.

그러나 쌔여난 惠善은 임의 以前惠善이가 안이엇다. 그는 벌서 거문옷닙은 使者의 捕虜가되엿다. 秀德이가 쓰려다주는 미음을 勸에못익여서 억지로몃술 써먹고 가만히 누엇다가, 밤이 이윽해서 머얼니서 汽車소래가 푹々하고 쌕소리를 길게울니는거슬드를째에 「漢江!」이라는생각이 번쩍나서 本能的으로 머리를 번젹드럿다. 그러고 속으로 「죽어!」하엿다. 그러고 털석 누엇다.

누엇다가(다른방사람들은 벌서가고) 秀德이가 잠시나간틈을 타서 얼는니러나서 學校모통이를 도라서 거러둔 學校大門을 가만이열고 살작나섰다. 그리고大門을한번 힐긋 도라볼째에갑작이 우름이 자아쳐나는거슬 억지로삼켯다. 그리고 큰거리까지 단숨에나온거시다.

엿해짜지는 아모精神업시 나왓스나 電車를타고 안즈닛가 여러가지 생각이 次序업시 써나온다.

秀德이가 둥그런눈이 더둥그래져서 걱정할 생각, 東旭이 自己손목믈잡고 잘생각하라고하고, 잘이스라고하고 니러서든 貌樣, 나종에는 申元根이와 貞熙가 日光인가 하는데서 엇든旅館에 잡바져서 별지랄을 다하고 죠와할생각을하고, 자긔갓흔거슨 바람에 날니는 검불이나 길에 구으는 돌싸개만큼도 녁이지 아니하는거시 너머憤해서 몸을한번 파르르 써럿다.

電車는 어늬새 南大門停車場을 지냇다. 자긔녑헤두문ㅅㅅ안젓든사
람들이 다내리고 日本女人두흘이 남어서 有心이드려다본다. 龍山와
서 하나이내리고 술내나는사람들이 서너사람오른다. 惠善은 그놈들
의게 辱을볼가 걱정을 하엿스나 多幸이 몃停車場지내서 내리고마랏
다. 그러고 혼자남은女人이 연해 쳐다보고 車掌이도 잇다금 이상스럽
게 들여다본다. 惠善은어서 電車가 쌀니다라나기만 바랏다.

終點에왓다. 내렷다. 마침 길에사람이 업슴으로 惠善은無事히 漢
江다리까지왓다.

惠善은 컴ㅅ한「아싸시아」나무녑헤 발을멈추고 우둑허니섯다. 머리
를들어 하날을 쳐다보앗다. 暫時터젓든 하날은 다시 거문구름으로 왼
통덥혀서 별하나 보이지아니한다. 압헤는 써어만江물이 소리업시 흘
너간다. 물위에서 이보지 안는물구신이 철석ㅅㅅ하는 것갓다. 惠善은
今時에 무서운생각이 나서 소름이 쏙 씻치고 치를써럿다.

그러고 컴ㅅ한가운대 元根의얼골이보인다. 슬퍼하지도아니하고비
웃지도아니하고 그냥 번ㅅ 바라본다. 惠善은 죽을惡을다써서 平時에
내보지못한 무서운목소리로.

「이놈아!」불넛다.

元根은 싱긋웃고 어두운대로 스러지고 만다. 惠善은비슬ㅅㅅ두어
거름 나아가서 펄석 주저안젓다.

얼마잇다가 薰ㅅ한강바람이 얼골을 슷쳐 갈새에 눈을썻다. 덥혓든
구름이 죠곰터지고 明朗한달빗치 내려빗친다. 컴ㅅ하든 江물에 달이
빗쳐서 버얼건거시흐늑ㅅㅅ한다. 여긔져긔 휘언한거시 얼닌ㅅㅅ한다.
惠善의게는 그거시 픽아름답게 보인다. 「죳타!」하엿다. 마치져속에 龍

宮이잇고 珊瑚와 眞珠로 단쟝한 仙女들이 춤을 추며 반기는듯하다. 그려고 精神이 깨끗해진다.

惠善은 느믈々々흘너가는 江물을 버언번바라보고 섯다. 아부지 얼골이 휙지나 간다. 東旭이 얼골이 보인다. 「아부지!, 옵바! 옵바 저는 갑니다 갑니다. 용서하세요 옵바」 붓잡으려고 손질을하엿다. 그림자는 업서지고 茂盛한 雜草가 기운업시 머리를 숙이고 잇다. 惠善은 쌈작놀래니럿다. 한번 左右를둘너보앗다. 그리고 다리위로 힘잇게 거러올나갓다. 잠간 섯다가 신을벗고 입을싹물고 몸을 소사쒸엇다.

惠善을 바다먹은 漢江물은 부글々々더품을 니르키고 惠善은 물속으로 쑥―드러갓다. 숨이탁막히는 同時에 生存의本能의作用으로 팔다리를허우적거리고 다시써올나온다. 물위는 커엄컴하다. 하날은 거문 구름에왼통덥혓는대 구름터진사이로 月光이 쫏곰빗쳐나온다. 惠善은 衝動的으로 빙끗우섯다.

地獄에서타는 불김갓흔 훗々한바람이 지나가고 거문구름이 죠곰 빗첫든 달을 가린다. 쟝마비에 漲溢한 센 물결이 내리밀쌔에 惠善은 아래로 밀녀가다가 다시쑥―잠겻다. 얼―마잇다가 세상을向하 야 마그막 一瞥을주고 마그막 인사를 하려함인지 惠善의몸은 다시물위에 나타낫다.

惠善은 물위에 사람의 그림자를보앗다. 그거슨 分明히어머니다. 깨 끗한素服을닙고 벙긋벙긋 우스면서 多情하고仁慈한목소리로

「이애! 이애! 큰아가 이리오너라」

불느고 손을내민다. 惠善은 무슨든々한거슬듸된것도갓고, 몸이평안해지드니 우흐로 쑥―써올나간다. 말도업시어머니 손을잡앗다.

가렷든달이 다시 나와서 惠善이얼골을 빗친다. 밀녀오든 큰물결이 내려덥혔다. 져근 더품이 부글々々니러낫다. 漢江의江面은다시잔々해지고아모것도업서지고엠티!(虛無)로 도라갓다.

헛되다! 헛되다! 헛되다!

『창조』, 1919.2.

부인다옥

⊙한번구경ᄒ시오

본다옥(茶屋)에셔동셔양각죵과ᄌ와모과슈와젼복과소라와아이쓰

그림과ᄉ이다각죵차도구비ᄒ읍고쳐소도졍결ᄒ오니여러신ᄉ와부인은

ᄎ져오시면편리토록슈응ᄒ겟ᄉ오니한번시험ᄒ심을쳔만바라ᄂ이다

　鐘路魚物廛七房

　증로어물젼칠방

　婦人茶屋　朴貞愛

　부인다욱　박졍이　고빅

≪매일신보≫, 1911.6.7.

動物園完了

　昌德宮內의動物園及陳列館은近近히事務가完了될터인故로來四月一日붓터共衆에게觀覽을許ㅎ기로預定ㅎ얏눈디其準備事務가如期히畢了치못ㅎ면觀覽홀期日도亦是延期될터이라더라

≪황성신문≫, 1909.3.21.

공진회와기싱: 광교기싱, 다동기싱, 시곡기싱, 연예관

●聖澤의舞, 大平의曲

전에못보던공진회의여흥…밤으로낫으로명기와명챵……화려흔연예
관과……니션기싱의가무………기회당일의대힝렬

▲情緖잇는舊調

년듸롤즈랑흐는

광교조합구식춤

지나간구일오젼십시부터공진회장안연예관「演藝館」에셔는 니디
예기오십여명이 련습츠로시작흐야 오후한뎜째신지 춤을익히고 그후
는죠션기싱두죠합에셔 각각삼십명식와셔 복식을갓초고 실습을흐얏
는듸 먼져광교기싱죠합이 출연흐얏스나 당일은시간의남아지가 만치
못흠으로 여러가지춤즁에셔 가쟝어려운 봉릭의와그외슈삼가지를 련
습흐얏스나

▲그춤의젼부를 들어말흐건듸 봉릭의「鳳來儀」에는 츈외츈「春外春
」란홍「蘭紅」치운「彩雲」치옥「彩玉」츈홍「春紅」단계「丹桂」명옥「明玉

」초월「初月」부용「芙蓉」국화「菊花」등십명이 츌연ᄒ얏스며 슈연장「壽延長」츔에ᄂ 츈외츈 란홍 치운 금화「錦花」츈홍 단계 명옥 초월 진홍「眞紅」국화등십명이며 무고「舞鼓」에ᄂ 단계 치운 쇼츈「笑春」명쥬「明珠」란홍 치옥 가피「可珮」홍미「紅梅」등팔명이며 오양선「五羊仙」츔에ᄂ 단홍 홍미 치운 국화 초월 소츈 츈홍등칠명이요 다동기셩죠합에셔ᄂ 당일련습ᄒ 츔을들어말ᄒ건ᄃ쳐음에ᄂ 공진회긔념무「共進會紀念舞」와현텬화「獻天花」두가지를 실습ᄒ얏ᄂᄃ 공진회기회당일부터 두죠합에셔 두피식 난호아한피가나홀에한번식 돌려드러가 공진회연예관에셔 가무뎡지를ᄒᆨ홀터인ᄃ 다동죠합의 신긔ᄒ신가무 광교조합의 력수잇ᄂ 녯날츔은각각관긱의 흥미를도읍겟더라

▲異彩의聖澤舞

다동조합기셩출연

이번공진회에 츌연ᄒᄂ다동기셩 조합에셔ᄂ 특별히신로츔을 만다러여흥을 돕게ᄒᄂ즁에도 그즁에가쟝특출ᄒ츔은 시졍오년 긔렴셩퇴무「始政午年記念聖澤舞」이니 그츔은기셩열세스롭이 십삼도로난호아 여러가지식으로 디방을대표ᄒ야 일선인이융화ᄒ야쟝릭에발젼ᄒ기를

▲츅원ᄒᄂ츔

이라강원도와 경샹북도ᄂ 쳥식복을입어 동편으로스고 경샹남도 젼라북도ᄂ 홍식의복식으로 남편에스며 젼라남도와츙쳥남도ᄂ 분홍의복식으로 셔남간방으로스며 츙쳥북도ᄂ 연두식의복식으로 가온ᄃ 도안이오 가쟝이도안인ᄃ위에스고 황힉도ᄂ 옥식의복으로 가온ᄃ도 안이며셔편도안인곳에스며 평안남북도ᄂ 빅식의복으로 셔편에스고 함경남북도ᄂ 흑식의복으로북방에쳐고 즁앙은경긔도이니 황식의복

을입고 최초는 일렬로무딘에나와 풍악이긋치며 샹근일가곡「桑槿一
家曲」을 음악과합쥬흐고 그후는춤의 형톄가변흐야 정방형「正方形」이
되며

▲경긔도는즁앙에

쳐흐고 다음에는 다시변흐야 원형「圓形」을지어 물산을 륜회교환
흐는형상을 보이는것이며 그후는쏘형톄가 변흐야네사롬이삼힁으로스
고그압혜는경긔도를디표흐야 황식의복이셔셔 부즈런히힘을다흐야 진
보흐는형상을의미흐얏고 네번지는 일렬로변흐야 일졔히동심화락홈을
의미흐얏고 다셧번지는 다시쳐음과굿치 일렬이되고 경긔도는압혜셔셔
각도를령솔흐고 환본안도「還本安堵」흐는형상을지음이라더라

▲華美흔演藝館

협찬회의연예관

민일기셩의츌연

경성협찬회의리스공학스 즁촌여즈평「中村與資平」씨의감독하에공
스즁이던연예관은 칠일신지에 전부공뎡을맛치고 지금남은곳은 두셔
너가지의장식뿐이라 그연예관은「셋셋손」식의 최신식으로 즁촌씨의
고심흔건츅인디 슈용홀인원은 넉넉히팔빅명이나될것이오 각관람석은
졔등과뎐긔로쟝식흐나 무대면은 광션의관계샹 비교뎍광션을 만히쓰
지안이흐고대기 무디안에셔던긔광션을 응용흐기로흐얏더라

▲교묘흔관니설계

연예관은 물론일시뎍의건츅물이나 현직경성에잇는 각관과비교흐야
조금도못지안이흐며 완연히 적은동경의뎨국극장을보는듯흐더라 쏘무
대의 구죠는 활동사진은물론이오 엇더흔연극이던지 다흘수가잇시되

얏고 비경은 전문비경화가 전뎐심틱랑「前田甚太郎」씨의휘호흔것인
딕 전부열슥상이나되야각각츌연ᄒᆞᆫ연극의죵류들러덕당흔자를쓸
터이고기타비상구,변쇼,활동샤진에 쓰는긔계의장치실등도 완비되얏
고 졍문우층에는비우의 각계급을망라흔 인물화를벽화로ᄒᆞ고 십여
긔의 반사경을붓첫슨즉대단히우미ᄒᆞ더라 쏘동관은 팔일오젼구시
부터 무대를열고 쏘구일오젼십시로부터 기셩의 뎡지연습이잇셧더
라

≪매일신보≫, 1915.9.10.

明日의 正午
家庭博覽會開會

明日!

●聖澤의 舞, 大平의 曲

▲情緒잇는 舊調

▲異彩의 聖澤舞

▲華美한 演藝當

긴담비피문사룸

어제오젼열시, 산림동드러가는, 다리우에, 셔, 갓쓰고, 흰두루막이
입고, 긴담비피문사룸이, 긔계에빗초엿소, 빅여지신이는삼일간에본샤
로오시면, 졍미흔이샤진한쟝을, 무료로드리오

≪매일신보≫, 1913.9.23.

好適호 水泳場

西氷庫附近에 發見

各校水泳場에 決定

漢江의 水泳場으로는 麻浦의 對岸이 最善ᄒ고 從來前後 五年間 各學校 의 水泳場으로 定ᄒ야왓는듸 彼處는 往復에 不便ᄒ 故로 一般 水泳者는 滿 足치못ᄒ얏는듸 今年은 京城中學校와 市內各 小學校에셔도 種々調査혼 結果 鐵橋上流 西氷庫에셔 充分安全혼 水泳場을 發見ᄒ야 龍山尋當小 學校 鈴木校長도 最히 熱心으로 調査를 遂혼 結果 愈々 從來의 水泳場을 變更ᄒ기로 決ᄒ얏는듸 此處는 麻浦對岸 곳치 廣치못ᄒ나 一般 水泳者의 게는 極히 便宜ᄒ며 坐鐵道局에셔도 乘車券 大割引을 爲혼다더라

≪매일신보≫, 1915.7.16.

厥技極巧,
고등녀학교뎐람회는젼에업던대셩황으로늬외국안이모다칭찬

　교동고등녀학교에셔 팔일에 뎐람회를열고 일반여러사롬의게 관람
케혼다홈은 임의본지에 게지혼얏거니와 당일은 오후한시부터시작혼얏
는듸관람오는샤롬은 교동골목안에 가득호게찻더라 그만코만은 관람
긱즁에는 부인이반슈이상인듸 이여러부인들은 자슈실에잇는 슈노은
원삼과진홍밧탕에금ᄉ구라꼿을놋코 그안에다가 「녀고」(女高)라호고
온으로노은 학교긔며검졍밧탕에슈노은 탐스럽게된 모란화와 쏘그와
굿치 검졍밧탕에노은국화꼿과 챵포꼿과 빅합꼿이며 모본단밧탕에 쏫
나뷔롤슈노은 어린ᄋ희의토슈며 실물과다름업시만드러노은 단풍국화
월계화셕쥭화등이며 쏘여러가지로 쏫과시를보기됴코 ᄌ미잇게노은
돈쥬머니에 탐스러운 슐을단것이며 옥식모본단밧탕은 금쏫노은 슈방
셕등을늘어노은압혜 거름을멈츄고 입에침이업도록칭찬호며 써나가지
를 못호는모양이오 더욱팔일의 관람긱즁에는 외국인도혹잇고 일본사
롬도만히잇는듸 이러혼사롬도 칭찬불이호더라 원릭우리나라에셔는 녯
날에는슈도잘놋코 기타손지조도 미우발달되얏스나 즁간에업셔짐으
로 외국사롬들은 혹말호기롤 됴션샤롬은 텬셩지조가 업다호더니 근릭

와셔 넷날에만든 여러가지 교묘흔물건이며또녀학교갓흔곳에셔 손으
로만드는 물건이 외국사롬의 만든것보다 못ᄒ지아니흠을보고야 비로
소 죠션사롬의 지조잇는바를 아랏슨즉 이후에더욱더욱힘을쓰서 외국
사롬보다 낫기를 바라야홀지로다 그러ᄒ게됨은 ᄌ녀롤둔여러분이될수
잇는ᄃᆡ씨지자녀롤가르키시치아니ᄒ면아니될지로다

≪매일신보≫, 1914.11.9.

시구의기정으로인ㅎ야엽흐로이샤ㅎ랴는죵로인뎡달린보신각

≪매일신보≫, 1916.6.15.

『京釜線漢江橋梁竣工紀念寫眞帖』(1914) 앞표지

서울역사박물관, 1914.

요사이의문밧경치 동대문밧

≪매일신보≫, 1916.9.6.

서울 전경(환구단)(1910)

서울역사박물관, 1910.

京城寫眞館(『京城繁昌記』, 博文社, 1915)

서울역사박물관, 1915.

제2장

사상과 분열의 시대
모던 경성 형성기

(1920년대)

사상과 분열의 시대, 모던 경성 형성기 (1920년대)

국권침탈에 따른 3·1운동 이후 일제는 무력에 의한 강압보다는 문화적 회유와 조선 민족의 분열을 꾀하는 방식으로 통치의 가닥을 잡게 된다. 이로 인해 교육의 기회가 많은 조선인들에게 주어져 재일 조선 유학생이 증가하는가 하면 조선인이 관리로 채용되는 등 변화가 이루어진다. 1920년대 민족주의 진영에서 제창하였던 외정-일본, 내정-조선이라는 내정독립운동은 이와 같은 일제의 방침 변화에 따른 것이었다. 여기에 여명회(黎明會)의 요시노 사꾸조(吉野作造), 헌정회(憲政會) 총재 카토 타카아끼(加藤高明) 등의 지지 선언[1]을 통해 조선 내에서 자신들의 명분을 획득하는 한편 청년층으로 구성되어 있던 사회주의 지식인들의 경우에는 소련, 일본 등의 사회주의 노선을 수용하며 계급운동을 자연스레 민족운동으로 치환[2]하는 모습을 보여주기도 하였다. 그렇지만 이들은 저마다의 민족운동을 추구하였으

---

1 조규태, 「1920년대 민족주의세력의 자치운동의 전개 양상」, 『한국민족운동사연구』 92, 한국민족운동사학회, 2017, 90쪽.
2 진덕규, 「1920년대 社會主義 民族運動의 性格에 대한 考察」, 『한국독립운동사연구』 5, 독립기념관 한국독립운동사연구소, 1991, 6쪽.

나 그 성향상 충돌을 피할 수밖에 없었고 신간회 출범 전까지 첨예하게 갈등하는 모습을 보였다.

1920년대 일제 통치 방침 변화는 비단 민족운동 노선의 분화·갈등에만 영향을 미친 것이 아니었다. 특히 경성에 있어 1920년대는 경성역이 신축되고 조선총독부·경성부청 건물이 들어서는 등 개화기부터 이어진 근대 경성으로의 변화가 갖추기 시작한 시기였다. 동시에 문학·패션·영화 등 다양한 방면에서 신문물 유입이 가속화되고 생활화되어 가는 모습을 띤 시기이기도 했다. 1915년의 경성 인구는 241,085명이었고 1920년에는 250,208명으로 5년 동안 불과 0.74%가 증가하는 데 그쳤으나 경성역 신축 이후 경성의 인구가 1925년 324,626명(+4.05%), 1930년 394,240(+2.81%)로 급증한 사실은 당시 경성의 성장세를 보여주는 단적인 예라고 할 것이다.

경성 거주민들은 이러한 경성의 변화와 확장을 시시각각 체험한 당사자였다. 이들은 경성의 '변태적'인 변모[3]를 '획기적인 발전'으로 받아들이는 한편 부작용의 근원으로 이해하는 양분되는 반응을 보였다. 예컨대 젊은 층의 문학이었던 동인지 『백조』가 퇴폐적이고 병적인 양상을 가졌던 것도 바로 이러한 분위기에 영향을 받았다고 할 수 있다.

되풀이 말하자면 1928년 당시 경성의 인구는 1910년대에 비하여 10여만 명이 증가하였고 급격한 도시 발전에 힘입어 종사할 수 있는 일자리의 수 역시 충분하였다. 물론 이러한 일자리의 대다수가 단순

---

3 京城(경성)에 十年間(십년간)의 人口(인구)가 十萬(십만)이나 增加(증가)하얏다하는것은 一種(일종)의 都市發展(도시발전)의 類例(유례)일것이다(「變態的(변태적) 近代都市(근대도시)로서의京城(경성)」, ≪東亞日報(동아일보)≫, 1928. 10. 4.)

일용노동직에 불과하였고 증가한 부 역시 대다수가 일본인의 소유였음은 부정할 수 없다. 그러나 불균형한 경제 분배 구조에도 불구하고 1920년대 경성의 경제가 규모의 측면에서 대대적으로 발전했다는 것은 자명한 사실이었다.

1920년대 경성의 경제 발전은 일용직과 여성 노동자에 대한 수요 증가로 이어진다. "경성우편국에서 뎐화교환수로 조선녀자를 채용"한다는 《동아일보》의 기사는 이전까지 여성의 사회 진출을 가로막았던 유교적 가치관이 영향력을 상실하고 있다는 증명[4]이었다. 덧붙여 여성의 적극적인 사회 진출은 '新女性(신여성)'의 유행과 상호 영향 관계에 있었다. 일제의 문화 통치 기조에 따라 잡지 출간 시장이 확장되고 다양한 담론이 등장하던 가운데 여성 독자를 대상으로 발간된 『신여자(新女子)』(1920, 통권 5호), 『婦人(부인)』(1922, 통권 14호), 『新女性(신여성)』(1923, 통권 71호 추정) 등[5]은 당대 조선의 '신여성담론'을 구축하였다. 이는 1900년대에 남녀의 '평등'을 주장하였으나 결국 여성에 대해 헌신적 내조를 요구하는 '현모양처' 담론으로 수렴되었던 한계[6]를 극복하고 사회의 일선에 선 존재로서의 여성상을 구축했다는 의의를 갖는다.

---

4 이 기사에서는 걱정을 떨치지 못하는 가족들을 위해 "아즉 세상형편을아지못하난 가정의부모들이 어린녀자를 밤중에내놋난것을 위태롭게역여서 반대를하는듯하나 경성우편국에서는야근하는 교환수에게는 통장을배부하야 가정과에련락을 취하야 가지고 우편국에서가는 시간과집에도착하는 시간을일일히 긔입한후 시간에조금만 차이가나도 엄중한 취조를함으로 아모렴녀할점이업슬터"라는 말을 덧붙이고 있다.(「젊은 여자의 새직업」, 《東亞日報(동아일보)》, 1920. 4. 12.

5 김수진, 「신여성담론 생산의 식민지적 구조와 《신여성》」, 『경제와사회』 69, 비판사회학회, 2006, 265쪽.

6 서지영, 「민족과 제국 '사이': 식민지 조선 신여성의 근대」, 『한국학연구』 29, 고려대학교 한국학연구소, 2008, 174쪽.

신여성의 대명사와도 같았던 나혜석이 1927년 세계일주를 떠나면서 남긴 대담[7]은 '신여성' 계층이 가지고 있었던 자아 실현의 욕구를 드러낸다. 1900년대 남녀평등 담론을 생각해 볼 때 나혜석의 "이조혼 긔회를 리용"하겠다는 발언은 아내의 역할보다 여성으로서의 역할에 무게를 두는 것이었다. 이는 나혜석(혹은 '신여성'계층)이 가지고 있었던 전통적인 어머니상에 대한 부정적 인식을 드러낸다. 나아가 그것이 중시하는 가치들이 여성의 사회적 자아를 억압하는 요인으로서 받아들여졌음을 깨닫게 한다.

1920년대는 지금까지 유입되었던 신문물과 외국 유학파 식자층들의 다양한 문화 기초가 배양된 시기이기도 했다. 무성영화의 해설역을 맡았던 변사의 수가 2,000여 명에 달할 정도[8]였고 단성사, 우미관 등에서 상영되는 영화·연극·무용 공연에 대한 관심이 증가했을 뿐만 아니라 대운동회[9]나 메이저리그 선수 초청[10]등 시민들이 참여하고 관람할 수 있는 각종 행사가 개최되기도 하였다. 이는 나혜석의 "내가 20일간 京城(경성)에 잇슬 동안 다른 곳에도 만히 잇섯거니와 청년회 관에서만 음악회가 네 번 잇섯다."[11]라는 증언에서 볼 수 있는 것과 같이 1920년대 당시 경성 문화의 발전과 성행을 짐작할 수 있다.

---

7 「경성역에서 세계일주 출발」, ≪朝鮮日報(조선일보)≫, 1927. 6. 21.
8 「포스터만千萬枚(천만매) 辯士(변사)約二千餘(약이천여)」, ≪東亞日報(동아일보)≫, 1928. 2. 10.
9 「경성시민대운동회」, ≪東亞日報(동아일보)≫, 1920. 5. 3.
10 「1922년 MLB올스타 야구팀 첫 국내 방한(만철구장)」, ≪朝鮮日報(조선일보)≫, 1922. 12. 10.
11 晶月(정월, 나혜석), 「一年(일년)만에 본 京城(경성)의 雜感(잡감), 하이카라가 느러가는 京城(경성)=尹心悳(윤심덕) 音樂會(음악회)를 보고, 朝鮮美展(조선미전)을 보고=土月會(토월회) 李月華(이월화)氏(씨)에게」, ≪개벽≫ 49, 1924. 7; 본 감상에서는 "京城市街(경성시가)에는 쏙쏙 뽑은 청년 양복쟁이가 전보다 만하진

그러나 이러한 문화적 성행과 근대 도시로서의 발전에 긍정적인 면 모만이 있었던 것은 아니다. 경성에 거주하는 일본인과 조선인 간의 자본적 격차는 경성 또는 경성 부근으로 이주해 온 조선인들이 대부분 단순노동과 일용직 등을 통해 생계를 유지하는 것에서도 포착된다. ≪경성신문≫ 기자 아카마 기후(赤間騎風)의 '일용직 시장 탐방 기록'은 이 점에서 경성의 서민 경제와 일용직 시장의 면모를 살필 수 있는 생생한 사료이다. 그는 신분을 숨긴 채 청소부, 거지, 청요리집, 신기료 장수, 넝마주이 등의 직업을 경험하며 경성의 서민·빈민층 생활에 대해 기록했다.[12]

경성에서 발생하는 대부분의 수익이 다수의 일본인과 소수의 조선인에게 집중되면서 경성으로 이주해 온 조선인들은 하루 벌어 하루를 사는 극빈층의 삶을 전전했다. 아카마 기후(赤間騎風)에 따르면 1920년대 초 쓰레기 청소부의 일당은 70전이었는데 당시 경성 외곽에 거주하던 극빈자들이 월 10~20원(1,000~2,000전)의 수입으로 하루 일식(一食)을 하며 생계를 이어갔다[13]는 것을 상기한다면 "그들에게는 먹고사는 문제가 심각하다"는 서술이 사실과 큰 차이가 없었음을 알 수 있다. 같은 시선에서 현진건의『운수 좋은 날』(1924)의 김 첨지 친구 치삼이 "여보게 또 붓다니, 벌써 우리가 넉 잔씩 먹었네, 돈

것 갓고 (……) 길가에 다니며 보너래면 작년보다 요리집이 만하진 것 갓고 낫서룬 변호사사무소라고 씨운 막둑이 여러 군대 보인다. 그러고 작년에 보지 못하던 安國洞行(안국동행) 전차와 迎秋門行(영추문행) 전차를 보고 깜작 놀낫다."는 서술은 당시 경성이 급격히 발전하고 있었음을 보여준다.「경성역에서 세계일주 출발」, ≪朝鮮日報(조선일보)≫, 1927. 6. 21.

12 「포스터만千萬枚(천만매) 辯士(변사)約二千餘(약이천여)」, ≪東亞日報(동아일보)≫, 1928. 2. 10.

13 「一日(일일)一食(일식)의極貧者(극빈자)萬七千戶(만칠천호)十萬餘名(십만여명)」, ≪東亞日報(동아일보)≫, 1928. 8. 2.

이 사십 전일세."라는 대화 역시 도시 극빈층이었던 인력거꾼들의 현실을 여실하게 드러내고 있다고 볼 수 있다.

1920년대 경성은 근대 도시로서의 토양을 마련하고 인구와 경제 규모가 폭증하였으며 문화적으로도 활발한 발전을 보인 공간이었다. 일제의 통치 방침 변화로 식자층의 증대와 이에 따른 문화 향유 계층의 확대는 각계의 예술과 문화가 질적·양적으로 발전하는 계기가 되어 경성이 1930년대 문화관광 도시로서 기능할 수 있는 문화적·경제적 토대를 마련하였다. 이 뿐만 아니라 경제 규모의 성장은 여성이 사회로 진출할 수 있는 여건을 이루었으며 이는 교육을 받은 여성층의 출현과 맞물려 "신여성"이라는 기치 아래 봉건적 가치관을 부정하는 계기가 되기도 하였다.

이처럼 경성의 발전 이면에는 불균형한 자본 분배와 조선인 극빈층의 증가라는 부작용이 존재했다. "부세부담액의 강약"으로 "권리주장의 강약"을 정할 수 있느냐 강론하며 "그대들은 果然(과연) 朝鮮人(조선인)을 爲(위)하여 誠意(성의)잇는 政治(정치)를하엿다고 할수가 잇는가"라고 비판하였던 1924년 《조선일보》의 칼럼[14]은 1920년대 경성의 어두운 일면을 고발하는 외침이었다.

이근영 | 최연 | 김태형

---

14 「府稅負擔(부세부담)으로본京城(경성)의主人(주인)」, 《朝鮮日報(조선일보)》, 1924. 9. 24.

남대문

박팔양

서울은 행복스러운 都城이외다
그는 그의 가슴에 南大門을 안엇스니
사랑하는 사람을 안은 젊은 사나이와 가티
즐거움과 든든함으로
그의 마음은 하나 가득할 것이외다
내가 고생살이 10년을 하는 동안에
무엇을 바라고서 살엇사오리까마는
새벽 안개 속에 묵묵히 서울을 지키고 잇는
南大門 하나를 바라보고 살어왓사외다
이 都城의 사람들이 또한 그러하외다
그들이 鬱憤하여 터질 듯한 가슴을 안꼬
거리에서 거리로, 비틀거리는 발길을 옴길 때
누가 그들을 慰勞하여 주엇사오리까
업사외다, 오직 南大門 하나이 잇슬 뿐이외다.
내가 모든 행복으로부터 버림을 밧고

붉은 주먹을 쥐고 죽엄을 부르지즈며 뛰어 다닐 때

南大門은 그윽한 중에 나에게 말하엿사외다

『참고 준비하라! 이제 약속한 날이 온다!』고-

친구께서도 만약 마음의 문을 열으신다면

南大門의 그윽한 말소리를 들어시리다

『기다림에 지처 소망을 일허버린 백성들이여

감격한 중에 준비하라! 약속한 날이 가까웁다』는

내 고요히 눈을 감고 南大門을 볼 때에

그 곳에 祭壇 모우고 기도들이는

가난하고 불행한 만흔 목숨을 보앗사외다

『巨人이 오소서 거인이 오소서

약속한 날 어서 오소서』

오늘도 나는 나의 사랑하는 福順어와 가티

이른 아침에 南大門의 겨틀 거닐엇사외다

우리 조상과 우리를 보고 또 우리 자손을 지킬

어버이가튼 慈悲와 예언자가튼 위엄을 가진

그의 아플 오랫동안 떠나지 못하엿사외다

『동광』, 1927.1.

네 거리의 順伊[15]

임화

네가 지금 간다면 어듸를 간단 말이냐

그러면 내 사랑하는 젊은 동모

너 내 사랑하는 오즉 한아뿐인 동생 순이 너의 사랑하는 그 귀중한 아이희—

근로하는 모—든 여자의 연인……

그 청년인 용감함 산아희가 어듸서 온단 말이냐

눈바람찬 불상한 도시 종로 복판의 순이야

너와 나는 지내간 꼿피는 봄에 사랑하는 한 어머니를 눈물나는 가난 속에서 여의엇지

그리하여 너는 이 밋지못할 얼굴 하얀 옵바를 염녀하고 옵바는 너를 근심하는 가난한 그날 속에서도

순이야—너는 네 마음을 둘 미덤성 잇는 이나라 청년을 가젓섯고

내 사랑하는 동모는……

---

15 『조선지광』 수록 판본

청년의 연인 근로하는 여자 너를 가젓섯다

그리하야

찬 눈보라가 유리창을 때리는 그날에도 기계소리에 지워지는 우리
들의 참새 너의들의 콧소리와,

또 언밥이 가난을 울니는 그날에도

우리는 바람과 갓치 거리에서 만나 거리에서 헤며

골목 뒤에서 의론하고 공장에서 ×은 누구며 그 일은 웬일이냐

순이야— 이것은……

너도 잘 알고 나도 잘 아는 멀정한 사실이 아니냐

보아라— 어늬 ×이 도××인가

이 눈물나는 가난한 젊은날의 가진 이 불상한 즐거움을 노리는 ×
하구

그 조그만 풍선보다 딴 꿈을 안 깨치려는 간지런 마음하구

말하여보아라 이 나라에 가득 찬 고마운 젊은이들아—

순이야 누이야

근로하는 청년 용감한 산아희의 연인아……

생각해보아라, 오늘은 네 귀중한 청년인 용감한 산아희가

젊은 나을 싸홈에 보내든 그 손으로

지금은 젊은 피로 벽돌담에다 달력을 그리겟구나

그리고 이 추운 밤 가느다란 그 다리가 피아노줄갓치 떨니겟구나

또 여봐라 어서
이 산아희도 네 크다란 웁바를……
남은 것이라고는 때무든 넥타이 한아뿐이 아니냐

오오 눈보라는 도락구처럼 길거리를 다라나는구나

자 좃타 바루 종로 네거리가 아니냐—
어서 너와 나는 번개갓치 손을 잡고 또 다음 일 계획하러 또 남은
동모와 함께 거둔 골목으로 드러가자
네 산아희를 찻고 또 근로하는 모—든 여자의 연인인 용감한 청년
을 차즈러……

그리하여 *끈*니지 안는 새롭은 용의와 계획으로 젊은날을 보내라

『조선지광』, 1929.1.

네 거리의 順伊[16]

임화

네가 지금 간다면, 어디를 간단 말이냐?

그러면, 내 사랑하는 젊은 동무,

너, 내 사랑하는 오즉 한아뿐인 동생 順伊,

너의 사랑하는 그 귀중한 사내,

근로하는 모든 女子의 戀人…

그 靑年인 용감한 사내가 어디서 온단 말이냐?

눈바람 찬 불상한 都市 鐘路 복판에 順伊야!

너와 나는 지나간 꽃 피는 봄에 사랑하는 한 어머니를

눈물 나는 가난 속에서 여의었지!

그리하여 너는 이 믿지 못할 얼굴 하얀 오빠를 염려하고,

오빠는 가날핀 너를 근심하는,

서글프고 가난한 그날 속에서도,

順伊야, 너는 네 마음을 맡길 믿음성 있는 이곳 靑年을 가졌었고,

---

16 『현해탄』 수록 판본

내 사랑하는 동무는…

靑年의 戀人 근로하는 女子 너를 가졌었다.

겨울날 찬 눈보라가 유리창에 우는 아픈 그 시절,

기계 소리에 말려 흩어지는 우리들의 참새 너희들의 콧노래와,

언 눈길을 걷는 발자국 소리와 더불어 가슴속으로 스며드는

청년과 너의 따듯한 귓속 다정한 웃음으로

우리의 靑春은 참말로 꽃다왔고,

언 밥이 주림보다도 쓰리게

가난한 靑春을 울리는 날,

어머니가 되어 우리를 따듯한 품속에 안아주던 것은

오직 하나 거리에서 만나 거리에서 헤어지며,

골목 뒤에서 중얼대고 일터에서 충성되던

꺼질 줄 모르는 청춘의 정렬 그것이었다.

비할 데 없는 괴로움 가운데서도

얼마나 큰 즐거움이 우리의 머리 위에 빛났더냐?

그러나 이 가장 귀중한 너 나의 사이에서

한 청년은 대체 어디로 갔느냐?

어찌된 일이냐?

順伊야, 이것은…

너도 잘 알고 나도 잘 아는 멀쩡한 事實이 아니냐?

보아라! 어느 누가 참말로 도적놈이냐?

이 눈물 나는 가난한 젊은 날이 가진

불상한 즐거움을 노리는 마음하고,

그 조그만 참말로 風船보다 엷은 숨을 안 깨치려는 간지런 마음하고,

말하여 보아라, 이곳에 가득 찬 고마운 젊은이들아!

順伊야, 누이야!

근로하는 靑年, 용감한 사내의 戀人아!

생각해 보아라, 오늘은 네 귀중한 청년인 용감한 사내가

젊은 날을 부지런할 일에 보내던 그 여윈 손가락으로

지금은 굳은 벽돌담에다 달력을 그리겠구나!

또 이거 봐라, 어서.

이 사내도 네 커다란 오빠를…

남은 것이라고는 때 묻은 넥타이 하나뿐이 아니냐!

오오, 눈보라는 「튜럭」처럼 길거리를 휘몰아 간다.

자 좋다, 바로 鐘路 네 거리가 예 아니냐!

어서 너와 나는 번개처럼 두 손을 잡고,

내일을 위하여 저 골목으로 들어가자,

네 사내를 위하여,

또 근로하는 모든 女子의 戀人을 위하여…

이것이 너와 나의 幸福된 靑春이 아니냐?

『현해탄』, 1936.

라혜석, 김우영 공개청첩장

금십오일 오후세시에 뎡동례배당에서 결혼식을 거행하는 경도데국
대학교 출신 법학사 변호사 「김우영」 씨와 동경녀자미술학교출신 「라
혜석」량

≪동아일보≫, 1920.4.10.

歡迎밧는 朝鮮人 電話交換手
젊은 녀자의 새직업 뎐화교환수

경성우편국에서 뎐화교환수로 조선녀자를 채용한다난대 학식은 보통학교 졸업뎡도이면 족하겟스나 제일 긴한 것은 일어이라. 학식이 아모리넉넉하여도 일본말이능하지못하면 될수가 업난 일이며 처음드러가서 삼개월동안 견습하는중에는 일급으로오십일전을 주며 졸업후에는 륙십전이상의일급을 주는대 그외에근면수당ㅅㅏ지 합하면 한달에 이십사오원 가량은될것이요 교환사무에 종사하는시간만하여도 사십오분동안마다 십오분간식 휴식을하게되얏슴으로 하로동안아모리 일을만히하여도 여덜시간이 넙지를못하며임의 교환수가되야 실무에종사하는 조선녀자가세사람이 잇스니 세사람이다함께 경성녀자고등보통학교 졸업생인대 매오 성적이량호함으로이제브터는 어대까지든지 조선녀자를 만히 초용할터인대 년령은십오륙세로 이십삼사세가 제일 조흐며 성적만조흐면 사개월마다 상당한 승급도잇슬지며 긔회를 보와 녀자판임관도 내겟다하며 지금 잇는 세녀자는도모지 야근을시려하는 듯한대 그거슨 자긔자신이 시려하는것이 안이라아즉 세상형편을아지못하난 가정의부모들이 어린녀자를 밤중에 내놋난것을 위태롭

계역여서 반대를하는 듯하나 경성우편국에서는야근하는 교환수에게는 통장을배부하야 가정과에련락을 취하야가지고 우편국에서가는 시간과집에도착하는 시간을일일히 긔입한후 시간에조금만 차이가나도 엄중한 취조를함으로 아모럼녀할점이업슬터이니일반가정에서는 이점에깁히 량해한후노는녀자가잇거든 경력도엇게할 겸하야보내시면 조흘듯하다고 경성우편국당국쟈는말하더라

◇조선녀자의뎐화교환수

≪동아일보≫, 1920. 4. 12.

京城市民大運動會

작이일에경북궁안에서 만도시민의장쾌한운동
자전차경주自轉車競走는 엄복동과심하의 두선수가결투해
『마라손』경주競走의영관榮冠
최원긔군에게 삼십칠분간에시내를 일주한장쾌한광경?
돌연중지突然中止 사십회자전거경주에 말성이생겨돌연중지

오래동안 기다리고 기다리든경성상공민 련합대운동은 예정과갓치
작이일오젼십시부터경복궁안너른 마당에서열니엇다 아참부터드리밀
니는 구경군이 엇더케만흔지 경성시민젼톄는 남녀로소를물론하고 젼
부가 나온듯하다

사람의사태

가별안간난것갓치 드리밀니는 구경군은광화문이좁아서 억개를부
비며 닷호아드러간다 끗을이어서 드러간사람이 잠간사이에 너른마당

구석구석이 사람의 물결이 창일하야 수십만명의 구경군의발아래서 이러나는 몬지는몽몽히 중텬을덥고 의긔충텬한각선수들은 제마다당일의 일등을예긔하고 련속하야떠오르는 화포소래는 은은히중텬을 울니여용장한선수의의긔를 더욱더욱 도아주는대 당일에운동은 광화문밧게서 출발하는 일백이십명의마라손경주와 경복궁안에 서는칠십여명의자전거선수의이십사二十四회의 자전거 경주와두패로갈리엿다 사람의 혼잡함은 멋해젼공진회때와 일반이라하니 자세한수효는 알수업스나무려 십만명으로 추측하겟다팔뚝에 붉은테를두른 운동회위원은 오는손님접대하기에 분주한대 래빈은젼후좌우로 못물이푸르고 서늘한바람이 낫을부러오는 경회루로인도하는대 래빈석좌우에는 홍백장망을 둘너치고기생 오륙인이나서서 맥주를 권하얏다

운동장에는 매회마다 수십명의선수가 꽝꽝히이러나는 화포소래와 가치 두눈을고누고 서잇다가 길게이러나는 몬지와함께떠나서 한밧퀴를돌아 최후의결승뎜에 도착할적에는 선수제각기 최후의 용긔를다하야 일등을닷호는모양은 북해가끌는듯 풍우가치 모라가는선수와함끠 수만명구경군이소래를질너 외쳐주는소래 운동장이떠나가는듯하다

선수즁에난조선안일본인 중국인이함끠석기엿는대 제일회로네밧퀴 경쥬에는 일본인촌도원십낭村島源十郎군이일등이요 조선인젼봉쳔全鳳天군이 이등이엿스며 제이회팔주八週경주에는 지하이일志賀理一군 일등이엿스며 제삼회사주四週경주에는 석관일石川實군이일등이요조수만趙壽萬군이이등 이엿스며 제사회륙주六週 경주에는 증전차랑增田次郎군이일 등이요 정기준鄭基俊군이이등이요제륙회륙주경주에는신황룡申黃龍군이일동이요

제팔회팔주경에는 암전정길岩田正吉군이일등이엿스며제구회팔주
경주에는김동수金東洙군이일등이엿다그중에오회와칠회의십오주 경
주는조선안에서 자전거잘타기로 날고긴다하는 일류선수이라 그의경
쟁하는모양은 더욱격렬하고 박수와응원의 소래도 더욱이격열하얏섯
는대 결국제오회에는 조선에서 자전거잘타기로 유명한엄복동군이일
등이엇스며 제칠회에는 삼하정일森下正一군이 일등이엿섯고일류선
수중 삼등에 중국인진옥찬陳玉册군이잇섯스며년소한자전거선수황
수복黃壽福군도일류선수중에서일본인일류선수삼하정일과 최후의결
승을 닷호다가 전긔삼하의자전거에채여 너머진것은 관객의매우유감
으로아는바이라 그리하야 오회와칠회에 뽑힌일류선수를 최후의경주
에 한데붓치여 그결승점을볼터이라한다 심판석에는 여러가지상품을
산가치싸하놋코 차례로주는대 심판계의일본인도 말하기를최후의일
등은엄복동과삼하의경쟁이라고 말하얏다 당일 상품의종류는 일류선
수제일착에게는 정자옥丁字屋에서지은 양복한벌양산한개 우승기優
勝한개 금「메탈」 한개를줄터이며 제이류선수 제일착에는 여행용「투
랭크」한개공기침枕한개 은「메탈」한개 우승긔한개이요 그아래도다수
한 상품이무수하다더라

대궐안에는 각종의 운동이잇고광화문밧 혜태압헤서는 이번운동회
의 제일멀고장쾌한 경성시내를일주하는「마라손」경주를거행는장소
임으로앗츰 열시로부터몰녀오는 사람들은 그널분류 조압큰길이 빽빽
하게 미러올나오며 좌우에는 말탄순사가목이 쉬도록 제어하야도 당
할수업시쾌패압뒤로드리덤비여엇지할수 업슬디경의 혼잡을이루어아
모 제한도업는 선수의출발점은겨우 선수의 일대약일백여명을정렬시

키여 그것으로 울타리를삼어 욱여드는 군중을겨우제어하고 잇다선수의 출발시간을오젼열시로 정하얏스나 여러가지로 고장이생기여 오젼십일시십분에 이굉장한 경주의선수는출발하얏다 경주선수는 제일 히머리를 동이고 가비여운속옷들만 입어서얼는 보아도상쾌하고정신이 제절로나는 백여명의선수들은 흑백기를 한번두르매두주먹을 블끈주이고 다라나는중에 전후자우로 둘너싸은군중들은 일제히소래를질너서응원하얏다 선수들은잇는 용기를다내이여종로 사정목으로 본정오뎡목을지내여 일출학교압으로 남산공원을 올나가서 서대문으로도라와서 최후결성점으로 정한광화문 압오른편 첫재로잇는 해태압으로 도라왓는대 제일첫재로도착한일등이 삼십륙분 오십사초동안이 걸넛는대 이거리로말하면 대략칠마일의 장거리라이장거리의 경주에 일등으로 도착한 사람은조선사람

최원기崔元基 이십사세二十四歲(차부車夫)

이오 동이등에는 경성조차부김출京城組車夫金出(二四)동삼등에는 상동차부김갑성上同車夫金甲成(二七)등삼인이 도착하고 기타 사, 오등이 차차로도착하얏는대 사등일한조차부 룡천감차랑一丸組車夫龍川勘次郎(三五)오등경성조차부 홍남국京城組車夫洪南國(二二)륙등 남산정이정목고교정긔南山町二丁 目高橋正己三一칠등 혼이상점급사 최홍석丸二商會給仕崔鴻石(一九)팔등 서소문정등송십랑西小門町藤松十郎구등 앵뎡뎡중정주상내김자준櫻井町中井酒商內 金子俊(一九)십등 대정조차부전중오랑大正組車夫田中五郎(二六)인대기

타션수난차례로도착하얏는대 선수들은대개 경회루안으로 다리고드
러가서 일동을휴식하게하고 약한시간 동안을쉬힌후에 각각상을주엇
는대 일등최원기군에게는 상품으로 금시게와 또경성재향군인회회장
고도룡일京城在鄉軍人會長高島龍一씨의 기부한큰 꼿테(花環)을주
고 기타이삼등으로차차등수에 따러서상을준후에 선수일동은 행렬을
지어 경복궁내운동장을 하번도라다닌후에 경회루에서 질거운음악을
연주하고그림사진을 박이고 오후한시반에성대한『마라손』경주는맛
치엇다

초이튼날 경복국안에 시민대운동회는맛참 일긔가청명하야 순서를
조차 잘진행하는중 불행히제이십사회 사십주자젼거 경주를하는중에
뜻밧게대소동이 이러나운동회는하오다섯시에마참내중지가 되고마럿
다이에 그자서한내용을보도하건대사십회경주선수여덜사람이용긔를
다하야주위를 돌새다른 선수들은불행히중도에서 다너머 뒤로떠러지
고오즉 선수엄복동嚴福童군과 다른 일보선수 한사람만나마승부를
결하게 되엿난대그것도 엄복동군은 삼십여회를들고 다른일본사람이
엄군보다 멋회를뒤떠러저 명예의일등은의심업시 엄군의 엇개에떠러
지게 되엿는대엇지된 일인지심판석에서는 벼알간중지를 명령함에 엄
군은 분함을 이기지못하야『이것은 꼭협잡으로나를 일등을 안이주려
고하난 교활한수단이라!』브르지즈며 우승긔잇는곳으로 달녀드러『이
까진우승긔를두엇다무엇하느냐』고우승긔대를잡아꺽그매엽헤잇든 일
본사람들이 일시에달녀드러 엄군을구타하야 엄군은 마참내목에상처
를내고 피까지흘니게되매 일반군중들은 소래를치며『엄복동이가 마
저죽는다고 운동장안으로 물결가치달녀드러 욕하는자돌던지는자 꾸

짓는자 형형색색에 분개한 행동은자못위험한지경에이르럿스나다행히
경관의진력으로군중은헤치고 회는마참내중지가되고 마럿는대 자세
한뎐말은 추후보도하겟스나위선이것만보도하노라

≪동아일보≫, 1920.5.3.

여자학교女子學校의원조元祖
리화학당창립삼십오주년긔념식

　동해東海에 갓처잇든 처녀가서녁에서부러 오는새로운 문명의바람을 마시든곳이 어대이뇨? 각갑한 장옷을버서붓치고 안방구석을 떠나든곳이 어대이뇨? 봉제사접빈객외에 녀자다운 녀자의 새로운의무를 깨닷든곳이 어대이뇨? 지금으로부터 삼십오년젼 우리의사회가 도원의봄꿈을 깨지못하고녀자의 새교육이 무엇인지알지도 못할때에 창해수만리의묘망한바다를 건너온손님 노랑머리푸른눈의 미국사람"시란돈"부인이 설립한 리화학당(梨花學堂)이그곳이라 개국사백구일십사년開國四百九十四年서력쳔팔백팔십오년에미국감리교회외국선교부부인대표자"시란돈"부인이 동학담을 설립하고어둠침침한조선식朝鮮式가옥에서수십명녀자를 모집하야 가라치며그이듬해에 당시한국학부대신김윤식韓國學部大臣金允植씨가가리태왕뎐하께 품하야 리화학당이란 명칭을 배수한후보통과와 고등과를 설립하얏스며 일천팔백구십삼년에 미스『폐인』이당냥으로피임하고일쳔팔백구십칠년에뎡동貞洞마루턱이에 굉대한 양제의교실건축을 긔공하야 일쳔구백년에건축을맛치고 일쳔구백사년에중학교를설치하고 동칠년에미스"푸라이"

가당당으로피임하고동십년에대学과大學科를설치하고 동십이년에 총
독부령에의지하야 당국의허가를엇고 동십삼년에유치원幼稚園을증
설하고 동십사년에대학교의뎨일회졸업생을내이게되야 삼십여년동안
에전혀여자교육에힘을써서 륙백여명의 졸업생을내인 동학당이야말
로과거로는 사립녀학교중에원조이요 현재로는 조선녀자교육계의한
이채異彩이라동학당졸업생은 모다가뎡에 드러가현처량모가 되엿스
며 대학과졸업생중에는 미국으로 류학간사람이 오륙인이나 되는대그
중"신마실나"양은미국모대학에재학중이라더라

성황盛況의기념식紀念式
청아한"봄의노래"
　지나간 이십팔일오후세시부터뎡동리화학당에서는 동학당 창립삼
십오쥬년긔념식을 성대히거행하얏는대 뎡각전부터 그학교를 졸업한
젊은부인 학부형되는 늙은할머니 청대를밧은손님들이 드리밀니어 넓
은교장안에사람의 울타리를이루고 식장안에는 연두색금잔듸가 곱게
깔녀잇고 두어주의함박꼿은 당철을자랑하는대 백설가튼 흰옷을제일
히입은 꼿가튼처녀 삼백여명이나와서 김성실金誠實양의 영빈사迎賓
辭가잇슨후동학당클라스의 륙월시곡六月詩曲봄의노래의합창은 부
드러운 처녀의 붉은입술사히로 가부얍게흘너나와긔묘한성악을이루
어 만장의손님을 황홀케하얏스며 어린아해의유희는 텬진란만한중에
도 무수한취미가잇는중 더욱우수운것은 서양인의 어린아해를 조선
의색동저고리를 입히어석겨놀니는것이엇스며 고등과녀학생의"딴스"
는수풀사히에픠인 백합화가 바람을좃차나붓기는듯이 하늘에서 내린

선녀떼까치 아름다워 관객에갈채를만히밧앗스며 그후로는"애스터"연
극이잇서성황중에식을마추엇더라

≪동아일보≫, 1920.5.30.

시로 되는 쌀내터

경성부京城府에부내셰곳에쌀내터를만든다함은임의보도한바어니
와두곳은발셔즈리를뎡한모양이요흔곳은지금쳐소를됴사연구즁이라는
대결뎡된두곳즁한곳은쳥계천淸溪川의상류루상동樓上洞이나혹은루
하동樓下洞부근이요쏘한곳은경복궁景福宮동쪽팔판동八判洞부근이
라는대이제 그설계設計의내용을듯건딘쌀내터는쌀늬하는곳의아리에
물이 고여잇는 못(池)을만드러쌀내한곳에물이흘너그못속에고이게 하
는것인대쌀내터의넓히느팔십명내지약빅명가량이쌀내를하게하며못에
고인쌀내한물은드러운것을밋탕에가라안치고 우으로 쩌오르는 졍한
물만아리로흘너나리게하며경비는일년에약구쳔원가량이라더라

≪매일신보≫, 1924.4.3.

백남『푸로덕숀』의처녀작『심청』조선극장에상연즁

　우리조선에 활동사진이 수입소개된지는 이미오래이나 우리조선사람의손으로 제작되기는 최근의일이다 대개는 서양사진뿐이요 그러치안흐면 일본작품이엿던것이 작년에야 경성단성사와조선극장에서 상연된『비연의곡』,『장화홍련전』,『운영전』『춘향전』과가튼모든작품이 조신이란디방색을띄고 나오게 되엇스나모든것이 첫시험에 지내지못하야 거의다작품으로서 성공을하지못한것은 현재 조선에잇서서는 자본이적고 아즉경험이업는까닭이다 그러나오히려 그만한결과를 어든것만으로도 충분하다할수잇다

　그런데 이번에 조선극장에서처음으로 상영된『심청』은『백남프로덕숀』에서제작한작품인바 우리조선사람으로서 효녀심청의 이약이를 모르는이가 업는것만큼『심청』의작품이환영을밧는중이다 그러나 물론이작품은조선에서도 멋번채 되지못하는시험이오또는『백남프로덕숀』으로서도처음으로『스크링』에비취인 처녀작이라 만흔긔대를가지고 볼수잇다 그런데이사진은한말로말하면 유감이지마는 여러가지로 좀더엇지하엿스면 하는부족한덤이 만흐며 경험이 적음으로애를놉시

쓴 그효과 가거의 엄서뵈인다 이것은 무엇보다도 변변한촬영소하나도 업는것이 큰 원인인듯하다 님금이 님금다워보이지안는것이든지 또는 심청이가님검의사랑을바들때나동냥자루를메고다니든그때나조곰도 다름업서뵈이는것이며룡궁이룡궁다워보이지안는것이 모도다 돈을맘 대로풀지못한까닭이라고할수잇다 활동사진은 사람의 착각을리용하 는것임으로 어데까지든지돈의힘으로나 또는 연구의힘으로그럴듯하 게 하는데에서 관중외아름다운 감동을 이르키게되는것이다 무엇보 다도 빈약한것이 이사진에는 큰유감이다 그러나돈을그만큼쓴형적이 뵈이지안코 또는그만큼경험이업는 우리조선에서처녀작으로그만한인 긔를 끌게된것은 큰성공이라할수잇다 그리고출연한배우의 표정과 동 작이너무나 단조하여보인다 그러나이것은 첫시험으로면할수업는현 상이다 엇잿든처녀작으로는 성공하엿다 할수잇다

≪조선일보≫, 1925.4.1.

한강漢江의 스케트대회大會

작십칠일오전구시부터한강인도교부근에는체육회주회도「스케트」대회가잇섯는데압록강鴨綠江에서 렬리는만선스케트대회의 예선을하기위하야예년과가티개최된것이다 아츰부터남녀관중은 눈덥힌한강으로모여들어매우성황을어덧다한다(사진은스케트대회광경)

≪시대일보≫, 1926.1.18.

10

羅蕙錫女史 世界漫遊 二十二日京城驛出發

녀류화가라혜석羅蕙錫(三二)씨는예술의 와국불란서를 중심으로로동
서양각국의 그림을 시찰코저 오는이십이일 밤열시오십분차로경성역
을떠나 일년반동아세계를 일주할예정으로 금일오전일곱시 사십오분
경부선텰차로 동래東萊자택에서 입경하야 방금조선호텔에 톄재중인
바 녀사는 시베리아를횡단하야먼저 로농사회주의공화국련합勞農社
會主義共和國聯合인 적색노서아露西亞를거처 장차 영길리英吉利독
일獨逸이태리伊太利불란서佛蘭西백이의白耳義오디리墺地利화란和
蘭서반아西班牙서서瑞西서뎐瑞典정말丁抹락위諾威토이기土耳其파
사波斯첵크 섬라暹羅 희랍希臘 미국米國 등을 순회 할터 이라하면
녀사는 조선 호텔로방문한 긔자를 향하야 매우다정한 우슴을 띄우고
『일년반이라는 짜른세월에무슨공부가되겟습니까마는 남편이구미시
찰을 떠나는길인고로 이조흔긔회를 리용하야잠간잠간 각국의 예술
품을구경만하는것이라도적지안흔소득이잇슬줄밋고가는것이올시다
이왕먼길을 가는길에 여러해 동안잇서 착실한 공부를하여 가지고 돌
아오고 십지마는어린아이를 셋식이나두고 가는 터임으로 모든것이

뜻과가티되지못합니다』하더라

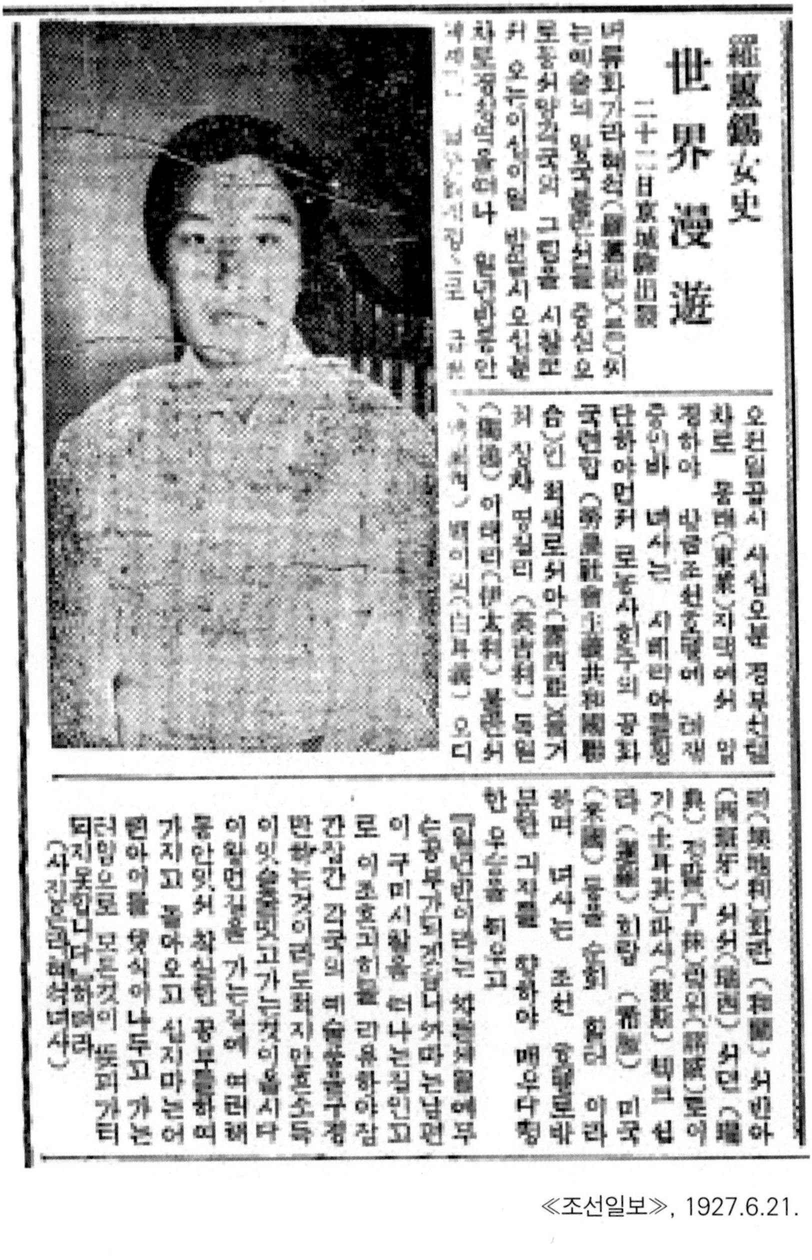
羅蕙錫女史 世界漫遊

二十二日京城發出發

≪조선일보≫, 1927.6.21.

11

崔承喜壤의 舞踊을보고

남유달은육체미肉體美

　지나처 발달된까닭이엇든지조선의예술은 미러처퇴패하고말엇섯다 그리하야 지금의우리는그것을 다시일으키고자노력하는 터이다 그러나역시지튼바잇섯슴이엇든지 문학에잇서미술에잇 서 음악에잇서뜻만두면담류달니장족진보를 하는것은밧게서 보는사람들은물론우리스스로생각하야도 특별한댱족진보라고 아니할수업는 것은움직일수업는사실이라고 생각한다

　일본무용가舞踊家석정막石井漠씨일행이서울에와서공연을한다고 하야 구경을갓섯다좀게을너서 늦게갓드니 사람엇지도만혼지 문밧게서외눈깔만가지고 각가스로보는데그것도토막토막잘러보는수 밧게업섯다하도굼주리는 판에다가하도고생스럽게 보아서 그러한지소문으로 듯든바이상으로사람으로하야금 취케하얏다더욱이최승희(崔承喜)라는 조선소녀가이단에 석겨잇섯다 프로그람이하나둘 진행되자 데팔에일으니이번에는 바로최승희양의춤이다 춤을모스코우스 기』의

세레나티』곡에마추운 것이 잇섯다고흔멜로듸』가류량히흘러나오자
검은빗 우단장막에악크』등은비친다 양은나비가치날어 나왔다 봄동
산아지랑이가 피어오름인지고흔바람이맑은물을 흔들음인지남유달니
아름다운육테미를 가진곡선과곡선에서 흘러나오는리듬나는잔소리
될것가터서이만쓰랴한다 그러나한마듸더할것은양은 만일개년 가량
공부한것이라한다 본래텬품이잇섯든지는몰으겟스나 이를보건대무용
이라고는 그림자도볼수업시된이때에 잇서서 양한사람이나마 이러하
고그의포부또한크다하니 우리의무용게를위하야누구나다깃뿔을마지
안을 것이다(生)

아직도오년五年
더연구研究할예정豫定
최승희양면회담崔承喜壤面會談

　아직 가태서는 하나밧게업는조선의무용가 최승희(崔承喜)양을차
젓다그는 작년봄숙명녀자고등보통학교를 마치고그오라버니되는(崔
承一)씨의주선으로석정막씨의 데자가된것인데그는일년 반이된 지금
에잇서거긔위긔본무용은 다배웠다고한다그러나그의포부를 들을진대아
직도다섯해는 더이를공부하겟다고한다 그의포부는긔본영화는긔위뵈
윗스나 그것만가지고는자긔스사로 창작무용도충분하지못하고 또는
이것으로는남을가라칠수업는터이요 더욱이녀학교테조가 전부무용화
하고마는이때에잇서서 충분한힘을길을터이라 그에한이개년걸일터이
요무용에는 음악이 병행하는것임으로 상당한학교에들어음악을한삼

년 공부한후에도라오리라더라

석정막(石井漠)씨일행무용단(舞通團)은 이십오륙량일간공회당에
서 출연하야크게환영을바든바금이십팔일 밤에는특히시내팬의청구
로 우미관(優美官)에서출연케되엿는바일행중의특색인조선 소녀최승
희양의출연이잇는 이만콤 성황을일울것을 예긔하며더욱히이것이경성
서는 최후의출연이될터이라한다특히 본보독자에한하여우대하기로하
야 본일란외에인쇄한할인권을 가지고오는분에게한하야 다음가치료
금을감하리라고한다

최승희양崔承喜壤의무용舞踊
경성京城서최후最後의출연出演

대환영중의최승희양의예술
이십팔일밤시내우미관에서

◇特特히본보속자우대本報續者優待

≪동아일보≫, 1927.10.28.

광화문 전화분국 (1922)

『朝鮮』, 朝鮮總督府, 1925.

가상소견街上所見(1) 모―던썰의장신운동裝身動

안生

원시인原始人에게는다른동물動物의보호색保護色모양으로호신상護身上필요에의하야봄동아리에여러가지모형模型을그리고 온봄을장식하엿스나현대에이르러서는 오즉성덕충동性的衝動을위한장식일것이다 그어떤것하나하나가그색채에잇서서나 형상으로잇서서나됴발덕挑發的이아닌게어듸잇든가? 그런데그것도아닌이그림과가티녀학생기타 소위신녀성들의장신운동裝身運動이요사이격열하야엿나니항용뎐차안에서만히볼수잇는것이다황금팔뚝시계―보석반지―현대녀성은이두가지가구비치못하면 무엇보담도수치인것이다그리하야뎨일시위운동示威運動)에 적당한곳은뎐차안이니이그림모양으로 큰선전이된다현대부모남편애인신사제군그대돌에게 보석반지금팔뚝시계하나를살돈이업스면그대들은 딸안해스윗하―트를둘자격이업고그리고악수할자격이업노라현대녀성이여!『에집트』무덤에서 파내인모든보물은넷날『에집트』민족의생활의유물이엇슴에그대들에게감사하는바로다

≪조선일보≫, 1928.2.5.

가상소견街上所見(2) 모—던쏜이의산보散步

안生

　현대의여러가지류행流行은—더구나됴선의여러가지류행에는활동사
진이큰힘을가지고잇다학교의수신修身과뎡보담도 목사의설교보담도
또한어비이의회채리보담도 감화感化되기에빨은것은『스크린』에꺼졋
다나타낫다하는 그림자에잇다류행은그정신방면외그것보담도 퍽쉽사
리되는것이다『하롤드,로이드』의대모테안경이됴선의젊은사람의류행
이되엇고『빠렌티노』의 귀밋머리긴살적이됴선청년들의뺨에다가염소
털을붓처노핫고『뻐스터키—톤』의졤병모자(帽子)가조선청년의머리에
쇠똥을언저주엇스며 미국서부활극西部活劇에나아오는『카—뽀이』의
가죽바지가됴선청년에게나팔바지를 입혀주엇다 그러나다—쓰러저가
는초가집만잇는 됴선의거리에그네들이산보할때에그는외국의풍정風
情인드시늣기리라대톄그대들은아모볼일도업시길로싸단니는까닭을모
르겟다그대들에게 세계모—던쏜이모—던썰의환락장歡樂場을안내하
노니늙기전에한번가서놀고오리불국파리에는『쌍쎄리제』독일백림에
는『운트덴린덴』영국론돈에는『피캐딜리—』미국에는『뿌로드,웨이』나
『팝스애비뉴』거리그에뎨일조흔것은서반안투우장西班牙鬪牛場

≪조선일보≫, 1928.2.7.

가상소견街上所見(3) 쏘리피는공작孔雀!

안生

　사람의인격人格이그의화에잇는가?한녀성女性의 미美가그란사亂射되는 색채色彩로거죽을 꾸미는데에잇는가?또한조선녀성의디위가문명하엿다는나라의 녀자의옷을걸치는데에잇는가?길로지나가는수레박휘의울림에도쓸어질듯한 다—허무러진초가집에서나아오는양장洋裝한녀자!자기가살고잇는그집갑보다도 멧배나되는그옷을입고굼주린사람들의누더이떼가이모진바람에날리여찌저저 허터지는이서울의거리를건일때에그는모—든것이초개草芥가티보힐것이다공작孔雀이여!쇠창쌀속에화려한저꼬리를피여만족하는동물원창쌀의공작이여달은창쌀속에서울부짓는새소리를듯느냐?

街上所見——(3)

꼬리피는 孔雀!——안생

사람마다인격(人格)이그외화에잇는가?——한녀성(女性)과 미(美)지가그란자(觀射)되는 색챗(色彩)로거슬 꾸미려 함에잇는가? 또한조선녀성의 디위가 무명살잇치 전보에잇는가? 길로지나가는수련반회의용법에 도몹어업돗자안나 잇섯는가?안데지! 지과가불고맛돗나그림갑보다도 꼬치나오뎌여러가이모진비람여헤회 허리지 안쿠솔로지게 굽핏하여도 노터모—짓지 쿠 초갓(草〉비람여보란듯이다 광쿠!쇠삼혈의여료런한카파꼬던뿔피 마만혹한능풍흠라잇라광의 짓이 대일은잠일록여서슬몹짓는셔 소린 붓롱느냐요

≪조선일보≫, 1928.2.9.

가상소견街上所見(4) 위대한『사탄』

안生

항용살찐사람이란그살이더찔스록감각感覺이둔하여진다한다 그래서이세상에제아모리참혹한일이라도그에게는조금도부듸칠감정까지도사라지고만다그리하야몽농하여저가는자긔의감각을살리기위하야그는잔학한행동을베풀어그대상물對象物의 전률비명戰慄悲鳴으로써형락亨樂을삼는듯하다한다ー이것은기름끼만히먹고살찐사람을일크름이다 각설ー이그림과가티태산(泰山)덩이가튼사람을 딸아가는가엽슨인형人形ー그는 온전히유연柔軟한몸둥아리가끝고가는그사람의향락을위하야사로잡힌사람일것이다 아ー얼마나아름다운인형이며얼마나그들이말하는위대한『사탄』이랴?

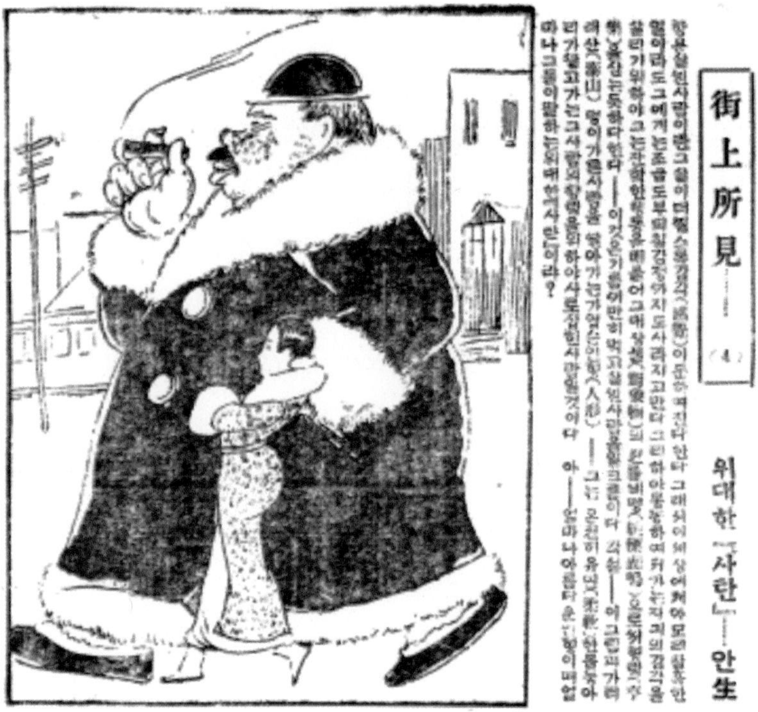

≪조선일보≫, 1928.2.10.

가상소견街上所見(5) 썩은닭의알

안生

늙은암닭이림종(臨終)을하엿슬때에 알으면서 배엿든 썩은알을나핫다 이그림의 조그만귀족貴族이바로그것이다 머리에피도안마른 조그만『쩬틀맨』그리고 삼사십이나되는『쏠저—』또그리고 그뒤에서 아양을떨며쏘차가는 여러계집! 어린『쪽키—』백작—의 행렬行列이지나갈때에 길에서암캐를따르든—녯날『카이젤』의침실寢室을 직히든『뿔덕』의색긔가컹컹짓는다 그일행의거름은빨러지엿다 일행의꼴악서니를내려다보든 해는씽긋우스며『쿠오바듸스?』라하는 듯

≪조선일보≫, 1928.2.13.

14

모-던껄. 모-던뽀이 대논평

崔鶴松

　「모던껄」과 「모던뽀이」에 대해서 감상도 조코 풍자도 조코 비평도 조흐니 무엇이나 하나 써달라는 것이 「別乾坤」의 청이다.

　「別乾坤」은 그 일홈이 기발한 것 만침 문제도 기발한 것을 취하거니와 나와 가티 평범한 사람으로써 그 기발한 문제의 해답이 능할는지 의문이라 하면 또한 의문이 되지 아니치 못할 것이다. 어느 때엔가 엇던 분이 엇던 신문에 단발미인의 평인지 감상인지를 쓴 것이 동틔가 나서 그 글을 쓴 분과 그 글을 실은 신문사가 단발미인련대의 포위공격에 수세를 일코 수항단(受降壇)아래 업드려 항복을 햇다 하니, 지금 이 글을 쓰는 나에게는 그것도 한 전감이 되지 안는 바도 아니다. 천행으로 내 붓이 잘나가면 몰으거니와 원래 서투른 솜씨이라, 서투른 무당의 굿과 가태서 도로 화(禍)나 불러 노흐면 나는 나의 잘못이니 화를 바더도 문제가 아니지만 성문에 부튼 불이 연못의 고기에게까지 미치는 격으로 「別乾坤」에까지 미친다면 그 처럼 미안한 일은 업슬 것이다.

　대개 남을 칭찬하는 것은 조흔 일이라 하지만 그것도 넘어 도에 지나치면 도로 멀미가 날ㅅ지경이어든 하물며 남의 흠담이야 더 말해 무엇하랴. 하지만 그러타고 흠을 흠이라 하지 안을ㅅ 수도 업는 일이다. 미운 애기에게 젓주는 반대로 고은 애기에게 매를 주나니 진실하고 엄숙한 흠담은 분에 넘치는 찬사보다는 나으리라고 밋는다.

대체로 말하면 나는 「모던껄」이나 「모던뽀이」를 미워하는 파도 아니요, 또 그러타고 조하하는 파도 아니다. 다시 말하면 그네들을 나와는 상관업는 사람들 가티 쌀쌀하게 보앗든 것이다. 그네들도 나를 그러케 보앗슬 것이다. 그러타고 별로 섭섭할 것은 피차 천만에ㅅ 말이지만 피차간 이러케 생긴 것만은 사실의 사실이다. 이러케 말하면 나는 로담이나 석가와 갓다는 변명 가트나 그러케 무명(無明)을 벗은 사람도 아니다. 다행히 금년 겨울은 더우니 괜찬지만 북악산의 찬바람이 거리를 싸르르 스치는 때라도 혈색 조흔 설부가 드러날만침 반짝거리는 엷은 양말에 금방에 발목이나 삐지 안을까? 보기에도, 아심아심한 구두ㅅ 뒤로 몸을 고이고 스카트ㅅ 자락이 비췰ㅅ 듯 말ㅅ 듯한 정갱이를 지나는 외투에 단발, 혹은 미미가꾸시에다가 모자를 폭 눌러쓴 모양은 멀리 보아도 밉지 안코 가까이 보아도 흉치 안타. 어찌다 길이나 좁은 데서 만나 엇갈리게 되면 나는 본능적으로 분에 결은 그 뺨과 나불거리는 귀밋을 곁눈질하게 된다. 여기서 련상되는 것은 분ㅅ길 가튼 손에 경복궁 기둥 가튼 단장을 휘두르면서 두툼한 각테 안경, 평퍼짐한 모자-엇던 시대 화가들이 쓰든 것 가튼-코 노픈 구두를 신고 장안대로는 왼통 제길이라는 듯이 활개치는 젊은 서방님들이다. 나가튼 겁쟁이는 만원된 전차ㅅ 속이나 길좁은 골목에서 그런 서방님들을 뵈오면 공연한 트집이나 잡지 안을까? 해서 질겁을 해서 뺑

손이도 치지만 하여튼 그들은 즉 「모던껄」과 「모던뽀이」는 새의 두 나래와 갓고 수레의 두 박휘와 가티 이쪽만 들면 저쪽이 섭섭해하고 저쪽만 만지면 이쪽이 섭섭해할 만침 서로 기울지 안는 짝이라, 이런 것을 생각하면 두쪽을 다 건드리는 우리 「別乾坤」의 태도도 지극히 공명정대하다고 하지 안을 수 업다.

쓸스데업는 잔소리는 집어치이고 이러케 나는 그네들과 아모 상관도 업것만 눈에 뜨이는 때면 늑기는 바가 업지도 안코 또 친구들과 서로 만나서 놀다가 화제가 그리로 돌아가면 나도 한목 끼이는 축이요, 빠지는 축은 아니다. 하나 그러타고 거기 대한 철저한 비판을 가진 것도 아니요, 또 철저치는 못 하드라도 어느 정도까지 통일된 의견을 가지지도 못하고 허허 웃어버릴만침 질스서 업는 말들인데 「모던껄」이 나오면 피아노나 활스동사진관이 따라나오고 「모던뽀이」를 말하면 기생스집이나 극장이나가 따라나오는 것만은 사실이다. 내 자신도 「모던껄」하면 현숙한 맛은 쑥 드러가고 화사하고 요염한 계집-딴스장에 나가는 녀배우 비슷한 계집에게서 밧는 듯한 늑김을 어렴푸시나마 밧게 된다. 그와 가티 「모던뽀이」에게서는 일 업시 히야까시나하고 빠질빠질 계집의 궁둥이나 쪼차 다니는 엇던 그림자 가태서 건실하고 강직한 늑김은 못 밧는다. 딴은 「모던껄」「모던뽀이」라는 말을 일본이나 조선서는 「불량소녀」「불량소년」 비슷한 의미로써 쓰는 까닭에 그러케도 늑겨지겟지만 그 자체가 우리에게 주는 늑김도 현숙하고 건실하다는 늑김이 아닌 것만은 사실이다.

나는 영문(英文)을 몰으니 그 참뜻이 엇던 것은 몰으지만 영문 아는 이의 해석을 들으면 「모던」이라는 것은 근대(近代), 또는 현대(現

代)라는, 뜻이라 한다. 그러면 「모던껄」「모던뽀이」는 근대소녀(近代
少女), 근대소년(近代少年)이니 속어로 말하자면 시체계집애, 시체사
내들이 될 것이다. 그러타면 어째 시체ㅅ 것을 그러케 조치 못한 의미
로 쓰는지, 심한 이는 「못된껄(모던껄)」「못된뽀이(모던뽀이)」라고까
지 부르며 엇던 이는 그네들 정조(貞操)에까지 불순한 말을 하니 이
것은 심한 말도 되려니와 나와 가티 그네들 속은 몰으고 것만 보고는
할 말이 아니다. 하나 시체라는 것을 어째서 조치 안케 생각하는지는
한번 생각해 보는 것도 헛수고는 아닐 것이다.

녜전은 몰으지만 근래에 일으러 시체라 하면 그 요소의 90퍼센트
는 양풍일 것이다. 요새는 좀 덜하지마는 한때는 서양ㅅ 것이라 하면
덥허노코 조타하야 의복, 음식, 심지어 뻬트까지라도 노치 못해하든
분들이 잇섯다. 일본에도 이런 때가 잇서서 눈알까지 푸르게 못하는
것을 한탄한 이가 잇섯다 한다. 그리하야 격에도 어울리지 안는 몸치
장과 행동이 보는 이의 악감을 삿슬 것이요. 또는 되지도 안은 련애
자유론을 부르지즈면서 하로도 두셋식 맛낫다 갈리는 분들이 그 속
에 잇서서 이러한 미움까지 밧게 되는 것이라고 밋는다. 그러타고 나
는 새로운 행동을 취하지 말라는 것도 아니요 련애자유를 구속하는
것도 아니다. 새로운 행동을 취하되 의미가 잇서야 할 것이요 련애의
자유를 부르짓되 그 자유를 실현할만한 사회부터 생각해야할 것이다.
그러치 안코 요새의 「모던껄」이나 「모던뽀이」 모양으로 덥허노코 화
사에 들뜨고, 빠이오링, 피아노나 치고 안저서 련애자유나 불으고 걸
핏하면 정사-그러치 안으면 실련병에 술이나 마시고 다니는 것은 세
기말적의 퇴패기분을 단ㅅ적으로 나타내는 것이라. 나는 여기서도 스

러저가는 이 세상의 잔해(殘骸)를 력력히 보고 잇다.

생각하면 「모던껄」과 「모던뽀이」의 압ㅅ길도 아츰 햇볏아래 빗나는 풀끗헤 이슬이나 되지 안을는지? -(끗)-

『별건곤』, 1927.12.20.

진고개, 서울맛·서울情調

鄭秀日

진고개(泥峴)라고 하면 누구나 다 아는 것이다. 남산(木覓山)을 등에 지고 압흐로는 북악(北岳)을 안고 안저 잇는 실로 요충지디이다. 한참 당년에는 초흔(軺軒)이 왓다 갓다하고 옥교(玉轎)나 보교가 들낙날낙하며 사령 군령들의 긴 대답소리와 량반들의 호령 소리가 뒤석겨서 나오든 곳이다. 남북촌에 갈려 잇는 량반들이 그 세력을 다투랴고나 하는 듯이 서로 건너다 보고 경쟁을 하든 량반들의 텬디이엇다. 그러든 곳이 집안 살림이 어느듯 날로 이롭지 못하게 되며 점점 기우러저 감에 딸아 이곳 주인(主人)도 점점 밧귀고야 말게 되엿스니 구한국(韓國)시대에 쇄국정책(鎖國政策)은 도뎌히 지탕하기 어렵게 되며 각처에서 등쌀을 대게 되더니 드듸어 병자년(丙子年) 조일수호통상조약(朝日修好通商條約)이 톄결된 뒤로 서대문밧(西大門外)에 잇든 일본(日本) 령사관(領事館)이 지금 왜성대(倭城臺)로 옴기게 되며 이것을 중심으로 그 일대를 일본인 거류지(日本人居留地)로 허하게 되엿다. 그것이 고종(高宗) 이십일년 갑신(甲申)(明治17년)부터이다. (그래서 그네들은 1913년(癸丑)에 市開紀念이라고 30년이 된 축하식을 云하얏다.) 그러케 되니 차차 검은 옷 입고 쑥대가리들이 작고 이 남촌 일대를 침범하면서부터 슬슬 몰려 나가는 것이 량반이엿다. 그 때는 도성안(都城內)에다가 거류지를 허한 것이엿지만 그러케 중대하게 보지 안어서 아모도 이것을 반대한 사람이 업섯다. 내 집안 더군다나 안방격이 되는 도성 안에다가 남의 식구를 두고야 엇지 그 살림사리에 대한 비밀(秘密)을 직힐 것인지? 하여간 이가티 하야 현재의 진고개는 완전히 그네들의 텬디가 되엿던 것이다. 량반들은 슬슬 몰려 나가고 그대신으로 딸각바리 량반이 독차지를 하게 된 뒤로부터는 백년대계(百年大計)를 세우기 시작하얏다.

그래서 진고개라는 일홈은 본정(本町)으로 변하고 소슬대문 줄행랑이 변하야 이층집 삼층집으로 변작이 되며 딸아 「청사초롱」 재명등은 천백촉의 뎐등(電燈)으로 밧귀고 보니 그야말로 불야성(不夜城)의 별텬디(別天地)로 변하야 바렷다. 지금 그 곳을 들어스면 조선을 떠나 일본에 려행이나 온 늣김이 잇다.

진고개! 진고개!!

판국이 기우러지자 일홈까지 밧귀인 진고개!는 지금은 조선의 상권(商權)을 독차지한 곳이다. 륙층으로 하날을 찌를 뜻이 소사 잇는 삼중정(三中井)의 대상뎜, 조선 사람의 손님을 끌어 들이기로 뎨일인 대백화 뎜인 평뎐상뎜(平田商店), 대자본(大資本)을 가지고 조선 전도 상계를 풍비하랴는 삼월왕국(三越王國)의 적은집인 삼월오복뎜을 비롯하야 좌우로 총총히 들어슨 일본인의 상뎜, 들어서 보면 휘황찬란하고 으리으리하며 풍성풍성한 품이 실로 조선 사람들이 몃백년을 두고 맨드러 노앗다는 복촌 일대에 비하야 얼마나 장한지 견주어 말할 배 못된다.

더군다나 조선은행(朝鮮銀行) 앞헤서부터 경성우편국(京城郵便局)을 엽해 끼고 이 진고개를 들여다 보고 갈때에는 좌우로 즐비하게 늘어슨 상덤은 어느 곳을 물론하고 활긔가 잇고 풍성풍성하며 진렬창(陳列窓)에는 모다 갑진 물건과 찬란한 물품이 사람의 눈을 현혹하며 발길을 끌지 안는 것이 업다. 더구나 사람의 마음을 들뜨게 하는 봄철(春季)의 밤(夜)이나 사람을 녹일 뜻한 녀름(夏節)밤에 이곳을 들어스면 백화(百花)가 란만한 듯한 장식이며 서늘한 맛이 떠도는 가진 장치가 천만촉의 휘황 뎐등불과 아울러 불야성(不夜城)을 일우운 것을 볼 때에는 실로 별텬지(別天地)에 들어슨 늣김을 주는 것이다. 그래서 한번 가고 두번 가는 동안에 어느듯 이 진고개의 찬연한 광경에 흘니게 되는 것이다. 종로 네거리 우리 동포들의 상덤 디대로부터 북촌 일대의 횡덩그러케 비인 듯하며 어둠짐침한 그것에 비야햐 모든 사람의 눈을 현혹케하야 말하지 안는 그 광경에 우리는 우리 정신(精神)까지도 전부 거기에 빼앗기고 마는 것이다.

그리고 한번 그네들의 상덤에 들어서면 사람의 간장까지 녹여 업샐듯한 친절하고 정다운 일본인 상덤원들의 태도에 다시 마음과 정신이 끌니고 말어 한번 이가튼 유혹의 쾌미를 맛본 후는 한푼어치도 그리고 두푼어치도 그리로…. 이가티 하야 우리 수중의 잇는 만치 안흔 「돈」은 그네들의 손으로 옴기고 마는 것이다. 그래서 그 곳에 조선 동포의 발이 자저즈고 수효가 느는 정비례(正比例)로 종로 거리 우리네 상덤의 파산이 늘고 우리 살림은 작고 줄어 드는 것이다. 그러나 이가튼 진고개 독특한 유혹에 가는 것이 모다 조선 사람이오 돈을 쓰는 것이 거의 다 조선 사람인을 볼 때에 얼마나 이 진고개의 유혹이 조선 사람의 피를 빨어 가며 조선의 고혈을 착취하는 것을 개탄하지 안흘 수 업다.

캉캄하고 적적하고 무취미하든『시골』에서 온 우리 동포들이 한번 이곳을 구경하고 이 땅을 발 불때에 얼마나 놀나며 얼마나 찬란할 것인가. 이 놀남과 찬란이 드듸여 부러움과 동경(憧憬)의 표덕으로 변하야 그네들의 머리 속에다 깁고 기픈 인상을 남기게 되는 것이다. 서울 구경을 하얏다는 사람은 백이면 백, 천이면 천 모다 진고개의 자태와 용모를 입에 침이 업시 칭찬하고 일커르게 되며 또 그 다음 사람이 이것을 보고저 하야 서울 구경의 삼분지이 이상은 이 진고개를 보고저 하는 심리(心理)로 꽉차고 마는 것이다. 얼마나 이 진고개의 유혹이 강렬할 것인가?

그뿐인가. 여기를 구경하고 이 곳에 홀린 사람은『甲』이나『乙』을 물론하고 평생 소원이『진고개 가서 그 조흔 물건이나 맛 조흔 것을 사 보앗스면 죽어도 한이 업겟다.』는 소리를 하게 되어 맛참네 그네들은 이 최고의 리상(理想)을 실현코저 그여히 서울을 다시 와서 바로 진고개로 간다. 그래서 무슨 물건이든지 사고야 말게 된다. 우리네 상덤에도 잇지만은 진고개서 사가지고 가야 짜장 서울 구경을 한 보람이 잇고 장랑거리가 된다 하야 시골 사람 독특의 우월감(優越感)이 생기게 되는 것이다. 그래서 이곳에 들어스면 고만 넉을 일코 말게 되면 거기서 한 가지라도 사야 마음이 풀리게 되는 것이다.

아! 그러나 그네들이 이로 인하야 조선의 살림이 죽어가는 사람의 피 말으듯 조선의 피가 말려드는 것을 꿈엔들 생각할 수가 잇스랴?

아! 이 무서운 진고개의 유혹!! 조선의 살림은 이 진고개 유혹의 희생 (犧牲)이 되고야 말것인가?....

　이 글은 특히 이번에 개최되는 소위 조선 초유의 대박람회(博覽會)를 구경코저 멀니 시골서 오는 우리 동포에게 삼가 드리는 동시에 결코 진고개 유혹에 정신을 일치 안키를 바라며 붓을 놋는 바이다. (筆者註)

『별건곤』, 1929.9.27.

15

서울의 녀름

城西學人

서울의 녀름이라면 지금은 漢江을 聯想아니할 수 업다. 漢江에는 靑玉과 가티 맑고 깁흔 물이 잇다. 거긔서는 시원하게 沐浴할 수 잇고 一葉舟를 노하 서늘한 江ㅅ바람을 쏘일 수가 잇다. 그것은 다 못하더라도 鐵橋의 欄干에 기대어 구비지는 푸른 물을 나려다 보기만 하여도 心身이 爽快하여지는 것이다.

만일 달 밝은 밤이면 더 말 할 것 업다. 달에서는 서늘한 바람이 나리고 물에서는 서늘한 바람이 오른다. 이러한 속에 배를 中流에 노하 蘇東坡式으로 놀면 퍽 시언도 할 것이다. 그러나 이것은 돈ㅅ푼이 잇는 風流郞이 아니고는 저마다는 못하는 일이다. 저녁을 먹고나서 新龍山行 電車가 터져라 하고 漢江鐵橋로 向하는 서울의 大衆은 대개 人道鐵橋로 왓다 갓다하면서 江上으로 울어오는 風流郞의 妓樂ㅅ부스럭이를 어더듯거나 일도 업시 한 時間에 7圓씩이나 주는 미까도 自働車에 妓生을 싯고 豪氣롭게 달려오는 무리를 羨望할 뿐이다. 그만하여도 足히 눈과 귀는 배 불릴만하다. 간혹 심술구즌 친구는 鐵橋 한복판에 悠然히 서서 달려오는 自働車를 停止를 식히고는 車內

에 타고 안즌 人物을 點檢도 한다. 난데업는 작쟈가 길을 가로막고 심술스런 눈으로 기웃기웃 들여다 볼 때에는 天下가 내 것인 듯하던 天上郎의 豪氣도 그만 깨어질 것이다. 그런 뒤에야 심술구즌 친구는 特別한 恩惠로 容恕하는 드시 더욱 悠悠히 길을 비켜서서 車의 通行을 許한다.

近來에는 鐵橋에서 풍덩실 빠져죽는 風流士女가 늘어감으로 鐵橋 한복판쯤에 「一寸お待ち」라는 패를 부첫다. 져승ㅅ길이 밧브더라도 暫間 警察署에는 다녀가란 뜻이라 警察의 親切한 心事는 可賞하다 하더라도 설마 치마ㅅ자락을 추켜들고 뛰어나리던 사람이 그 패를 보고 어슬렁거리고 警察署로 갈는지 疑問이다. 그래서 그런지 지금은 鐵橋에 巡檢들이 지켜서서 鐵橋로 가는 사람과 自働車를 一一히 點檢한다. 얼굴을 보면 죽을 놈인지 살 놈인지 알 것쳐름 燈을 쳐들어서 사람의 얼굴을 仔細히 들여다본다. 아마 죽을 맘이 업던 사람이라도 이런 不快한 일을 當하면 에라 죽어버리자 하는 생각이 날 것 갓다.

다음에 셔울의 녀름에 聯想되는 것은 악바꼴 약물터일 것이다. 일흠만 남은 獨立門을 나서서 흙물 들인 옷에 땀이 쫙 흘르며 쇠사슬을 철철 끌고 땅을 파는 불상한 무리들이 사는 金鷄洞 亭子(西大門 監獄) 뒤에 악바꼴 약물이란 것이 잇다. 只今은 自働車까지 다니게 되고 茶亭까지 지어노핫다. 하로에 萬名은 들어날 것이다.

나무 한 개 업는 빨간 山ㅅ비탈에 비지땀을 흘리고들 안저서 슴슴한 冷水 한 그릇을 어더 먹겟다고 애를 부덩부덩 쓰는 것은 가엽기도 하고 우습기도 하다. 허기야 사철 鉛管에서 썩어 괴운 다 빠진 미지근한 水道ㅅ물만 먹던 서울ㅅ사람으로는 大地의 乳房에서 바로 소사나오는 冷水 한 그릇도 고맙기는 할 것이다. 그러나 물 한 바가지를 먼저 어더 먹것다고 비비고 틀고 아우성을 하는 꼴은 꿈에라도 외국 손에게는 보이고 십지 아니하다.

三淸洞도 相當히 繁昌하고 「복주움물」에도 相當히 사람이 모힌다. 돌 틈에서 나오는 물은 모도 약물이닛가 이런 것도 다 약물이라 한다.

우에 말한 것은 서울의 녀름과 물과의 關係다. 漢江도 물, 악바꼴도 물, 三淸洞도 물이다. 들여다 볼 물. 沐浴할 물. 한 바가치 마실 물이다. 올치 南山에 꾀꼬리 바위 약물이라 썩 일홈 조흔. 그러나 그리 사람 만히 안 가는 藥물도 잇다.

그러나 녀름의 셔울은 물만 차즐 것이 아니라, 樹蔭도 차즐 것이다. 이 要求에 應하는 것이 東大門 밧게 淸凉寺, 永道寺, 東小門을 나서서 城北洞, 俗稱 시구문이라는 光熙門을 나가서 往十里 電車終點 갓가히 잇는 安靜寺라는 字로 通하는 靑蓮寺, 그 담에 좀 멀리 가서는 新興寺라는 興天寺, 거긔서 좀 더 가서 藥寺, 좀 더 멀리 나가서는 華溪寺 等地다. 土曜 日曜 가튼 날에는 京城 人士들이 或은 妓生을 싯고 或은 2, 3友로 作伴하야 數업시 몰려간다. 아마 그 中에 가장 代表的인 곳이 淸凉寺일 것이다. 淸凉寺라면 일홈은 시언하게 들리지마는 其實 그다지 淸凉한 데는 아니라. 洪陵의 樹林과 交通이 便한 것이 그리로 사람을 끄는 모양이다.紫霞門이라야 알아듯는 彰義門을 나서서 洗釰亭의 濯足도 녯날에는 꽤 有名하엿스나 只今 採石場 때문에 殺風景이 되어서 別로 가는 이가 업는 모양이다.

인제 長安城中을 돌아보쟈-

萬戶 長安이라것다. 其實은 5萬戶는 된다. 이 萬戶 5萬戶의 기와가 쪼이는 볏헤 이글이글 달 것을 생각하라, 얼마나 덥겟나. 이 5萬戶의 뒷간에 구데기 끌는 똥ㅅ내, 5萬의 수채구멍의 거픔지는 구린내, 5萬戶의 쓰레기桶의 薰蒸하는 쉰내, 그 中에 25萬 男女의 몽뚱이에서 蒸發되는 땀내 발ㅅ고린내- 이 모든 냄새가 한데 엉키어 서울 長安을 둘러 쌋슬 것을 생각하라, 얼마나 구리고 고리겟나.

그래도 조타고 사람들은 셔울로 모혀든다. 大地의 乳房에 내쏘는 淸冽한 冷水를 바리고 미지근한 水道ㅅ물을 마시려 馥郁한 草木의 香氣로 찬 新鮮한 大氣를 바리고 똥ㅅ구린내를 마트러 우통 활딱 벗고 다리도 다 내어도코 정자 나무ㅅ그늘에서 낫잠 잘 데를 바리고 녀름에도 아레 우를 꽁꽁 동여매고 말 만한 다 떠러진 쟝판 방에 굶은 빈대헌테 뜻기러, 싀골ㅅ사람들은 「서울로, 서울로!」하고 큰일이나 난듯키 쓸어모혀든다.

져 구린내 나는 개천ㅅ가 쓸에기통 미테 섭ㅅ거적을 깔고 두러누어 밤이슬을 맛는 무리도 싀골을 바리고 온 이들이다. 마님, 아씨, 작은 아씨들에게 뺑뺑 구방을 바드면서 좁은 부엌에서 밤낫 흘리는 땀에 왼몸에 땀띄가 콩먹석가티 돗는 할멈 어멈들도 다 싀골서 모혀든 무리오 씨멘트ㅅ길에 牛馬도 턱턱 숨이 막히는 한낫에 人力車를 끄는 이도 싀골서 올라온 무리다.

그네에게는 잠자리 날개가튼 모시, 당황라도 업고 흰 세루양복, 瀟洒한 파나마 麥藁도 업고 漢江 淸凉寺도 그네와는 아모 關係가 업다. 하물며 朝鮮호텔이나 明月舘 國一舘에서 扇風機ㅅ바람에 感氣들 근심을 하면서 纖纖玉手가 따라주는 어름보다 더 찬 麥酒를 마시는 그러한 風流는 오직 少數의 富神의 選民에게만 태운 福이다. 「에 아스꾸리! 에 아스꾸리!」하고 병문에서 외오는 한잔에 1錢 ᄉ자리 成分도 잘 알 수 업는 아이스크림에 타오르던 가슴의 불을 ᄭ는 것도 所謂 第4階級이나 잇는 幸福이오 分에 넘치는 가난방이 紳士는 體面의 우틔ᄉ고름을 잔뜩 졸라매고 지글지글 끌는 제 침ᄉ방울이나 꿀꺽꿀꺽 삼킬 뿐이다.

돈푼이나 잇는 사람은 海雲臺로 가네 釋王寺로 가네 3防으로 가네, 다 避暑하러 다라나고 生活의 劣敗者들만 비지땀을 흘리고 짓구즌 빈대밥 노릇을 하는 심이다.

서울은 아름다워야 할 都會다. 自然의 景致가 甚히 아름다온 都會다. 셔울은 決코 녀름에 견듸기 어려울 都會는 아니다. 東京이나 上海가튼 炎蒸하고 濕한 데가 아니다. 오직 不足한 것은 人工이다. 언제나 우리 손으로 우리 서울을 시언하고 깨끗한 서울을 만들어 노코 살아 보나.

『개벽』, 1923.8.1.

16

백조시대(白潮時代)에 남긴 여화(餘話)

홍사용

그 시절

「여러분이 오시니 종로거리가 새파랐구료」

이것은 방소파(方小坡)군이 그 어느 해 여름날 백조 동인들을 철물교(鐵物橋)에서 만나서 부러운 듯이 칭찬하는 말이었었다. 그 두터운 왜 수건으로 철철 흐르는 비지땀을 씻어 가며 일부러 서서……

오! 그리울손 그 시절! 백조(白潮)가 흐르던 그 시절!

도향(稻香) 월탄(月灘) 회월(懷月) 빙허(憑虛) 석영(夕影) 노작(露雀) 십여 인이 그때의 소위 백조파 동인들인데, 춘원(春園)이 제일 연장이요 가장 어리기로는 나도향(羅稻香)군이다. 도향의 그때 나이는 아마 열아홉 살이었던가 한다.

우전(雨田)은 키 큰 패에서도 세상이 다 아는 반나마이요, 월탄은 짧은 외투도 길게 입기로 이름이 또한 높았다. 빙허, 노작, 석영, 월탄, 회월은 모두 스물 한두 살로 자칫 동갑들이었었는데, 빙허, 석영을 당세의 미장부(美丈夫)라고 남들이 추어 일컬을 적이면, 매양 새침하니 돌아앉아서 깨어진 거울만을 우드먼히 들여다보고 앉았던 도향은,

그의 가는 속눈썹에 새삼스러이 몇 방울 맑은 이슬이 하염없이 듣고 있었다.

낙원동의 백조사라 하면 대단히 빛나고 훌륭한 간판이었었다. 그러나 어둠침침한 단간 흑방(單間黑房)…… 방이라고 초라하기도 짝이 없었다. 방 안에는 「토지조사(土地調查)」 화인(火印)이 찍힌 장사척여(長四尺餘) 광삼척(廣三尺)의 두터운 송판 책상 하나이 자리를 제일 많이 잡고 놓여 있었는데, 헌 무명이불 한 채와 침의(寢衣)로 쓰는 헌 양복 몇 벌, 원고 용지, 신문지 뭉치 등이 도깨비 쓸개같이 어수산란하게 흩어져 있으나마 그것이 방 안 세간의 대략이었었다.

합숙인은 매양 사오 인이 넘었었다. 자리가 좁으니까 모두 한편 모로 누워 자는 것이 취침 중의 공약이며 또한 공공한 도덕으로 되어 있었다. 만일에 누구든지 배탈이나 나든지 하면 참말로 큰 탈이었으니, 자다가 일어나는 것은 큰 비극인 까닭이었었다. 변소 같은 곳에를 가느라고 누구든지 한 번 일어만 나면 온 방중이 모두 곤한 잠을 깨게 되거니와 또 다음의 침석은…… 먼첨 자던 자리는 그만 그야말로 죽 떠먹은 자리라 일어나 나갈 수는 있었어도 다시 돌아와 드러누울 수는 없이 되어 버리니, 참말로 대단한 낭패다. 아무라도 한번만 일어나 나갔던 이면 그만 그 뒤에는 하는 수 없이 실내 공자들의 기침하시는 기척이 계실 때까지는 그대로 방문 밖에 우두먼히 서서 푸른 봄철 아지랭이 짙은 꿈 보금자리를 고히고히 수호하는 역군이 되는 수 밖에는 달리 아무러한 도리도 없었다.

그런데 그것도 모두 저절로 자연 도태가 되어서 그러하였든지 모두 자가에서 금의옥식으로 호강할 적에는 아마 약값이 생활비 보다는 더 예산이 되었을 축들이건만 한 번 이 흑방 속으로 들어오는 날이면 만행으로 모두 건강하였었다. 배탈이나 감기 한 번 안 앓고 혈색 좋게 뛰놀고 기운차게 떠들었었다. 내객이 있을 적이면 책상을 매양 진번(陳蕃)의 탑으로 대공(代供)하게 되었었다.

젊은이들

한창 젊은이들이라 주야가 없이 만장의 기염(氣熖)…… 몹시도 잘들 떠들었었다.

그러나 그들은 몹시 청빈한 살림살이를 하였었다. 불 안 땐 냉돌(冷突)에서 포단(蒲團)도 없는 잠자리로, 식사라고는 하루에 한 끼…… 그래도 모두 마음으로나 몸으로나 그리 구즙하지도 않고 잘 지내었었다.

젊은이들만이 득시글득시글. 남들이 뜻없이 보면은 아마 차라리 난폭한 생활이라고도 일렀으리라. 영창 밖에는 뒤숭산란하게 진날 흙투성이한 십여족의 해진 구두가 여기저기 발 디딜 틈도 없을만큼 벗어져 있건마는 그래도 흑방 안에서는 목청 굵은 이야기와 즐거운 웃음소리가 쏟아져 나왔었다.

그들은 모두 젊은 영웅들이요 어린 천재들이었었다.

새로운 예술을 동경하고 커다란 희망을 가슴 가득이 품은 이들이라 한번 금방에라도 일편에 귀신도 울릴만한 걸작으로써 담박 챗죽에 문단으로 치처 달리려 하는 그런 붉은 야심이 성하게 북받쳐 불붙는 젊은 사나이들만이 모였었다.

모인 무리들이 스스로 형용하여 일컫기를 동인(同人)이라 하였었다. 어렴풋하고도 어수룩하게 동인이라 일컬음! 일컫기를 동인이라서 그러하였던지 개인끼리에는 아무러한 사적 간격도 없었고, 또한 어떠한 이해적 타산도 털끝만치 없었다. 무슨 일에든지 덮어놓고 굳센 악수로 융합뿐이었었다. 처음 나는 동인이라도 십년 묵은 옛 벗과 같이 아무 가림이나 거리낌도 없고, 아무러한 흉허물도 없이 그저 쉽고 즐겁게 담소하고 논란하며 부르짖고 하소연하였었다.

그들은 몹시도 숫되고 깨끗만 하였었다. 그들은 만나기만 하면 서로 이야기로 떠들음이요, 술이요, 웃음이요, 노래였었다.

인생, 예술 그리고 당시 유행주의의 문제였던 상징, 낭만, 퇴폐, 회색, 다다 등 그 따위의 이야기로 실증도 없이 열심히…… 밤이나 낮이나 잘도 떠들었다. 그리고 또 문단에 나타난 신작의 비평·도색(桃色)·문예작가에 대한 평판, 또 외국작가로는 괴테니 하이네니 베를레에느니 모파상이니 로망 롤랑이니 블라우닝이니 하는 이의 이름이 그들의 논중인이요 의중인으로, 영원 유구한 몽상탑 그림자였었다.

그래서 논담의 흥이 한창 겨워졌으니 저절로 몇 병 술이 없을 수 있으랴. 취기가 도연(陶然)하게 무르녹아지면 아까의 백면서생들이 금방에 홍안 소년으로 돌변하여져서 고요히 짙어가는 장안의 봄밤 눈이 부시게 푸른 전등빛 속에서 그들은 고함치듯이 부르짖듯이 떠들어대었었다.

그들은 그들의 사상이나 행위나가 모두 엄청나게 대담하였었고 또혹은 일부러 대담한 듯이 차리기도 한 모양이었었다. 인습 타파, 노동 신성, 연애지상, 유미주의…… 무엇이든지 꺼릴 것이 없이 어디까지든지 자유롭고 멋있게 되는 대로 생각하고 그리고 행하자……. 그것이 그들의 한 신조였었다.

제아무리 추하든지 미웁든지 간에 그것이 우리 생의 실현이라면 하는 수 없는 일이리라. 왜 애써 꾸미고 장식하고 있으랴. 거짓말을 말아라, 형식은 취하지 말라, 덮고 가리지 말라, 어디까지든지 적나라하게…… 자유주의가 가리킨 이러한 주장은 그들의 뻗칠 대로 뻗친 젊고 붉은 피를 힘껏 흔들어 솟구쳐 놓아서 뛰놀고 싶은 대로 뛰놀고 드높고 싶은 대로 드높게 하는 형편이었었다.

사철 밤으로 낮으로 지껄이는 소리가 그 소리건마는 그래도 그들은 날이 가고 때가 바뀔수록 이나마 무슨 새로운 흥취와 새로운 재미를 느끼던 모양이었었던지……

그래서 담론의 흥이 한창 기울면 잇대어 술이요, 한 잔 두 잔 백주의 흥이 거의 고조에 사무치게 되면,

「가자!」

「순례다」

「가자 가자!」

누구의 입에선지도 모르게 한마디 소리가 부르짖으면 그들은 모두 분연히…… 실제 그것을 이렇게밖에 더 형용할 수가 없었다……. 화응하여 자리를 박차고 우! 몰려나서게 된다. 그래서 미인을 찾아 회색의 거리로 이리저리 수수께끼처럼 행진하였다.

상아탑의 그림자

그들의 생애, 그들의 종족상은 구태여 대강 여기에 적어보자 하니. 애란시인(愛蘭詩人) 예이츠의 술회를 그대로 잠깐 이끌어 써보자.

이 땅의 종족은 「현실적인 자연주의」를 가지고 있었다. 자연 까닭의 자연 사랑을 가졌었으며 자연의 마술에 대한 싱싱한 감정도 가지고있었다.

이 자연의 마술이란 사람이 자연을 대할 제마다 그대로 저절로 알아졌으며 남들이 자기 기원이나 자기의 운명을 자기에게 말하여 들려주듯이 어렴풋하게 깨우쳐 지고 느껴지는 그 우울도 섞여 있었다.

아나마 공상과 몽환을 현실과 뒤섞어 착오해 보기에도 몹시 고달폈으리라 그래서 고전적 상상에 그대로 견주어 본다면 백의족의 상상이란 진실로 유한에 대한 무한이었었다.

부루 종족의 역사는 한가락 길고 느릿한 상두꾼의 소리였었으니 애끓는 시름도 애오라지 이십여 년…… 옛날의 추방을…… 동대륙 그윽한 땅에서 남으로 남으로 반도의 최남단까지 자꾸자꾸 올망올망한 걸음 두 걸음 뒤를 돌아보면서 유리 도망하여 내려오던 그 기억을 시방도 아직껏 짐작하고 있었다. 추상하고 있었다.

이따금 성질이 낙천적이라 순수하고 유쾌하고 석명하게도 보이는 적이 더러 있기는 있지마는 곰이 핀 묵은 시름의 하염없는 눈물을 금방에 그 너른한 미소 속에 섞어서 지우는 적도 한두 번이 아니었으리라. 멋 없는 아리랑 타령을 얼마나 많이 불렀었던고, 즐거운 「쾌지나칭칭」노래를 상두꾼의 구슬픈 소리로도 멕여쓸 수가 있거든…… 넓은 땅 어느 종족의 애처롭읍다는 노래가 이 겨레의 열 두 가락 메나리보담 더 다시 처량할 수가 있을 것이랴.

자연에 대한 부루의 정열이야 거의 자연의 「미감」 그것에서보다도 시러금 자연의 「신비감(神秘感)!」 그것에서 물이 붙어 오르던 것이며

자연의 후리는 힘과 마술 그것을 더 다시 불쏘시개로 질러넣고 부채
질을 하던 것이 있었다.

그래서 부루의 상상과 유발과는 한결같이 사실의 전제에 대한 격
렬하고 소란하고도 무었으로 억제하기 어려운 한 반동이였었다.

부루는 파우스트나 또는 베르테르와 같이 「전혀 확정된 동기」에서
만의 애울(愛鬱)이 아니라. 「어떻게 설명할 수도 없고 대담하면서도
억세인.」 자기의 주위와 환경의 어떠한 무엇 까닭에 유울(幽鬱)하여
지는 것이였었다.

「한숨에 무너진 설움의 집으로

혼자 울 오늘 밤도 멀지 않구나」

오늘은 마음껏 흥껏 춤도 추고 뛰놀기도 하고 술도 마시고 부르짖
기도 하여 보자. 내일 아침이면 슬쓸한 단간 흑방 침침한 구석에서 저
혼자만의 외로웁고 쓸쓸히 우울과 침통…… 안타까웁고 애처로웁고
구슬픈 흥타령, 잃어버린 희망, 그리고 망자(亡者)……. 이 몸 한번 죽
어지면 만수장림(萬樹長林)의 운무(雲霧)로구나…… 이 세상의 하염
없음과 가시 성을 넘어드는 죽음도 소리 없이 닥쳐올 것을…… 군소
리삼아 한마디 기다란 노랫가락이었었다.

이상적 천재, 그리고 확실히 불기(不羈)의 정서에 대한 갈망과 야생
적인 우울 그것이 곧 그들의 예술이었었다.

자연적 신비감에 도취하여 초자연적의 미, 불가능의 예술미를 그러
한 광란 상태 속으로 일부 뛰어 들어가서 엿보고 있으려 하였었던 것
이였다.

그들은 미의 정령을 자유라고 일컬었었다. 전제나 혹은 유덕한 인

사에게는 명령도 복종도 없는 바와 같이, 이른바 이 세상의 모든 권위라는 것은 모름지기 그의 덕소(德素)를 그 미가 이르는 길목에 지키고 서서 일부러 집어치워버린 까닭이며, 또 미의 정령은 모든 것을 사랑에 의지하여 인도하나니 곧 사랑은 사상이나 모든 물건에 있는 그 미를 지각하고 있는 어련무던한 주인공이니까…… 그래서 영혼으로서 사상과 동작으로……영혼을 표현하고 있는 것은 사랑 그것이었었다. 미의 정령은 그들을 시켜 「일체 만유, 모든 물건에게 그들의 내심으로 경험하고 있는 것과 동일한 그러한 물건을 불러 일깨우도록」만들어서 사랑에 의지하여 명령하고 있던 것이리라.

「그들은 이 세상에 태어났다. 그래서 그들이 생존하는 그 순간부터 그들의 내부에는 미의 정령의 어여쁜 양자를 항상 갈망하는 것을 가지고 있다.」

그들은 「고통이나 비애나 악이나가 함부로 날아들고 뛰어 덤비는 일은 구태여 하지 않는다. 영혼의 정정당당한 거룩한 낙원에 굳은 울타리를 하고 있는 「미」 그것쯤은 그들의 영혼 속에 깊이깊이 간직하고 있었으니까.」 그래서 그들은 그것을 다시 풍부하게 소유하기 위하여 이 영혼을 수많은 거울에다 비쳐 보려고 노력할 뿐이었다. 그들은 세계의 진보를 거칠고 무디인 노력에 의지하여서 구하려고도 않고 또 그들로서 악 그 물건에게 직접으로 저항하려고도 하지 않았었다.

그들이 소야(疎野)하기는,

「維性所宅 眞取取羈 控物自當 興率爲期 築室松下 脫帽看詩 但知旦暮 不辨何時 倘然適意 豈必有爲 若其天放 如是得之)」

광달(曠達)하기는,

「生者百歲 相去幾何 歡樂苦短 憂愁實多 何如尊酒 日往煙蘿 花覆
O檐 踈雨相過 倒酒旣盡 杖O行歌 孰不有古 南山峨峨」

이러한 글을 소리쳐 읊조리었었다.

백조가 흐를 제

동인들 이외에 매일 놀러 오는 손님으로는 마경주(馬耕宙), 이행인
(李莕仁), 권일청(權一淸) 등 칠팔 인이었었다. 그들이 한번 모두 모이
면 그 양산박(梁山泊), 아니 압팟슈는 금방에 더 한층 대성황을 이루
었었다.

너털웃음 잘 웃는 도향은 그때에도 지적으로는 나이 어린 늙은이
였었다. 해골에 연색(鳶色)칠을 올린 듯한 인상 깊은 그의 얼굴까지
도……. 우전(雨田)이라는 두 글자를 붙혀 놓으면 우레 뢰(雷)자가 되
나니 피근거리기는 효령대군(孝寧大君) 북가죽이요, 늘어지기로는 홍
제원 인절미같은 그의 성질도 한 번 들뜨기만 하면 그야말로 벼락불
같았었다. 본디 가뜩이나 말이 더덜거리는 데다가 다소 흥분 좀 되면
굵은 목소리가 터질듯이 한창 더덜거려, 갈데 없는 우뢰소리 그대로
였었다. 우뢰소리만 한번 동하면 남의 말은 옳건 그르건 「우르를」 그
양산박의 번영과 존재 가치는 도향의 웃음소리와 우전의 우뢰ㅅ소리
로 좌우하게 되었었다. 더구나 모두가 스무 살 안팎의 책상물림 도련
님들 중에서는 연령으로나 경력으로나 우전이 오입판 문서에도 달사
요 선배요 또한 능히 선두로 나서는 수령격이었었다.

도향은 방랑적이고 그 센티맨탈한 성격에 자기 집도 훌륭히 있건만
도무지 들어가 있기가 싫어서 고향에서도 일부러 타향살이를 하게 되

니 그야말로「不知何處是古鄕」격이었었다. 그러자니 그때 일이 년 전까지도 변변치 못한 하숙에서나마 대개는 다 외상인지라, 하는 수 없이 상밥집 봉로방에서 허튼 꿈자리…… 친지의 집, 발칫잠에 뜬눈으로 새운 적도 아마 많았으리라.

그렇게 불운의 천재가「별을 안거든 우지나 말걸」이후에 일약 문단의 중견 작가가 된 셈이었었다. 근본이 다작이요, 또 달필을 자랑하던 터이라 일본의 국지관(菊池寬)을 닮았든지…… 얼굴도 근사한 점이 더러 있었지만…… 하룻 동안에 백여 매의 원고를 다시 한번 추고도 없이 그냥 써내려가기만 하는 그의 문체가 다소 깔끄럽기도 하고 어색한 점도 더러 없지는 않았으나 오랑캐 꽃내 같은 그의 작풍은 돌개바람같이 한때의 창작계를 풍미하여 버렸었다.

문단의 수수께끼 같은 한 경이…… 초저녁 샛별같이 별안간 찬란하게 나타난 천재들이었었다.

그때 한창 유행하던 퇴폐주의, 데카당… 데카당적… 회색 세계로 돌아다니며 유연황망(流連荒茫)히 돌아설 줄을 모르던 그들의 생활, 그래서 기생방 경대 앞에서 낮잠에 생코를 골며 창작을 꿈꾸던 그러한 생활, 그러한 방자한 생활, 그러나 그것도 그들은 숭배하던 당시 소위 문학소년들의 눈으로 본다면 결코 그리 싫고 몹쓸 짓도 아니었으리라. 차라리 그 데카당 일파를 가리켜 불운의 천재들의 불기의 용감으로 인습이나 도덕에나 거리끼지 않는 어디까지든지 예술가다운 태도나 생활이라고 찬미의 우송(偶頌)을 드렸을는지도 모르지……

어떻든 그 파 일당의 방만한 행동은 당시 문단의 한낱 이야깃거리였으며 영웅적 생애나 호걸풍의 유탕하던 꼴은 그들이 그때에 모두

신진 화형들의 열이었으니만큼 저으기 저절로 세인의 이목을 이끌어 기울이게 하였었던 것이었다.

재주를 믿고 혈기를 내세우니 안하에 무인이라. 당시 창조파이니 폐허파니 하는 여러 선배들도 있기는 있었지만, 선배 그까짓 것쯤이 그리 눈결에나 걸릴 리도 없었다. 더구나 그 자파들 중에서도 승재 (勝才)를 믿고 양양자득하다가 서로 충돌이 생기는 일도 많았었으니 까……

그 중에도 우전과 도향 사이의 충돌이 제일 번수가 많았었다. 일대 충돌…… 그리고 충돌 즉후 즉각부터는 도향의 웃는 빛도 못보고 우전의 우뢰ㅅ소리도 들을 수가 없어 「백조」가 별안간 「낙조」가 되어 버린다. 황혼의 밀물이 쓸쓸한 가을 바람 속에서 슬며시 미루펄만 드러내일뿐이었었다.

그들은 웃고 떠드는 것이 생명이다. 적적요요 쓸쓸하면 살 수가 없었다. 그러니 그 쓸쓸한 인위적 추풍기도 한두 시간밖에는 더 오래 존속할 수가 없는 일이라, 얼마 뒤에면 다시금 봄바람이 건뜻 낙조도 상조(上潮)로 밀어닥치게 된다. 잠시만 잠잠하고 있어도 서로 궁금하고 서로 쓸쓸하여 못견디는 불가사의한 서로의 애착에서 웃음 소리가 먼저 터지거나 우뢰소리가 먼저 터지거나 하기만 하면 금방에 춘풍이 대아(大雅)하여 웃음의 꽃이 만발하여진다. 그 훤소(喧笑)가 한참이나 고조해지면 또다시 금방 낙조다. 기상관측의 보시(報示)도 없이……

한번은 우전이 매양 평화 주장자인 노작과도 번갯불이 이는 충돌이 있었었다. 해운(海雲)이라는……(백조파의 명호인데 우전의 임시 정신적 연인이었겠다) 기생을 서로 역성해주다가 우전이 다소 추태가 있었다하여 노작의 깡마른 주먹이 한 번 나는 곳에 우전의 널따란 얼굴에다 금방 청버섯만한 검푸른 군살을 만들어 놓았다.

노작은 대통적은 주먹질로 열적은 후회일제 얼마 동안 엎드려 쩔쩔 매고 있다가 부시시 일어나 껄껄 웃던 우전의 호걸풍.

「나는 웃소, 그러나 또 울고 싶소. 맞은 내가 아픈 것이 아니라 노작의 고 가녈핀 주먹이 이 피둥피둥하고도 두터운 얼굴을 때려 보기에 얼마나 힘이 들었겠소.」

그 이튿날 술이 깨인 뒤에 우전은 그 광면에다 손바닥만한 붉은 고기탈을 쓰고 앉았다. 하도 그로테스크한 일이라 노작이,

「웬 일이요!」

물으니 우전은 천진스럽고도 무사기하게

「날 소고기를 붙이면 멍든 것이 담박에 풀린대」

그 소리를 들은 노작은 어찌나 마음속 깊이 미안하고 딱하고 가엽고 또 보기도 싫었던지,

「그게 또 무슨 추태야!」

소리를 지르며 이제는 소고기 탈을 어울러 우전의 얼굴에다 또 한 대 주먹 당상을 올려붙였다. 그리고 그 길로 또 요정으로…… 그때 관철동에 선명관이라는 조그마한 요리점이 있었는데, 그들의 단골집이었다.

그래 배반(盃盤)이 낭자하고 취기도 한창 도연 정도를 넘어 옥산이 절로 거꾸러질 지경인데 그래도 술이 제일 억센 우전은 발가벗고 사로메춤, 춤끝에는 콘도라 노래,

「인생은 초로(草露)같다

사랑하라 소녀들

연붉은 그 입술이

사위기 전에……」

「그 전날 밤」의 엘레나가 콘도라 강에서나 애 졸이어 우는 듯이 자기의 광대뼈 뷔어진 큰 얼굴을 아양성스럽게 쓰다듬다가 그 큰 주먹으로 슬쩍 한번 때리고 나서 또다시 그 일종의 호걸풍적 웃음,

「기적이야, 참 기적이야, 노작의 그 마른 주먹이 그래도 제법 약손이거든! 이제는 이렇게 암만 때려도 도무지 아프질 않은데」

과연 노작의 손이 약손이었던지 날 소고기가 특효가 있었던지 모르건데, 아마 그런 약물보다도 호방뇌락한 그의 성격에다 백약의 성(聖)이라는 것을 또다시 가미하였었던 까닭이었겠지. 어쨌든 검푸르게 멍진 것은 씻은 듯이 가셔졌었다.

아무러나 그런 소리도 그때의 한 가락 무기(無氣)하던 옛 꿈 타령이었었다.

잿빛의 꿈

그때 살림이 「빈한이라」 일컬을는지는 모르나 그래도 돈 쓰기에는 그리 군색이 적었던 셈이었었다. 본래의 재리에 그리 욕심이 없었던 축들이라 동시에 물건에 집착이 그리 되지도 않았던 모양이었었다. 그래서 융착이 적었으므로 말미암아 모든 것이 쓰기에도 쉽고 또 흔한 듯도 하였었다.

술도 많이 마시었다. 요정에도 많이 가보았었다. 돈을 쓰다 모자라

면 매양 빙허의 전가보인 금시계(빙허 매부께서 일본공사로 가셨을 적에 사가지고 오셨다는 것인데, 앞 딱지가 있는 구식이라도 육 칠십 원쯤 융통은 매양 무난하였었다)가 놀아난다. 그러고도 또 모자라면 그어 두거나 그어두려다가 정주인(亭主人)이 듣지 않으면 하는 수 없이 「居殘り」이라 매양 우전 등 몇 사람이 며칠씩 돌려가며 「居殘り」를 살았었다. 우전은 도리어 「居殘り」를 즐겨 하는 편이었었다. 「居殘り」 핑계 삼아서 「居殘り」 중에 또 먹고 또 먹고 「居殘り」, 김초향이의 「居殘り」 식전 아침 해성(解醒) 소리가 구슬프기도 하였거니와 멋도 또한 있었다. 어떠한 때는 한 번 「居殘り」가 십여 일을 넘기는 적도 있었다.

「시절은 오월이라

인생은 청춘」

하이델베르히의 학생…… 학생 조합원들은 밤을 낮삼아 가면서 「밴트를 매고서 비루를 마시니」로 즐겁게 노래하며 놀았었다. 흑방 공자들도 날을 잇대어 마시고 즐겨하였었다. 도향은 웃음도 많았거니와 눈물 또한 흔하였었다.

「사비수 나리는 물

석양이 비낀데

버들꽃 날리는데

낙화암에 난다

철 모르는 아이들은

피리만 불건만

맘있는 나그네의

창자를 끈노라

낙화암 낙화암

왜 말이 없느냐」

　지금은 가사를 잊었는데, 대개 그런 뜻의 노래를 도향은 매양 술만
취하면 잘 불렀었다. 애조…… 좌중의 청삼을 적시는 그 애처로운 멜
로디, 매양 소리 없는 웃음과 함께 하염없는 눈물을 지었었다.

　도향은 회향병적(懷鄕病的) 연정아(軟情兒)이면서 유울(幽鬱)한
염세관의 시인이었었다. 그의 웃음 속에도 깔끔거리는 조소와 고달픈
회의의 사이에 고요하고도 넌지시 봄 꽃내를 불어 풍기는 산들바람
같이 가장 보드랍고 가녈핀 숫되고도 깨끗한 서정적 향내가 나는 감
상의 시인이었었다.

　그의 웃음과 눈물을 따르는 센티…… 언젠가 하루는 도향이 멍하
니 앉았다가 하염없는 눈물을 지운다. 노작이,

「왜 그러오」

물으니,

「소설을 쓰는데 설화라는 기생, 여주인공을 어떻게 죽여야 좋을는
지……」

「왜 그 기생과 무슨 원수진 일 있소?」

「아니 설화가 죽기는 꼭 죽는데…… 저절로 죽게 할는지 자살을 시
켜 버릴는지, 무슨 아름답게 죽일 약이나 좋은 수단이 없을까요?」

　그리고 「먹으면 죽을 수 있는 독한 향수가 없느냐」 또는 「동양화 채
색의 녹청이 독약이라는데」 하며 다소 주저하다가 결국은 폐병으로
시들어 죽게 하였었다.

「석두기(石頭記)」의 대왕(垈王)은 박명을 읊조린 시고를 불살라 없애고 역시 시들어 쓰러졌으며, 송도의 황 진이는 일부러 청교 벌판에 쓰러져 운명할 적에 「이 몸이 죽거든 염도 말고 묻지도 말아 그대로 썩어서 오작(烏鵲)의 밥이니 되게 하라」하였더니, 도향은 설화의 애닲은 일생을 묘사하는데 「눈물에 어룽진 유서까지 불살라 버리고 시들픈 인생에 아무러한 애착도 없이 저 혼자 저절로 스러져 버리게」 하였었다.

「거룩한 천재는 예언자」라더니 아마나 도향의 「환희」 일 편은 자기의 애닲은 최후까지 미리 적어놓은 일장 만가가 아니었던지…… 월탄은 술이 취하면 팔때짓, 팔때짓이 지치면 방아타령이요, 빙허(憑虛)는 불호령, 호령이 끝이면 반드시 남도 단가다.

「客事問我興亡事 笑指蘆花月一船 楚江漁父가 부인배 자라 등에다 저 달을 실어라. 우리 고향 할메가……」

멋과 가락은 모두 빙허의 독안독락이나마 그래도 기운차게 떼를 써가며 잘도 불렀었다. 노작은 이백의 「양양가(襄陽歌)」를 득의라 하였었다. 석영은 「저녁 안개를 달빛을 가리고……」 성악으로는 제일 수재였었다.

또 그들을 남의 눈으로 언뜻 잘못 보면은 아마 모두 몹시 열광병자거나 그렇지 않으면 극도의 신경질로도 보였으리라. 조금만 건드려도 당장에 회오리바람이 일어날 듯이…… 그러나 실상 그들에게는 천진이 흐르는 우활(迂濶)과 소취(疎脆), 무사기에서 빚어지는 골계와 유머도 많았었다.

한번은 이런 일도 있었다.

그때 노작은 수원 고루에 잠시 귀성하여 있을 적인데, 때마침 권일청(權一淸)군이 출연하는 민중 극단이 수원 공연을 하게 되었었다.

　흑방의 일동은 그때 어느 요정(妖亭)에서 술을 마시다가 문득 떨어져 있는 노작이 새롭게 그리웠든지 누구의 입에선지도 모르게,

「가자!」

「순례다」

「수원으로 순례다」

　그래서 일청, 석영, 도향, 우전 네 사람은 경성 역두에서 무지개와 같이 나타났었다. 7색 스펙터클 같은 그들의 행색. 언소(言笑) 자약한 건방진 태도, 우전은 자의장으로 기괴한 복색, 일동의 초생달을 장식한 토이기모, 루바시카 홍안장발에 어느것 하나이 남의 눈에 얼른 서투르게 띄지 않을 것이 있었으랴. 그래서 역으로 순찰하던 어떤 경관이

「당신들 어디서 오셨소?」

「문안서 나왔소」

「아니 어디를 갔다가 오지 않았느냐 말이오」

「술 먹으러 갔다가 나왔소」

「허, 어디를 가시오?」

「연극 구경 가오」

「어디로?」

「수원으로」

「수원?」 원적이 어디요?

　이때의 우전이 수작이 더 다시 걸작이었었다. 그 거대한 장군두의

화로보금이 같은 머리털을 어색하게 극적극적하면서 대단한 낭패(狼狽)라는 듯이,

「아차 이럴 줄 알았더면 찾아볼 것을」

「무엇을 말이요」

「사글세 집으로만 하도 많이 이사를 다녔으니까 호적이 어디로 있는지 도무지 모르겠구료」

경관도 어이가 없어서 픽 웃으며,

「그럼 현주소는?」

「그건 낙원동 파출소에서 잘 압니다」

「그건 또 무슨 말이요」

「우리가 파출소 뒷집에 있으니까요」

그래서 그 경관이 낙원동으로 조회하여 보니 낙원동서도 확실하고 친절하게 잘 신원 보증을 하여 주었었더라 한다.

또 그리고 일당이 모두 수원으로 날이 풀리었으니 백조사는 문호 개방한 무주 공청이 되었었을 것이다. 그래서 문앞 파출소 경관이 경성역 조회 전화를 받고 나서 애써 짓궂게 창호를 닫아주고 하루 이틀 삼사 일을 두고 빈집 수위까지도 튼튼히 잘해 주었다는데, 그동안에 백조사를 찾아오는 이마다 모두 엄밀한 취체를 당하였다는 이야기를 그 뒤에 고소에 섞어서 들은 적이 있었다.

아무튼 그밖에도 그 때 낙원동 파출소에는 든든한 보호와 고마운 신세를 퍽 많이 받고 끼치고 하였었다.

네 동무

우전, 석영, 도향, 노작 이 네 사람은 동인이요 또는 한 방에서 기와(起臥)를 같이 하느니만큼 여러 동무들 중에서도 제일 뜻도 맞고 교분도 더욱 두터웠었다. 연령 순으로는 우전이 첫째요, 노작이 둘째, 석영이 셋째, 도향이 끝이었었다.

우전과 석영은 미술인이요, 도향은 창작가로, 노작은 시를 썼었다.

정열적이요 앙분하기 쉬운 우전과 석영, 냉정하고도 깔끔거리고 이지적이요 또 내성적인 도향과는 그 각자의 다른 성격과 다른 견지에서 각금 논란이 상하(上下)하였었다.

노작은 말주변도 없거니와 이름까지 한때는 「소아(笑啞)」라고 자칭하던 인물인지라. 매양 잠잠히 그들의 시비하는 꼴을 보고 듣기만 하고 앉았던 일이 많았었다. 그러다가도 또 어느 틈엔지 모르게 저절로 그 과권(過卷)속으로 끌려 들어가서 얼굴에 핏대를 올려 가며 떠들게 되는 일도 있었다.

하다가 그들의 앙분이 극도에 달하면 감정적으로 들러붙어 매도적(罵倒的)인 구각(口角)에 게거품이 일도록 그렇게 격렬하게 훤조(喧噪)하는 것쯤은 매일 과정의 항다반 예사인지라 그리 괴이할 것도 없거니와 그리 야릇하게 여기지도 않았었다. 아뭏든 철없는 아기들같이 매일 아무 악의 없이 싸우기도 잘 싸우고 풀리기도 일수 잘 풀리었었다.

그 논란하는 제목이 매양 정해놓고 인생이니 현실이니 내츄럴이즘이니하는 모두 막연한 문제뿐만이니만큼 귀에 대면 귀걸이 코에 걸면 코걸이 격으로 논담이 어디까지 이르더라도 도무지 모지고 다 — 할 길이 없었다. 그래서 떼를 쓰며 고집하고 주장하는 격론 그 가운데에도 그 무슨 조건을 또렷이 논란 하였었던 것인지 그 목적점까지 잊어 버리고 거저 덮어놓고 떠들어 대기만 하다가 결국 「우리가 대체 무슨 얘기를 하다가 이 말까지 나왔지?」하는 허튼 수작이 나오면 서로 얼굴을 쳐다보며 어색한 웃음을 터쳐 웃는다.

「아무튼 이제는 새 시대다」

「톨스토이의 인도주의도 늙은 영감의 군 수작이요 투루드게네프의 '그 전 날밤'도 너무나 달짝지근하여 못쓰겠다. 마찬가지 노서아면은 고리키나 안드레에프이다. 안드레에프의 '안개'같은 것은 참으로 심각하고 훌륭하지 않은가. 우리들의 예술도 어서 그러한 길을 밟아나가세」

「느낌이 영혼 속 깊이 사무쳐지는……」

「아무튼 시방 이때 일초 일각까지 모든 시대는 지나갔다. 지나간 시대이다. 그까짓 지나간 시대를 우리가 말하여 무엇하랴. 우리의 시대는 앞으로 온다.」

「이제부터는 우리의 시대다. 내 세상이다. 젊고 힘 있는 시대다」

「우리 앞에는 백조가 흐른다. 새 시대의 물결이 밀물이 소리치며 뒤덮여 몰려온다」

부르짖는 이, 기염을 토하는 이, 샛별 같은 눈을 반짝이는 이 우뢰처럼 소리쳐 들리이는 이…… 네 사람은 그런 수작으로 서로 지껄이고 떠들다가 까닭없이 흥분해 버린다. 그리고 그 흥분을 더 돕기 위하여 혹은 갈아앉히기 위하여 좋은 약으로 역시 술을 마시게 된다. 그래서 취흥이 그럴 듯만 해지면,

「이제 나가자」

「그렇지 순례다」

그들은 제 주창에 스스로 동의하고 대찬성을 하며 나선다. 아릿한 향내, 쓸쓸한 웃음, 보랏빛 환락의 세계로……

그러나 그들은 일부러 음탕을 취하여 그러는 것은 아니었었다. 다만 젊은이의 호기심에 몰려 풀어놓은 생명체가 천연으로 분일함에 지나지 아니하였었다. 그리고 또 그러한 것이라도 없으면 어떻게 얼리고 붙들고 달래고 가라앉히고 위안할 수가 없는 초조가 있었고, 불안이 있었고, 공허가 있었고, 적막도 있었던 것이었었다. 그리고 또 그런 것이 한편으로는 그때의 한 시대상이었었다고도 이를 수 있을는지 모르니까……

봉건제도가 갓 부서진 그 사회이지마는 규방은 여전히 엄쇄(嚴鎖)한 채로 있었으니, 한창 젊은이들로서 이성을 대할 곳이라고는 화류촌 밖에 다른 데가 없었던 것이었다.

그래서 술 석잔, 시조 삼장, 기생을 다루는 멋있고 도 뜨인 수작, 그 것을 모르면 당세의 운치있는 풍류사로는 도저히 행세 할 수가 없었던 것이었다.

巡禮

순례! 기생! 연애!

그런데 그들의 까닭 없는 결벽…… 철저한 금욕 생활은, 연애는 반드시 성욕과 분리할 것이라고 주장하였었다. 도리어 「남녀의 성교는 일부러 지극히 더러운 것이라」 처버리는 동시에 연애에서 정신적 그것만을 쏙 빼내어 깨끗하게 성화를 하려고 애를 써보았었다. 말하자면 인간의 애(愛)를 천상으로 끌어 올려다 놓고 거룩히 쳐다만 보자는 것이 그들의 이상이었었던 모양이다.

그래서 사랑을 중심으로 하는 모든 행동, 모든 용어까지도 몹시 정화하고 성화하느라고 고심을 하였었다.

그때의 〈조선일보〉 기자 몇몇 사람 사이에는 기생집에 가는 것을 「돌격」이라 일컬었고, 그 일행을 「돌격대」라고 불렀었다는데, 백조파는 그것을 「순례」라 일컬었고, 그 일행을 「순례단」이라 불렀었다. 순례! 순례! 그 얼마나 거룩한 일컬음이랴. 또 「돌격」이라는 수라살풍(修羅殺風)적 전투용어보다는 「순례」 그것이 얼마나 운아(韻雅)하고도 청한(淸閑)한 일컬음이냐.

누구는 「밀실지신(密室之神)」 누구는 「순례지성(巡禮之聖)」 신자성자(神字聖字)도 모두 가관이려니와 도향의 「소정지옹(笑亭之翁)」이라는 「옹(翁)」도 본디는 신선이라는 「선(仙)」자였었는데 「선」은 「운율이 너무 떨어지고 또 함축이 그리 없다」하여 일부러 「옹」자로 고쳐 불렀었던 것이었다.

아뭏든 도향은 늙은이였었다. 이성관으로도 모인 중에서는 제일 몹시 숙성(夙成)하였었다.

아무려나 그들은 청춘의 정열을 순결 경건한 예술의 법열로 전향해 보려고 굳이 애쓰고 있었던 모양인지도 모르겠다.

옛날의 기생들은 지조와 범절이 있었다. 왕자의 권세로도 빼앗을 수 없고 만종의 황금으로도 바꾸지 못할 것은 전아하고 청기(淸奇)한 그 몸에 고고하고 표일한 그 뜻이었었다. 미색이야 어디엔들 없으랴만 다만 범골로서는 도무지 흉내도 내어 볼 수 없는 것이 그의 천여 년간의 묵은 전통을 가진 지조의 꽃과 전형의 미였었던 것이다.

「솔이라 솔이라 하니 무슨 솔만 여겼난다.
천심 절벽에 낙락장송 내거로다
길아래 초동의 접낫이야
걸어볼 줄이 있으랴」

송이(松伊) 이렇게 읊었었고,
「소녀가 비록 천인이나 마음에 일정 결단(一定決斷) 남의 부실가
소(副室可笑)하고 노류장화 불원(路柳墻花不遠)하니 말씀 간절하시
오나 시행은 못하오니 단념하옵소서」
「행모육례(行謀六禮) 없는 혼인 다정 해로 할 양이면 이도 또한 연
분이라 사양지심(辭讓之心)은 예지단(禮之端)이나 잔말 말고 허락하
라」
「소녀를 천기라고 함부로 연인 맺자 마음대로 하시오나 저는 약간
작정(若干作定) 있어 도고학박(道高學博)하여 덕택이 만세에 끼치거
나 출장입상(出將入相)하여 공업이 일대에 덮일 만한 서방님을 만나
평생을 바치려 하오니 이 뜻은 아무라도 굽히지 못하올시라 여러 말
씀 마시옵소서」
「너는 어떤 계집아희완대 장부 간장을 다 녹이나니 네 뜻 이러하면
우리같은 아희놈은 여어보지 못할소냐, 그런 사람 의외로다! 같은 아
희 우리 둘이 양양(兩兩) 총각 놀아보자」
「진정의 말씀하오리다. 도련님은 귀공자요, 소녀는 천기오니 즉금

은 아즉 일시 정욕으로 그리 저리하였다가 사또가 체수(遞帥)하실 때에 미 장가전 도련님이 헌신 벗듯 바리시면 소녀의 팔자 돌아보오, 청춘시절 생과부 되어 독수공방 찬 자리에 개발 물어 던진듯이 안진(雁盡)하니 청난기(靑難寄)요 수다(愁多)하니 몽불성(夢不成)을, 한숨질로 홀로 앉아 눌 바라고 살라시오」

「상담에 이르기를 노류장화(路柳墻花)는 인개가절(人皆可折)이요 산계야경(山鷄野鶩)은 가막능순(家莫能馴)이라 하더니 너와 같은 정(貞)과 열(烈)이 고금천지 또 있으랴. 말마다 얌전하고 기특하다. 글랑은 염려마라, 인연을 맺어도 아조 장가 처로 믿고 사또 고만(苽滿)은 있다가 하여도 너를 두고 어찌 가리 조금치도 의심 마라. 면사적삼 속 고름에 차고 간들 두고 가며, 품고 간들 두고 가며, 이고 간들 두고 가며, 협태산이 초북해(挾泰山以超北海)같이 끼고 간들 두고 가며, 우리 대부인은 두고 갈지라도 양반의 자식되고 일구이언 한단 말인가, 다려가되 향정자(香亭子)에 배행하리라」

「산 사람도 향정자라오」

「아차 잊었다, 쌍가마에 뫼시리라」

「대부인 타실 것을 어찌 타고 가오릿가」

「대부인은 집안 어른이라 허물없는 터이니 정 — 위급하면 아모건들 못 타시랴, 잔말 말고 허락하라」

이것은 춘향과 이도령이 탁문군(卓文君)의 거문고에 월모승(月姥繩)을 맺어 두고 인간의 백 년 기약을 둘이 정하려 할 때 맨 첫번의 이삭다니 일구(一齣)였었다.

삼절 황진이나 의암 논개나 계월향이나 옥단춘이나 채봉이나 부용이나 홍장이나가 다 같이 청구명기의 전형이었었던 것이다. 아마도 옛날로는 「옥루몽」의 강남홍이나 벽성선이나, 근자로는 춘원 「무정」의 월화나 월향이나, 빙허 「타락자」의 춘심이나, 도향 「환희」의 설화나가 모두 다 명기적 전형의 꽃을, 향내를…… 일면이라도 그려 보려던 것이리라.

기생은 첫째가 지조요, 둘째가 가무요, 셋째가 물색이라 하였었다. 지조가 굳고 의협이 많고 비공리적 행동이라면 발 벗고 나서며 부귀에도 굴치 않고 권세도 아첨하지 아니하여 자기의 의지를 기여히 관철하고야 마는 그러한 기이 비상한 점으로만 보아서는 너무도 시대와 세속을 떠나서인 듯한 느낌도 없지는 않으나 그러나 미인 박명이라는 그러한 정신적 방면의 논제들도 다 거기에서 맺혀 우러나오는 것이었으리라.

또 그러한 특점이 호방불기한 백조파의 낙양 과객들과도 기백이 서로 통하고 홍서(紅犀)가 서로 비추이는 한 둘레의 마음의 달이었던 것이다.

지조와 처신이 기생의 기치를 좌우하는 것이매 기생으로서 품위가 일, 이류에 이르자면 그동의 청절고행(淸節苦行)이 여간이 아닐 것이다.

그러나 일단 일류만 되면 생활에나 용돈에는 저절로 그리 군색이 없어진다. 그래서 물적 부자유가 없으니까 돈을 그다지 중하게 여기지도 않는 듯하거니와 다만 돈만 가지고 달래 보려 덤비는 표객쯤은 도리어 비할 수 없는 모욕까지 씌워 쫓아 보내게 된다.

또 성적 문제에도 탐화광접(眈花狂蝶)이라니 흘렛개같이 몰리어드는 소위 미남자……. 그것도 그리 문제로 삼지 않는다. 다만 지심소원과 일념소원은 정말의 참된 사랑 그것뿐이리라. 이것은 화류계 일반을 통한 보편적 정세이리니 아마나 모르건대 춘향과 이도령의 역사적 존재는 이 세상에 기생의 종자가 존속되는 그동안까지는 길이길이 그의 가치를 잃지 아니 하리라.

일상 그 바닥으로 유산하는 인사들이란 대개가 소위 「지각 났을 연령」이요, 상당한 지위와 부력도 가진 이가 많으리니, 따라서 그 나이까지에 고기덩이의 방자만을 기르는 동안에 오입도 많이 하여 보았고 치가(置家)깨나도 할만한 편의도 많은 터이매 벌써 예전에 색계판으로 는 다 — 닳은 대갈마치요, 오입 속으로는 백 년 묵은 능구리들이라 별안간 새로이 풋 오입장이의 정열을 가질 수도 없고 또 도섭스럽게 숫되고 알뜰한 채 「사랑이 엇더터냐 둥그러냐 모지더냐……」 할 수도 없을 것이다.

그러니 그들은 주색 이외에는 그리 정신적 귀한 것을 갖지도 않았거니와 또한 요구하지도 않을 것이다. 다만 「화대만 행하면 향락을 맛볼 수가 있다」고…… 수작이 쉬울손 추태만 지르르 흐르고 계집 앞에서만 저 잘난 척 뽐내이고 있으니 「네가 잘나 내가 잘나 그 누가 잘나 구리 백동 은전 지화 제 잘났지」가 되며, 또 아무리 사랑을 한다 하더라도 순정한 연인으로 대접하는 것이 아니라 높아야 돈 주고 사 온 천물(賤物)로밖에 더 다를 줄을 모르니…… 굳고 무뚝뚝하고 인색하고 물정도 모르거니와 기력도 없고 또는 우굴쭈굴 늙은 영감테기요, 그렇지 않으면 무식무뢰한 팔난봉…… 넓은 천지 많은 인간에 한 군데인들 뜻 가는 곳이있으랴.

그래서 「기생의 팔자는 앞서서 간다」「조득모실(朝得暮失)하는 신세」「장림 까마귀 학이 되며 영문 기생 열녀 될까」 이런 소리도 모두 일면으로는 참사랑을 만나지 못하는 그 환경 안타까움에서 저절로 빚어진 기생의 인생관이며 연애관일 것이다. 그러한 속에서 시대적 굴레를 벗은 근세의 기생들은 얼마나 많이 참사랑에 주렸으며 인생 생활에서나 사회교양적인 일에 얼마나 기갈의 애졸임을 품고 있었으랴.

기미 직후에는 사회 각층이 한창 버석거리며 변환하던 시국이라 화류계에도 각성이 있었고 변혁이 있었었다.

시대적 비분에 유미(柳眉)를 거스린 강향난(姜香蘭)은 단발 남장으로 거리에 나서서 부르짖었다. 강명화(康明花)는 손가락을 자르고 머리채를 베어 버리고 안타까웁게 붉은 눈물을 흘리며 하소연하다가 나중에는 애인의 이름만 하염없이 부르면서 꽃다운 목숨까지 끊어버리었고 문기화(文琦花)는 애닯고 시들푼 세상 살이를 애처로이 음독으로 자결해 버리었다…… 그들의 애인도 모두 추후 정사를 하였다는 것도 전고에 못 들은 새로운 보도였었다.

옛날 같으면 기둥 서방의 착취는 당연한 것으로 또 그렇게밖에는 더 생각하지도 못하였을 터이지만…… 근대의 기생들은 그런 것쯤은 훌륭히 판단하고 있었다. 그래서 강제 매음의 불유쾌, 자기 장래의 생활…… 더구나 계급적 천시와 학대……

기생 나이 이십이 넘으면 환갑이라니…… 그들은 이십 전후의 나이 「멱」이 점점 차질수록 저절로 누구보다도 대단한 흥미도 가지고 희망도 갖고서 자기 사정의 동감 또는 동정하는 듯하는 그 이야기면 몹시 들으려고 애를 쓴다. 그래서 「내가 사랑하는 사람으로서 훌륭한 남편이 될 만한 사람……만약 그렇게 못되더라도 내가 사랑하는 사람으로서 일평생 굶기지나 않을 이……」이런 것을 그들의 대다수가 진심으로 몹시 갈구하고 있었던 것도 또한 사실이리라.

그러니 그러한 그 때가 흑방 순례패들에게는 천재 일우의 다시 없을 시절이었었던 것이다. 예전 같으면,

「서방님 몇 살이시오?」

「열 네 살일세」

「너무 일지 않소?」

「저녁 먹고 왔는데」

이렇게 멋있는 수작을 내놓아 겨우 그윽한 지취(旨趣)를 허락받았다는 어떤 어린 귀공자도 있었다지만…… 아뭏든 그렇게 어렵고 거북한 판국에야 백조파 순례패 같은 서투른 풋오입장이쯤으로서는 도무지 명함도 내놓지 못하게 수줍었을 것이었마는 다행히 시절이 바뀌인지라 제법 변죽 좋게 회색거리에 순례하는 행자로 대도(大導)의 법을 설하게까지 되었었던 것이었다.

그때의 소위 일류의 기생쯤은 대개가 일 개월의 화대로 이 삼백 원의 수입은 있을 터이니까 돈 쓰기로는 그리 큰 걱정이 없었고, 다행히 이른바 「새서방」이라는 것이나 하나 생기면 시량, 의복차, 화장품까지도 으례 기증을 받는 별 수입이 있을 터이니까…… 생활 경영만 될 수 있다면 이 방면의 일은 저절로 그리 중대시하게 되지는 않는다. 다만 「정말 참 생활이라는 것은 무엇이냐, 인간의 행복이라는 것은 어떠한 것이다」라는 생활론·연애론 내지 예술론까지를 아무쪼록 아름다운 수사로 알아듣기 쉽고도 자세하게 순례패들은 법을 설하여 준다.

그러면 그들은 평소적에는 어찌 형용할 수도 없던 속 깊은 사정 그 불행불평이 그만 일시에 열연히 대각(大覺)하게 되었으며, 알 수 없던 일이 모두 저절로 알아지게 된다.

그래서 이야기가 그쯤 이르면 그들은 반드시 제 신세타령을 숨김없이 풀어 늘어놓게 된다. 그러면 그러할수록 순례행자들은 그의 사연을 따라서 신문지의 인사 상담 이상으로 때로는 꾸짖기도 하고 또 어떠한 때는 선동도 시켜가며 아무쪼록 친절하게 설명을 해주면, 어느 틈엔지 그들에게는 이 서생들이 아마 그저「부랑자나 오입쟁이가 아니라」고 정말「선생님」혹은「의중인(意中人)」「미래의 애랑(未來의 愛郎)」처럼 저절로 그립고 정다와지게 된다.

그래서 한창 시절에는 백조사 흑방으로 매일 밤 새벽 두세 시쯤이면 파연 귀로(罷宴歸路)의 삼사 미인이 손에 손목을 서로 이끌고 찾아오게 되었다. 그러니 흑방 동인들도 날마다 순례로 찾아가는 곳이 사 오십처나 되었었다.

그러나 순례란 본디 신성도 하거니와 또한 아무러한 공리적 야심도 없는 청청담담한 걸음이라 순례의 대상은 만나건 말건 그리 든든함도 없거니와 또한 아무 섭섭함도 없는…… 다만 다리가 고달프도록 몇몇 집을 찾아 휘돌면 그만인 애틋한 허튼 길이었었다.

흑방비곡(黑房祕曲)

누항에도 봄이 드니 우중충한 흑방 속에 몇 떨기의「시름꽃」이 때없이 웃게 되었었다.

그들만이 지어 부르던 이름으로 채정(彩艇) 설지(雪枝) 해운(海

雲) 단심(丹心) 설영(雪影) 등…… 서로 오고가고 하는 동안에 모두 저절로 그리운 정이 짙어지니 정이 짙어진 한 쌍 남녀를 남들이 구태여 「연인」이라고 일렀었다.

　그러나 당자끼리는 넌즛한 키쓰 한 번도 없는 「정신적 연인」들…… 도향은 단심과, 석영은 채정과, 우전은 해운과, 노작은 설지와…… 그래서 남화에 명제하듯이 「도향단심(稻香丹心)」「석영채정(夕影彩艇)」「우전해운(雨田海雲)」「설지노작(雪枝露雀)」 이렇게 불러보았었다. 그런데 연애의 결과로는 「도향 단심」이 가장 실질적이었었다. 「석영 채정」은 저녁 놀같이 잠시 잠깐 반짝하다가 어느덧 사라졌을 뿐이고, 「우전 해운」은 뜻도 열리기 전에 일진광풍에 그만 멋 없이 흩어져 버리었고, 「설지 노작」은 반딧불같이 아무 열없는 목숨이 몹시 외떨어져 아르를 떨다가 그만 불행하여 버리였었다.

「꿈이면!
이러한가
사랑은 지나가는 나그네의 허튼 주정
아니라 부서 바리자 종이로 만든 그까짓 화환
철모르는 지어미여 비웃지 말아
날더러 안존치 못하다고?
귀밋머리 풀으기 전 나는
그래도 순결하였었노라」

연애 삼매도 하염없는 허튼 꿈자리였었다. 과거·현재·미래를 통하여 섭섭하고도 하염없고 시들픈 세계였었다. 다만 사랑하는 여자는 사랑이란 이끼가 서린 푸른 늪 속에 깊이깊이 들어가 잠기어 거기서 떠오르는 모험과 불가사의의 야릇한 향기에 영원히 도취해 있을 뿐이다. 그러나 어색가(漁色家)가 아닌 순례패들은 어떠한 여성을 대하든지 두굿기고 아껴함이 넘치는 안타까운 정성으로 사랑을 한다. 한 송이의 어여쁜 꽃으로 사랑하려고 하였다. 꺾지도 말고 맡아 보지도 말고 다만 고히고히 모시어 간직해 놓고 고요히 쳐다만 보려고 하였던 것이었다.

기생으로 연인…… 시간적으로 설혹 상대녀에게 어떠한 옛 기억이 있든지 또 현재에 아무러한 사실이 흑막 뒤에서 진행이 되든지 그것을 알려 할 까닭이 없다. 다만 일순에서도 영원 그것이 있을 뿐이였었다.

「동짓ㅅ달 기나긴 밤을 한 허리를 둘을 내어
춘풍 이불 아래 서리서리 넣었다가
얼운 님 오신 날 밤이여드란 구뷔구뷔 펴리라」

하루 저녁 한 시간이면 어떠하랴. 그렇게 만나는 것도 사랑이거든…… 사랑이란 신성하다 이르거니 물적 영구(物的永久)라는 그 따위의 말까지도 더러운 누더기의 군더더기리라…… 하물며 변전무상(變轉無常)하는 이 세상 일이랴, 한 시간 전에는 누구하고 놀았거나 또한 한 시간 뒤의 을 누가 알 것이랴. 다만 현각 일초의 순간이라도 거짓 없는 속삭임을 서로 꾸어 본다면 여기에도 유구 신성한 꽃다운 향내가 떠돌음을 느낄 수도 있으리라…… 그들은 그렇게 생각을 하였던 것이었었다.

단심은 그리 미인은 아니었다. 또 당시의 일류도 되지 못하였었으며 기려유한(倚麗幽閑)한 성격자도 아니었다. 다만 가진 것은 밤비 속에 저절로 부여진 광대버섯같이…… 버레 먹고 농익은 개살구 같은…… 얼른 말하자면 말괄량이요 요부적 타입이었었다. 체구는 장부가 부럽지 않게 거대하였고 주먹 힘도 세었었다. 그리고 그는 그때 벌써 네 살 먹은 아들의재롱을 보고 있는 아기 어머니였었으니 나이도 도향보다는 훨씬 위였었다.

채정은 청초하고도 정열 있는 가인이었었다. 신세를 자탄하는 까닭인지 처지를 비관하는 탓인지 그리 현세를 원한하는 것도 같지 않건마는 어딘지 모르게 수심가 그대로의 일맥의 애수를 항상 띠고 있었었다. 풍정이 가미로운 목소리로 부르는 그의 노래는 매양 청랑(淸朗)하면서도 적이 그윽한 봄 시름을 자아내었었다. 흑방을 맨 먼저 찾아간 이도 채정이었었다.

해운은 녹발(綠髮), 명모(明眸), 호치(皓齒), 단순(丹脣) 모두가 신구를 통하여 아무렇게 치던지 미인이었고 또 여걸이었었다. 어떤 결혼피로연에 초빙이 되어갔다가 명예와 지위가 높다는 그 신랑이 몹시 아니꼽다고 당장에 따귀를 올려붙여 일시 화류계에 신기한 화제가 되었던 인물이었었다.

설지는 험구인 회월의 첫인상이 「眼[안]りの女(잠의 여자)」이었었다. 「眼[안]りの女!」 아무려나 「일타수련(一朶睡蓮)」이 버들 낙지 속에서 가녈픈 시름 가벼운 한숨으로 고요한 졸음을 흐느적거린다면

그의 윤곽 일부를 그럴듯이 상징한 말이라이를 수도 있으리라. 해운을 미인이라이른다면 설지는 애오라지 여인(麗人)격이 었었다.

우전은 소같은 사람이었었다. 마음이 눅고 또 어질었었다. 모든 것에 저절로 주의요, 그리 강작 강행(强作强行)을 몹시 싫어하는 편이었었다. 그리고 또 그리 호색도 아닌 모양이었었다. 다만 싫지는 않으니까 미색을 보면 멋없는 웃음을 웃기는 하였었다. 또 어떠한 여자에게든지 일부러 악마의 제자가 되어 잔혹히 미워하거나 경멸히 다루거나 억압하거나 유린하려 드는 그런 사람은 아니었다.

그래서 모든 여자가 애(愛)의 대상이면서 동시에 모두 쓸쓸한 남이었었다. 여자의 마음속에 들기 위하여 여자를 쫓아다니지는 아니하였고, 또 그것을 포로로 정복하기 위하여 나닫지도 아니하였었다. 다만 간투(看套)와 오입식이 그의 연애관이 된지라 「여자란 일시적 위안의 도구, 아름다운 장난감……」 그래서 그는 고결이나 청초를 구태여 탐하지도 않았지마는 또 미추고 그리 가리지 않는 편이었었다. 여자는 그저 여자 그대로면 그만이었었다. 그러나 그의 오입판의 수완이나 방식은 매우 능숙하고 놀랍게 세련되었었지마는 그것도 그만 혹방 행자의 계행을 지키느라고 한번 마음대로 행사하여 보지도 못하였었다. 은인자중…… 그러는 동안에 여러 번의 웃는 꽃은 그만 가버리고 말았었다. 첫째번에는 고계화(高桂花)요 둘째번에는 김해운(金海雲)이었었다. 세째번에는 김난주(金蘭珠), 네째번에는 신소도(申小桃), 모두 왔다가는 실없이 웃고 돌아가 버리는 가시 찔레꽃뿐이었었다.

「님 향한 일편단심 앙긋방긋 웃지를 말아……」

이것은 노작이 〈개벽〉 고십에 쓴 도향 소식의 일절이었었다.

도향은 그만 새침하니 육(肉)을 탐하였다. 파계를 하고 흑방서 내쫓기어 버리었다. 따라서 단심도 오지를 못하고 다른 곳, 「가나안 복지」 그윽한 보금 자리에서 도향과 밀회를 하게 되었었다.

성지는 그만 더럽혀졌다. 실내의 공기는 부정하여졌다. 「소독! 소독!」 그러나 이미 더럽혀진 사랑의 영혼 임금(林檎)을 잃어버린 마음의 성단을 여간 냄새나는 시속(時俗)의 약물쯤으로야 무슨 소용이 있으랴 무슨 보람이 있으랴.

우전(雨田)의 음울(陰鬱)

어저 내일이야 그릴줄을 모르던가
있이라 하드면 가랴마는 제 구타여
보내고 그리는정은 나도 몰라 하노라

내언제 신이없어 님을언제 속였관대
월침삼경(月沈三更)에 올뜻이 전혀없네
추풍에 지는닢소래야 낸들어이 하리오

연애 삼매, 흑방비곡…… 여기에도 그나마 정신 연애에도 실연만 맛보는 우전은 파계 행자인 소정지옹(笑亭之翁)까지 잃어버리고 저절로 우중충 우울하게 흐려졌었다.

고립! 고독! 오! 얼마나 쓸쓸한 형용사냐, 계행을 지키는 명예의 고립! 「벗이 없는 인생은 사막이라」하거니 실연만을 당하면서도 계행은 묵수하는 명예의 고립!

그것을 그 헐렁이가 엄연히 지키고 있었던 것은 순례 성단에 한 기적이었거니와 당자 자신으로도 아마 지극한 곤란이었으리라. 다만 그림자만 남은 한 자락 단골의 콘도라 노래만은 여상히 그의 거치른 성대가 의미 있는 듯이 무겁게 떨리고 속 깊이 울려 나왔었으니, 그것은 소정이 떠나간 고독의 구슬픈 소리였었다. 「님 향한 일편 단심」이 무더웁게 흑방 속에서 소정지웅을 녹여 낼 적에도 「인생은 초로 같다. 사랑해라 소녀를」. 순례의 일행이 회색가(灰色街)로 걸어나갈 적에도 「연붉은 그 입술이 사위기 전에」하든…… 그저 밤이나 낮이나 「인생은 초로 같다……」 그 콘도라의 그리움이여…… 탈선 무규한 그들의 생활도 세월이 짙어지니 불규 그대로가 항례가 되어 기계적으로 매일 되풀이 하여졌었다. 원고쓰기, 담론, 음주, 연담, 수면으로 한 해 두 해 매일같이 그대로 되풀이만 하는 회색 생활 속에서 다만 우전의 콘도라 노래 한 가락만이 시감을 따라서 높였다 낮췄다 빨랐다 느렸다 하여 일상의 단조를 저으기 깨뜨리고 있을 뿐이었었다. 그는 일곡의 콘도라 가운데에도 울적하고도 무한한 청춘의 희망을, 사랑을, 고적을…… 굵은 목 가득히 내뿜어 쓸쓸한 만호 장안에 임자 없이 떠도는 저녁 안개에 끝없이 하소연하는 것이 유일의 위안이며 예술이었었던 것이었다. 그러나 인생이란 매양 모순과 갈등이 많은지라 「백조사」 대문 안에는 「계림흥산회사」라는 한 고리대금의 흑마단이 세를 들고 있었었다. 주야로 복리 계산의 주판질, 착취하려는 밀담 등…… 더구나 거기에는 「위의(威儀)」 가난한 이를 다루는 데에는 한 커다란 권위적

도구였던 것이다. 그런데 옆방에선 밤낮으로 「인생은 초로 같다. 사랑
해라 소녀들」하고 거칠고 무되게 소리를 지르니 아마 그들의 심장을
송곳으로 쑤시고 체질하듯 몹시 흔들어 놓았으리라. 그래서 하루는
그 회사 전무 취체역이라는 자가 급사를 시켜,

「업무상 여러 가지 사정으로 보아 매우 곤란하니…… 그리 무리한
청이 아니다. 될 수 있으면 회사 전원이 퇴근한 뒤에 좀 떠들든지 노래
를 하든지 마음대로 하시오」

하는 전갈을 보내었었다.

그 기별을 들은 우전은 전갈 온 급사가 채 돌아서기도 전에 거치른
성대를 더 다시 벽차고 억세게 내질러서,

「인생은 초로 같다……」

그때는 아마 계림회사 전무는커녕 사장 이하로, 빚 얻으러 온 손님
들까지라도 모두 초풍을 하여 달아날 지경이었으리라. 그해 9월에 있
던 동경진재(東京震災)가 또 일은 것이 아니면 「뢰(雷)」자 그대로 천
동지동 청천벽력이나 아닌가 하고…… 우전으로 보아서는 그것도 그
리 무리는 아니었었다. 다만 한 가락의 위안인 그 쓸쓸한 노래에다까
지 그러한 제한과 제재를 씌워주는 것은 그의 생명을 위협하는 것이
나 마찬가지로 너무나 지독한 일이었었다.

우전은 성이 났었다. 우룃소리가 터져 나왔었다.

「인생은 초로 같다……인생은 초로 같다」

그러나 이제는 그 노래에는 예전과 같이 청춘의 번뇌를 품은 애조
는 영영 사라져 버리었고 다만 불붙는 분노와 타매(唾罵)가 뒤틀어져
쏟아지는 우뢰 소리뿐이었었다. 무섭고 거치른 우뢰 소리는 계림회사

에 대하여, 도향 단심에 대하여, 또다시 인생에 대하여……

우전은 가끔 아마 어두운 가슴을 어루만지며 아릿한 후회도 하리라. 「그렇게 너무 데퉁적고 멋없애지 말고 조금만 안존한 온정으로…… 도향처럼 그렇게 더럽게 굴지는 않더라도 조금, 법 다른 취급, 남다른 접대만을 하였었더라도……」하고 또 흑방 이외의 다른 동무들도 다소 느긋한 유감이 있었으리라. 그때는 모두 너무도 선머슴이요, 도련님 풍월이라 높기는 높고 맑기는 맑았지마는 아름다운 이성을 웃는 꽃을 미를…… 꽃 그것이 곧 인생이건만……을 보는 데에 반드시 유독 남다른 각도에서 떨어져 서서 보아야 한다고 일부러 인생의 현실을 도피하여 무슨 때나 묻을세라 무슨 허물이나 있을세라 허둥지둥 포우즈를 고쳐 놓기에 분망하였고, 직접으로 가까이 가서 좀더 가치 있는 것을 발현하는 것을 한각(閑却)해 버리었으니까…… 월탄의 오뇌 심하다 하던 「2년 후」의 황경옥이나 빙허가 애처로이 보던 가엾은 순희나 회월의 꿈으로 그리던 Y양이나…… 모두 싱싱하고 꽃다운 생화를 일부러 종이로 만든 가화로만 대접하였던 것이 아니랴. 그들의 인생의 실패는 말하자면 인생의 속에 들어서서 사철 그 꽃다운 꽃의 본질 미를 향수할 수 있는 것을 차마 해보지 못하였었다는 그 침묵에 있었다고 새로금 느껴진다. 그렇게 생각하니 도향은 확실히 「옹(翁)」은 「옹(翁)」이었었다. 「선(仙)」이 아니라 「옹(翁)이었었다. 발 잰 선수였었다. 걸음 빠른 선진이었었다. 이성 삼매의 그 어려운 업을 어느 틈에 일찍이 수득 성취(修得城就)한 셈이니까……

「봄은 오더니만 그리고 또 가더이다」

하이델 베르히의 레데이는 나이를 먹었다. 점잖아진 공자를 다시 만나서 섧게 섧게 느끼어 가며 울었다. 「몇 해 전의 봄철은 참으로 즐거웠어요」하면서……

우전은 우뢰와 같은 그 정열도 이제는 콘도라의 붉은 입술과 함께 살아서 아무러한 탄력도 없이 근자까지는 조극 문간(朝劇門間)에서 졸고 앉았는 것을 보았었는데 그나마의 조선극장도 봄불에 다 타버렸으니 이제는 어디로 가서 또 우중충하게 쭈그리고 앉았는지? 아마 과음의 탓인지 근년에는 위궤양으로 그 좋아하던 술 담배도 일금을 하여버리었다 하니 그의 성격 그의 생활에 아마나 더 다시 몹시도 쓸쓸하고 우중충할 것이다.

도향은 23세 청춘을 일기로 하고 요절하여 버리었다. 일대의 수재로 풍염한 미래의 꽃다운 희망을 가슴 가득이 품은 채 초라히 저승의 길을 떠날 제 도향은 아마 몹시 울었으리라. 다정다한한 그의 일평생 그것을 온통 궂은 눈물로 바꾸어 가지고 거리거리 인정을 써 가며 가기 싫은 황천 길을 걸어갈 적에 아마 눈물 빛 도가(都家) 지장보살께 저으기 안타까운 사정은 그리 적었으려니…… 동인 생활 3년간의 옛날의 교의와 우정 그것이 하염없이 을씨년스런 추억으로 뇌어질 적에 애끊는 구슬픔을 새록새록 느끼는 산 사람들…… 정말 그것도 숙연인지 기우였던지 도향이 작고한 지도 벌써 열두 해이건만, 그의 음용은 방불(髣髴)하여 시방도 아직껏 어제인 듯 하다.

「새파랗다」고 칭찬하던 방 소파군도 벌써 다섯 해 전 이맘때엔가 불귀의 손이 되었으니 아마도 이제는 가을 바람 남북으로 유리 영산한 이 꼴을 그리 탄식이나 해줄 이도 없을 터이지…… 낙원동의 경관 파출소도 치워 버린 지가 이미 오래니 흑방 옛 품에 꽃피는 봄이 다시 돌아든들 그리 알뜰히 두굿겨 보호해 줄인들 또 어디 있으랴.

오! 그리울손 백조가 흐르든 그 시절!
병자 여름 구진 비 훌쩍이는 밤에
나이 먹은 순례지성은
파석(坡石) 두메 외따른 초암에서
아릿한 옛노리를 이렇게 적노라

『조광』 제2권 9호, 1936.9.

제3장

모더니즘의 "솟"
여행·소비·모더니즘

(1930년대)

모더니즘의 "숏" – 여행·소비·모더니즘(1930년대)

국권침탈 이후 지속되었던 일제의 경성 개발은 1930년대에 이르러 실질적인 성과를 보이기 시작했다. 일제가 경성 일대에 1910~20년대에 걸쳐 조선은행(1912), 경성우편국(1915), 조선총독부(1926), 경성부청(1926) 등을 건설하고 1925년에 경성역을 신축한 결과 경성은 1930년대 전후부터 본격적인 근대 도시로서 기능하기 시작하였다. "조선이 정치적·경제적·사회적·교육적 중심진데 어째 별일이 없겟나"[1]라는 「鐘路夜話(종로야화)」의 너스레가 단지 너스레만은 아니었던 것이다.

도시화 진전은 단순하게 인구의 이동만을 의미하는 것이 아니다. 1930년대 37만 5천 명이었던 경성의 인구가 1940년대에는 110만 가까이 상승하게 된다. 이와 같은 경성의 인구수 증가는 경성이 식민지 수도로서 기능했을 뿐만 아니라 일종의 '문화관광 도시'로서의 기능을 겸하게 된 결과였다. 경성의 관광을 총괄하였던 경성관광협회는 『경성정서』, 『경성안내』, 『관광의 경성』[2]등을 출간하는 등 경성을 문

---

1 벽이자, 「鐘路夜話」, 『東光』 34, 동광사, 1932. 6.
2 김경리, 「경성관광협회의 관광문화산업과 관광지도의 연구」, 『외국학연구』 42, 중앙대학교 외국학연구소, 2017, 463쪽 참고.

화 관광의 대상으로서 디자인하고자 했다. 그러나 이 같은 시도는 경
성을 관광도시로 부각시키는 데에는 효과적이었으나 '조선의 문화'를
'경성의 문화'로 왜곡하고 단순화하는 부작용을 초래했다.

급격한 인구 증가와 계획적 근대화의 결과 경성은 소비문화의 중
심에 서게 되었다. 1930년대 당시 경성의 소비문화는 미나카이(三中
井), 미츠코시(三越), 조지야(丁子屋), 히라타(平田), 화신(和信) 등
'5대 백화점'으로 대표되는데 「날개」(이상, 1936)의 〈미쓰코시 백화
점〉이나 「소설가 구보씨의 일일」(박태원, 1934)의 〈화신백화점〉은 경
성 거주민들이 백화점을 복합문화 공간이자 소비문화의 총체로서 받
아들이고 있었음을 암시한다.

이와 같이 근대 도시 문화에 바탕하여 구축된 소비 문화는 경성 거
주민에게 많은 영향을 끼쳤으며 그들의 사회생활과 습관 등에서도 큰
변화를 가져왔다. 이를 주도적으로 이끈 것은 외국의 소비 문화를 경
험한 바 있는 유학파 식자층이었다. 당시 발표되었던 「서울에 딴스홀
을 許(허)하라」(「三千里」, 1937. 1)는 "우리가 東京(동경)갓다가 「후
로리다 홀」이나 「帝都」, 「日米」홀 등에 가서 놀고 오는 것 같은 유쾌
한 기분을 60만 서울 市民들로 하여 맛보게"[3]해달라는 외침을 담고
있는데 이는 당대 유학파 식자층들이 가지고 있었던 소비 문화에 대
한 열망이 고스란히 표현된 것이었다.

이와 같은 소비에 대한 갈망에 말미암아 잡지 및 신문에서는 각종
상업 광고가 등장하여 유행을 이끌었다. '서구적 문명'이라는 확연한
지향점을 지녔던 유행은 모던이라는 정체성을 획득하였으며 소비 주

---

3 「서울에 딴스홀을 許하라」, 『三千里』 9권 1호, 삼천리사, 1937. 1.

체들 역시 '모던보이·모던걸'로서 스스로를 정체화하였다. 이들은 소비 문화의 첨단에 서서 유행을 선도하는 계층으로 자리잡았다. 김기림이 1930년대 경성의 풍경을 평하며 "近代的(근대적)『데파—트멘트』"를 "대경성의주름잡힌얼골"을 장식하는 "메이크업"[4]으로 바라보았다면 '모던보이'와 '모던걸'은 이 메이크업 속에서 스스로의 문화적 생명력을 획득하는 근대 주체이자 소비 주체였던 것이다.

문화 선도 계층으로서 '모던보이·모던걸'의 소비 대상은 다분히 자본적·문화적인 것에 편향되어 있었다. 그들은 문학·영화·패션·예술 등 다양한 분야에서 전근대적 가치관과는 상반된 가치를 추구하였고, 그것의 방법론으로서 모더니즘을 추구하였다. 1931년 카프 몰락 이후 가속이 붙은 모더니즘은 다다이즘·초현실주의·입체파 등의 아방가르드 운동과 영미 모더니즘에 대한 적극적 탐구에 기반을 두고 있었다. 1933년 발족한 구인회(九人會)[5]는 모더니즘적 문예 활동에 입각한 '순문학 연구 단체'로서 영화·미술 등 다양한 모더니즘 예술가와 교류[6]하는 모습을 보이기도 하였다.

경성은 관광 사업과 인프라의 확충을 통해 이전보다 근대 도시 문화의 영향권 아래 살아가게 되었다. 필연적인 소비 문화의 확장과 변화를 불러일으켰으며 문화의 선도 역할을 맡는 계층의 등장과 함께

---

4 김기림, 「都市風景 1」, 『朝鮮日報』, 1931. 2. 21~24.
5 「文壇人消息-九人會 組織」, 《朝鮮中央日報》, 1933. 8. 31.
6 구인회는 이질적인 이데올로기적 지향을 가지고 있었던 카프 출신의 영화 감독 김유영을 영입할 정도로 영화분야에 큰 관심을 가지고 있었다고 할 수 있다. 이는 김기림이나 이효석, 이태준 등 구인회 회원들이 영화와 관련하여 적극적인 작품 활동이나 논평을 펼쳤던 것을 보아도 쉽게 확인할 수 있다. 김지미, 「구인회와 영화: 박태원과 이상 소설에 나타난 영화적 기법을 중심으로」, 『민족문학사연구』 42, 민족문학사학회, 2010, 270쪽.

새로운 문화적 방법론을 발견하고자 하였다. 그러나 이러한 경성의 황금기 이면에는 급격한 도시화로 인한 전통 의식의 상실과 경성부 확대 이전까지 존재했던 경성 내 일본인과 조선인 사이의 경제적·문화적 격차 등의 문제가 산적했던 것이다.

이 중에서 빈곤 문제는 단순한 경제적 빈곤을 나타내는 것이 아니었다. 경성부의 빈곤 문제는 1920년대 중후반 이후 급격하게 나빠지고 있었다. 경성부 전체의 기록에 의하면 토막민수(土幕民數)는 1928년도 4,803명에서 1933년에는 12,478명, 1939년에는 20,911명으로 증가하는 추세였다. 이러한 문제는 오롯이 조선인들만의 문제였다. 민족 차별은 주택과 도시시설 측면에서도 비슷하게 나타나기 시작했다. 경성부에서 1921년부터 부영(府營)주택에 빈민 수용을 하거나 1930년에 국유지에 택지를 조성하여 토막민을 이주 시키는 등의 노력을 하였지만 도시민의 몰락과 경성부의 빈곤 문제는 통치 자체를 위협하기에 이르렀다.

이는 「따라지」(김유정, 1937), 「소설가 구보씨의 일일」(박태원, 1934) 등의 소설에서도 공유하고 있는 정서로 이러한 문화는 1930년대 경성의 화려한 겉모습이 당대인들에게도 마냥 긍정적인 것만은 아니었다는 현실을 깨닫게 해준다.

김원경 | 김웅기 | 인수봉

수부(首府)

오장환

—수부는 비만하였다. 신사와 같이

1

수부의 화장터는 번성하였다.

산마루턱에 드높은 굴뚝을 세우고

자그르르 기름이 튀는 소리

시체가 타오르는 타오르는 끄름은 맑은 하늘을 어지러놓는다.

시민들은 기계와 무감각을 가장 즐기어한다.

금빛 금빛 금빛 금빛 交錯되는 영구차.

호화로운 울음소리에 영구차는 몰리어오고 쫓겨간다.

번잡을 尊崇하는 수부의 생명

화장장이 앉은 황천고개와 같은 언덕 밑으로 市街圖는 나래를 펼쳤다.

2

덜크덩덜크덩 화물열차가 철교를 건널 제

그는 포식하였다.

四處에서 운집하는 화물들

수레 안에는 꿀꿀거리는 도야지 도야지도 있고

가죽류—식료품—원료. 원료품. 재목, 아름드리 소화되지 않은 재

목들—

석탄—중석—아연—동, 철류

보따리 먹대기 가마니 콩 쌀 팥 목화 누에고치 등

거대한 수부의 거대한 胃腸—

官公用의

民私用의

화물, 화물들

赤行囊—우편물—

묻어 들어오는 기밀비, 운동비, 주선비, 기업비, 세입비

수부에는 변장한 年貢品들이 絡繹하였다.

3

강변가로 蝟集한 공장촌—그리고 煙突들

피혁—고무—제과—방적—

釀酒場—전매국……

공장 속에선 무작정하고 연기를 품고 무작정하고 생산을 한다

끼익 끼익 기름 마른 피대가 외마디 소리로 떠들 제

직공들은 키가 줄었다.
켜로 날리는 먼지처럼 먼지처럼
산등거리 파고 오르는 土幕들
썩은 새에 굼벵이 떨어지는 추녀들
이런 집에선 먼 촌 일가로 부쳐온 工女들이 폐를 앓고
세멘의 쓰레기통 룸펜의 寓居—다리 밑 거적때기
노동숙박소
행려병자 無主屍—깡통
수부는 등줄기가 피가 나도록 긁는다.

4
신사들이 드난하는 곳
주뻣주뻣 하늘을 찔러 위협을 보이는 고층 건물
동그름한 柱塔—점잖은 높게 뵈려는 인격
꼭대기 꼭대기 발돋움을 하여 所屬의 깃발이 날린다.
무던히도 펄럭이는 깃발들이다.
씩, 씩, 뽑아 올라간 고층 건물—
공식적으로 나열해 나가는 도시의 미관
수부는 가장 적은 면적 안에서 가장 많은 건물을 갖는다.
수부는 무엇을 먹으며 華美로이 춤추는 것인가!
뿡따라 뿡, 뿡, 연극단의 군악은 어린이들을 꼬리처럼 달고 사잇길
로 돌아 나가고
有閑의 큰아기들은 연애를 애완견처럼 외진 곳으로 끌고 간다.

"호, 호, 사랑을 투우처럼 하는 곳은 고풍이에요."

5

쉿 쉿 물러서거라

쉿 쉿 조용하거라

—외국 사신들의 행렬

각하, 각하, 각하—

간판이 넓어서 거추장스럽다.

가차이 오면 걸려들면 부상!

눈을 가린 馬車馬가 아스팔트 위로 멋진 발굽 소리를 흥겨워 내뻗는 것도 이럴 때다!

6

초대장—독주회 독창회

樂聖—歌聲—천재적 작곡가

남작의 아들—자작의 집

수부의 예술이 언제부터 이토록 華美한 비극이었느냐! 향연과 향연

예술가들이 건질 수 없는 수렁 속으로 빠져 들어가는 일은 슬픈 일이다.

7

여행들을 합니다.

똑똑하다고 자처하는 사람은
서울을 옵니다
英米語, 華語, 內地말 조선말
똑똑하다는 사람들은 뒤리뒤섞어 이야기를 합니다.
돈을 모은 이는 수부로 이주합니다
평안한 成金法이외다
祖先의 토호질한 유산
금광
일확천금 투기―
돈을 많이 모은 사람은 고향을 떠납니다
돈을 많이 모은 사람은 고향을 떠나옵니다.

8
박물관―사원―불각 교회당……
뾰족한 피뢰침들
시민들은 이러한 곳을 별장처럼 다닌다
시민들은 이러한 곳을 공원처럼 다닌다
이런 곳에는 많은 남자가 온다
이런 곳에는 많은 여자가 온다
수려한 자연을 피하여 온 사람들
모조된 자연이 있는 공원으로 몰리어온다

9

수부는 어느 때 시작되고 어느 때 그치는 것이냐!

카페와 빠는 나날이 늘어가고

제비처럼 날씬한 예복—

대체 이놈의 雁造貨幣들은 어데서 만들어내이는 것이냐!

사기—음모—횡령—매수—重婚……

돌이킬 수 없는 회한과 건질 수 없는 비애

퇴폐한 절망에 젖은 대학생들—

의사와 의학사

너들은 푸른 등불 밑에서 무슨 물고기와 같은 憂愁들이냐!

하수도공사비—

도로포장공사비—

제방공사비—

인건비 窓窓이 활짝 열어제치고 잇몸을 드러내고 웃는 중소상업자

중소상인들의 비장한 애교

"어서요 옵쇼 오십쇼"

18간 대로—병립된 가로등—가로수

다람쥐처럼 골목으로 드나드는 택시들—

외길로만 달아나는 전차들 전차는 목적이 없기 때문에

저놈은 차고로 되들어간다

트랙—

모터 사이클 그냥 사이클

無盡會社의 외교원들은 자전거로 다니며 조사에 교통비를 받는다

10

대체 저널리즘이란 어째서 과부처럼 살찌기를 좋아하는 것인가!

광고—광고—광고—화장품, 식료품

범람하는 광고들

메인 스트리트 한낮을 속이는 숙난한 메인 스트리트

이곳을 거니는 紳商들은

관능을 어금니처럼 아낀다

밤이면 더더더욱 熱亂키를 바라고

당구장—마작구락부—베비, 골프

문이 마음대로 열리는 술막—

카푸에—빠—레스트란—茶碗—

젊은 남작도 아닌 사람들은 왜 그리 야위인 몸뚱이로 단장을 두루며

비만한 상가, 비만한 건물, 휘황한 등불 밑으로 기어들기를 좋아하느냐!

너는 늬 애비의 슬픔 교훈을 가졌다

늬들은 돌아오는 앞길 동방의 태양—한낮이 솟을 제

가시뻑다귀 같은 네 모양이 무섭지는 않니!

어른거리는 등롱에 수부는 한층 부어오른다

11

수부는 지도 속에 한낱 화농된 오점이었다

숙란하여가는 수부—

수부의 대확장—인근 읍의 편입

『낭만』, 1936.

다방

이용악

바다없는 航海에 피곤한
무리들 모여드는
茶房은 거리의 港口……

남다른 하소를 未然에 감출여는
女人의 웃음 끔쪽히 믿엄직하고
으스러히 잠든 燈불은
未久의 世紀를 設計하는 策士?

주머니를 턴
커피 한잔에
고달픈 思考를 支持하는
……
……나……너……
휴식에 주린 同志여

오라!!

柔軟히 調和된 雰圍氣속에서

期約 없는 旅程을 잠깐 反省해 보작구나

《조선중앙일보》, 1936.1.17.

날개

이상

'박제(剝製)가 되어 버린 천재'를 아시오? 나는 유쾌하오. 이런 때 연애까지가 유쾌하오.

육신이 흐느적흐느적하도록 피로했을 때만 정신이 은화처럼 맑소. 니코틴이 내 횟배 앓는 뱃속으로 스미면 머릿속에 으레 백지가 준비되는 법이오. 그 위에다 나는 위트와 파라독스를 바둑 포석처럼 늘어놓소. 가공할 상식의 병이오. 나는 또 여인과 생활을 설계하오. 연애기법에마저 서먹서먹해진 지성의 극치를 흘깃 좀 들여다 본 일이 있는, 말하자면 일종의 정신분일자말이오. 이런 여인의 반―그것은 온갖 것의 반이오.―만을 영수하는 생활을 설계한다는 말이오. 그런 생활 속에 한 발만 들여놓고 흡사 두 개의 태양처럼 마주 쳐다보면서 낄낄거리는 것이오. 나는 아마 어지간히 인생의 諸行이 싱거워서 견딜 수가 없게 끔 되고 그만둔 모양이오. 굿바이.

굿바이. 그대는 이따금 그대가 제일 싫어하는 음식을 탐식하는 아이로니를 실천해 보는 것도 놓을 것 같소. 위트와 파라독스와…….

그대 자신을 위조하는 것도 할 만한 일이오. 그대의 작품은 한번도 본 일이 없는 기성품에 의하여 차라리 경편(輕便)하고(가뜬하여 쓰기에 손쉽고 편하고) 고매하리라.

19세기는 될 수 있거든 봉쇄하여 버리오. 도스토예프스키 정신이란 자칫하면 낭비일 것 같소. 위고를 불란서의 빵 한 조각이라고는 누가 그랬는지 至言)인 듯싶소. 그러나 인생 혹은 그 모형에 있어서 '디테일' 때문에 속는다거나 해서야 되겠소?

화를 보지 마오. 부디 그대께 고하는 것이니…… "테이프가 끊어지면 피가 나오. 상채기도 머지 않아 완치될 줄 믿소. 굿바이." 감정은 어떤 '포우즈'. (그 '포우즈'의 원소만을 지적하는 것이 아닌지 나도 모르겠소.) 그 포우즈가 부동자세에까지 고도화할 때 감정은 딱 공급을 정지합네다.

나는 내 비범한 발육을 회고하여 세상을 보는 안목을 규정하였소. 여왕봉과 미망인―세상의 하고 많은 여인이 본질적으로 이미 미망인이 아닌 이가 있으리까? 아니, 여인의 전부가 그 일상에 있어서 개개'미망인'이라는 내 논리가 뜻밖에도 여성에 대한 모 험이 되오? 굿바이.

그 33번지라는 것이 구조가 흡사 유곽이라는 느낌이 없지 않다. 한 번지에 18가구가 죽 어깨를 맞대고 늘어서서 창호가 똑같고 아궁이

모양이 똑같다. 게다가 각 가구에 사는 사람들이 송이송이 꽃과 같이 젊다.

해가 들지 않는다. 해가 드는 것을 그들이 모른 체하는 까닭이다. 턱살밑에다 철줄을 매고 얼룩진 이부자리를 널어 말린다는 핑계로 미닫이에 해가 드는 것을 막아 버린다. 침침한 방안에서 낮잠들을 잔다. 그들은 밤에는 잠을 자지 않나? 알 수 없다. 나는 밤이나 낮이나 잠만 자느라고 그런 것을 알 길이 없다. 33번지 18 가구의 낮은 참 조용하다.

조용한 것은 낮뿐이다. 어둑어둑하면 그들은 이부자리를 걷어들인다. 전등불이 켜진 뒤의 18 가구는 낮보다 훨씬 화려하다. 저물도록 미닫이 여닫는 소리가 잦다. 바빠진다. 여러가지 냄새가 나기 시작한다. 비웃 굽는 내, 탕고도오랑내, 뜨물내, 비눗내. 그러나 이런 것들보다도 그들의 문패가 제일로 고개를 끄덕이게 하는 것이다.

이 18 가구를 대표하는 대문이라는 것이 일각이 져서 외따로 떨어지기는 했으나, 있다. 그러나 그것은 한 번도 닫힌 일이 없는, 한길이나 마찬가지 대문인 것이다. 온갖 장사치들은 하루 가운데 어느 시간에라도 이 대문을 통하여 드나들 수 있는 것이다. 이네들은 문간에서 두부를 사는 것이 아니라, 미닫이를 열고 방에서 두부를 사는 것이다. 이렇게 생긴 33번지 대문에 그들 18 가구의 문패를 몰아다 붙이는 것은 의미가 없다. 그들은 어느 사이엔가 각 미닫이 위 백인당이니 길상당이니 써 붙인 한결에다 문패를 붙이는 풍속을 가져 버렸다.

내 방 미닫이 위 한결에 칼표 딱지를 넷에다 낸 것만한 내---아니! 내 아내의 명함이 붙어 있는 것도 이 풍속을 좇은 것이 아닐 수 없다.

나는 그러나 그들의 아무와도 놀지 않는다. 놀지 않을 뿐만 아니라 인사도 않는다. 나는 내 아내와 인사하는 외에 누구와도 인사하고 싶지 않았다. 내 아내 외의 다른 사람과 인사를 하거나 놀거나 하는 것은 내 아내 낯을 보아 좋지 않은 일인 것만 같이 생각이 되었기 때문이다. 나는 이만큼 까지 내 아내를 소중히 생각한 것이다. 내가 이렇게까지 내 아내를 소중히 생각한 까닭은 이 33번 지 18 가구 속에서 내 아내가 내 아내의 명함처럼 제일 작고 제일 아름다운 것을 안 까닭이다. 18 가구에 각기 빌어 들은 송이송이 꽃들 가운데서도 내 아내가 특히 아름다운 한 떨기의 꽃으로 이 함석지붕 밑 볕 안드는 지역에서 어디까지든지 찬란하였다. 따라서 그런 한 떨기 꽃을 지키고 —아니 그 꽃에 매어달려 사는 나라는 존재가 도무지 형언할 수 없는 거북살스러운 존재가 아닐 수 없었던 것은 물론이다.

나는 어디까지든지 내 방이—집이 아니다. 집은 없다.—마음에 들었다. 방안의 기온은 내 체온을 위하여 쾌적하였고, 방안의 침침한 정도가 또한 내 안력을 위하여 쾌적하였다. 나는 내 방 이상의 서늘한 방도 또 따뜻한 방도 희망하지 않았다. 이 이상으로 밝거나 이 이상으로 아늑한 방은 원하지 않았다. 내 방은 나 하나를 위하여 요만한 정도를 꾸준히 지키는 것 같아 늘 내 방에 감사하였고, 나는 또 이런 방을 위하여 이 세상에 태어난 것만 같아서 즐거웠다.

그러나 이것은 행복이라든가 불행이라든가 하는 것을 계산하는 것은 아니었다. 말하자면 나는 내가 행복되다고도 생각할 필요가 없었고, 그렇다고 불행하다고도 생각할 필요가 없었다. 그냥 그날을 그저 까닭없이 편둥편둥 게으르고만 있으면 만사는 그만이었던 것이다.

　내 몸과 마음에 옷처럼 잘 맞는 방 속에서 뒹굴면서, 축 쳐져 있는 것은 행복이니 불행이니 하는 그런 세속적인 계산을 떠난, 가장 편리하고 안일한 말하자면 절대적인 상태인 것이다. 나는 이런 상태가 좋았다.

　이 절대적인 내 방은 대문간에서 세어서 똑 일곱째 칸이다. 럭키 세븐의 뜻이 없지 않다. 나는 이 일곱이라는 숫자를 훈장처럼 사랑하였다. 이런 이 방이 가운데 장지로 말미암아 두 칸으로 나뉘어 있었다는 그것이 내 운명의 상징이었던 것을 누가 알랴? 아랫방은 그래도 해가 든다. 아침결에 책보 만한 해가 들었다가 오후에 손수건만 해지면서 나가 버린다. 해가 영영 들지 않는 윗방이 즉 내 방인 것은 말할 것도 없다. 이렇게 볕드는 방이 아내 방이요, 볕 안드는 방이 내 방이요 하고 아내와 나 둘 중에 누가 정했는지 나는 기억하지 못한다.

　그러나 나에게는 불평이 없다.

　아내가 외출만 하면 나는 얼른 아랫방으로 와서 그 동쪽으로 난 들창을 열어 놓고 열어놓으면 들이비치는 햇살이 아내의 화장대를 비쳐 가지각색 병들이 아롱이 지면서 찬란하게 빛나고, 이렇게 빛나는 것을 보는 것은 다시없는 내 오락이다. 나는 조그만 돋보기를 꺼내가지고 아내만이 사용하는 지리가미를 꺼내 가지고 그을려 가면서 불장난을 하고 논다. 평행광선을 굴절시켜서 한 촛점에 모아가지고 그 촛점이 따근따근해지다가, 마지막에는 종이를 그을리기 시작하고, 가느다란 연기를 내면서 드디어 구멍을 뚫어 놓는 데까지 이르는, 고 얼마 안되는 동안의 초조한 맛이 죽고 싶을 만큼 내게는 재미있었다.

이 장난이 싫증이 나면 나는 또 아내의 손잡이 거울을 가지고 여러 가지로 논다. 거울이란 제 얼굴을 비칠 때만 실용품이다. 그 외의 경우에는 도무지 장난감인 것이다. 이 장난도 곧 싫증이 난다.

　나의 유희심은 육체적인 데서 정신적인 데로 비약한다. 나는 거울을 내던지고 아내의 화장대 앞으로 가까이 가서 나란히 늘어 놓은 그 가지각색의 화장품 병들을 들여다본다. 고것들은 세상의 무엇보다도 매력적이다. 나는 그 중의 하나만을 골라서 가만히 마개를 빼고 병구멍을 내 코에 가져다 대고 숨 죽이듯이 가벼운 호흡을 하여 본다. 이국적인 센슈얼한 향기가 폐로 스며들면 나는 저절로 스르르 감기는 내 눈을 느낀다. 확실히 아내의 체취의 파편이다.

　나는 도로 병마개를 막고 생각해 본다. 아내의 어느 부분에서 요 냄새가 났던가를…… 그러나 그것은 분명하지 않다. 왜? 아내의 체취는 여기 늘어섰는 가지각색 향기의 합계일 것이니까.

　아내의 방은 늘 화려하였다. 내 방이 벽에 못 한 개 꽂히지 않은 소박한 것인 반대로, 아내 방에는 천장 밑으로 쫙 돌려 못이 박히고, 못마다 화려한 아내의 치마와 저고리가 걸렸다. 여러가지 무늬가 보기 좋다. 나는 그 여러 조각의 치마에서 늘 아내의 동체와, 그 동체가 될 수 있는 여러 가지 포우즈를 연상하고 연상하면서 내 마음은 늘 점잖지 못하다.

　그렇건만 나에게는 옷이 없었다. 아내는 내게 옷을 주지 않았다. 입고 있는 골덴양복 한 벌이 내 자리옷이었고 통상복과 나들이옷을 겸한 것이었다. 그리고 하이넥의 스웨터가 한 조각 사철을 통한 내 내의 다. 그것들은 하나같이 다 빛이 검다. 그것은 내 짐작 같아서는 즉 빨래를 될 수 있는 데까지 하지 않아도 보기 싫지 않게 하기 위한 것이 아닌가 한다. 나는 허리와 두 가랑이 세 군데 다—고무밴드가 끼어 있는 부드러운 사루 마다를 입고 그리고 아무 소리없이 잘 놀았다.

어느덧 손수건만해졌던 볕이 나갔는데 아내는 외출에서 돌아오지 않는다. 나는 요만일에도 좀 피곤하였고 또 아내가 돌아오기 전에 내 방으로 가 있어야 될 것을 생각하고 그만 내 방으로 건너간다. 내 방은 침침하다. 나는 이불을 뒤집어쓰고 낮잠을 잔다. 한번도 걷은 일이 없는 내 이부자리는 내 몸뚱이의 일부분처럼 내게는 참 반갑다. 잠은 잘 오는 적도 있다. 그러나 또 전신이 까칫까칫하면서 영 잠이 오지 않는 적도 있다. 그런 때는 아무 제목으로나 제목을 하나 골라서 연구하였다. 나는 내 좀 축축한 이불속에서 참 여러가지 발명도 하였고 논문도 많이 썼다. 시도 많이 지었다. 그러나 그것들은 내가 잠이 드는 것과 동시에 내 방에 담겨서 철철 넘치는 그 흐늑흐늑한 공기 에다 비누처럼 풀어져서 온데간데 없고, 한잠 자고 깨인 나는 속이 무명 헝겊이나 메밀껍질로 띵띵 찬 한 덩어리 베개와도 같은 한 벌 신경이었을 뿐이고 뿐이고 하였다.

그러기에 나는 빈대가 무엇보다도 싫었다. 그러나 내 방에서는 겨울에도 몇 마리의 빈대가 끊이지 않고 나왔다. 내게 근심이 있었다면 오직 이 빈대를 미워하는 근심일 것이다. 나는 빈대에게 물려서 가려운 자리를 피가 나도록 긁었다. 쓰라리다. 그것은 그윽한 쾌감에 틀림없었다. 나는 혼곤히 잠이 든다.

나는 그러나 그런 이불 속의 사색 생활에서도 적극적인 것을 궁리하는 법이 없다. 내게는 그럴 필요가 대체 없었다. 만일 내가 그런 좀 적극적인 것을 궁리해내었을 경우에 나는 반드시 내 아내와 의논하여야 할 것이고, 그러면 반드시 나는 아내에게 꾸지람을 들을 것이고— 나는 꾸지람이 무서웠다느니 보다는 성가셨다. 내가 제법 한 사람의 사회인의 자격으로 일을 해 보는 것도 아내에게 사설 듣는 것도 나는 가장 게으른 동물처럼 게으른 것이 좋았다. 될 수만 있으면 이 무의미한 인간의 탈을 벗어 버리고도 싶었다.

나에게는 인간 사회가 스스러웠다. 생활이 스스러웠다. 모두가 서먹서먹할 뿐이었다.

아내는 하루에 두 번 세수를 한다.

나는 하루 한 번도 세수를 하지 않는다.

나는 밤중 세 시나 네 시쯤 해서 변소에 갔다.

달이 밝은 밤에는 한참씩 마당에 우두커니 섰다가 들어오곤 한다. 그러니까 나는 이 18 가구의 아무와도 얼굴이 마주치는 일이 거의 없다. 그러면서도 나는 이 18 가구의 젊은 여인네 얼굴들을 거반 다 기억하고 있었다. 그들은 하나 같이 내 아내만 못하였다.

열한 시쯤 해서 하는 아내의 첫번 세수는 좀 간단하다. 그러나 저녁 일곱 시쯤해서 하는 두번째 세수는 손이 많이 간다. 아내는 낮에 보다도 밤에 더 좋고 깨끗한 옷을 입는다. 그리고 낮에도 외출하고 밤에도 외출하였다.

아내에게 직업이 있었던가? 나는 아내의 직업이 무엇인지 알 수 없다. 만일 아내에게 직업이 없었다면 같이 직업이 없는 나처럼 외출할 필요가 생기지 않을 것인데— 아내는 외출한다. 외출할 뿐만 아니라 내객이 많다. 아내에게 내객이 많은 날은 나는 온종일 내 방에서 이불을 쓰고 누워 있어야만 된다.

불장난도 못한다. 화장품 냄새도 못 맡는다. 그런 날은 나는 의식적으로 우울해 하였다. 그러면 아내는 나에게 돈을 준다. 오십전짜리 은화다. 나는 그것이 좋았다.

그러나 그것을 무엇에 써야 옳을지 몰라서 늘 머리맡에 던져 두고 두고 한 것이 어느 결에 모여서 꽤 많아졌다 어느날 이것을 본 아내는 금고처럼 생긴 벙어리를 사다 준다.

나는 한푼씩 한푼씩 그 속에 넣고 열쇠는 아내가 가져갔다. 그후에도 나는 더러 은화를 그 벙어리에 넣은 것을 기억한다. 그리고 나는 게을렀다. 얼마 후 아내의 머리쪽에 보지 못하던 누깔잠이 하나 여드름처럼 돋았던 것은 바로 그 금고형 벙어리의 무게가 가벼워졌다는 증거일까. 그러나 나는 드디어 머리맡에 놓았던 그 벙어리에 손을 대지 않고 말았다. 내 게으름은 그런 것에 내 주의를 환기시키기도 싫었다.

아내에게 내객이 있는 날은 이불 속으로 암만 깊이 들어가도 비오는 날만큼 잠이 잘 오지 않았다. 나는 그런 때 나에게 왜 늘 돈이 있나 왜 돈이 많은가를 연구했다. 내객들은 장지 저쪽에 내가 있는 것을 모르나보다. 내 아내와 나도 좀 하기 어려운 농을 아주 서슴지 않고 쉽게 해 던지는 것이다. 그러나 내 아내를 찾은 서너 사람의 내객들은 늘 비교적 점잖았다고 볼 수 있는 것이, 자정이 좀 지나면 으레 돌아들 갔다.

그들 가운데에는 퍽 교양이 얕은 자도 있는 듯싶었는데, 그런 자는 보통 음식을 사다 먹고 논다.

그래서 보충을 하고 대체로 무사하였다. 나는 우선 아내의 직업이 무엇인가를 연구하기에 착수하였으나 좁은 시야와 부족한 지식으로는 이것을 알아내기 힘이 든다. 나는 끝끝내 내 아내의 직업이 무엇인가를 모르고 말려나보다.

아내는 늘 진솔 버선만 신었다. 아내는 밥도 지었다. 아내가 밥을 짓는 것을 나는 한번도 구경한 일은 없으나 언제든지 끼니때면 내 방으로 내 조석밥을 날라다 주는 것이다. 우리집에는 나와 내 아내 외의 다른 사람은 아무도 없다. 이 밥은 분명 아내가 손수 지었음에 틀림없다.

그러나 아내는 한 번도 나를 자기 방으로 부른 일은 없다. 나는 늘 웃방에서나 혼자서 밥을 먹고 잠을 잤다.

밥은 너무 맛이 없었다. 반찬이 너무 엉성하였다. 나는 닭이나 강아지처럼 말없이 주는 모이를 넓적넓적 받아먹기는 했으나 내심 야속하게 생각한 적도 더러 없지 않다.

나는 안색이 여지없이 창백해가면서 말라 들어갔다. 나날이 눈에 보이듯이 기운이 줄어들었다. 영양 부족으로 하여 몸뚱이 곳곳의 뼈가 불쑥불쑥 내어 밀었다. 하룻밤 사이에도 수십 차를 돌쳐 눕지 않고는 여기저기가 배겨서 나는 배겨낼 수가 없었다.

그렇기 때문에 나는 내 이불 속에서 아내가 늘 흔히 쓸 수 있는 저

돈의 출처를 탐색해 내는 일변 장지 틈으로 새어나오는 아랫방의 음성은 무엇일까를 간단히 연구하였다.

나는 잠이 잘 안 왔다.

깨달았다. 아내가 쓰는 그 돈은 내게는 다만 실없는 사람들로밖에 보이지 않는 까닭 모를 내객들이 놓고 가는 것이 틀림없으리라는 것을 깨달았다.

그러나 왜 그들 내객은 돈을 놓고 가나? 왜 내 아내는 그 돈을 받아야 되나? 하는 예의 관념이 내게는 도무지 알 수 없는 것이었다.

그것은 그저 예의에 지나지 않는 것일까? 그렇지 않으면 혹 무슨 댓가일까? 보수일까? 내 아내가 그들의 눈에는 동정을 받아야만 할 한 가엾은 인물로 보였던가? 이런 것들을 생각하노라면 으레 내 머리는 그냥 혼란하여 버리고 버리고 하였다. 잠들기 전에 획득했다는 결론이 오직 불쾌하다는 것뿐이었으면서도 나는 그런 것을 아내에게 물어 보거나 한 일이 참 한 번도 없다. 그것은 대체 귀찮기도 하려니와 한잠 자고 일어나는 나는 사뭇 딴 사람처럼 이것도 저것도 다 깨끗이 잊어버리고 그만 두는 까닭이다.

내객들이 돌아가고, 혹 외출에서 돌아오고 하면 아내는 간편한 것으로 옷을 바꾸어 입고 내 방으로 나를 찾아온다. 그리고 이불을 들치고 내 귀에는 영 생동생동한 몇 마디 말로 나를 위로하려든다. 나는 조소도 고소도 홍소도 아닌 웃음을 얼굴에 띠고 아내의 아름다운 얼굴을 쳐다본다. 아내는 방그레 웃는다. 그러나 그 얼굴에 떠도는 일말의 애수를 나는 놓치지 않는다.

아내는 능히 내가 배고파하는 것을 눈치챌 것이다. 그러나 아랫방에서 먹고 남은 음식을 나에게 주려 들지는 않는다. 그것은 어디까지든지 나를 존경하는 마음일 것임에 틀림없다. 나는 배가 고프면서도 적이 마음이 든든한 것을 좋아했다. 아내가 무엇이라고 지껄이고 갔는지 귀에 남아 있을 리가 없다. 다만 내 머리맡에 아내가 놓고 간 은화가 전등불에 흐릿하게 빛나고 있을 뿐이다.

고 금고형 벙어리 속에 은화가 얼마만큼이나 모였을까? 나는 그러나 그것을 쳐들어 보지 않았다. 그저 아무런 의욕도 기원도 없이 그 단추구멍처럼 생긴 틈바구니로 은화를 떨어뜨려 둘 뿐이었다.

왜 아내의 내객들이 아내에게 돈을 놓고 가나 하는 것이 풀 수 없는 의문인 것같이, 왜 아내는 나에게 돈을 놓고 가나 하는 것도 역시 나에게는 똑같이 풀 수 없는 의문이었다.

내 비록 아내가 내게 돈을 놓고 가는 것이 싫지 않았다 하더라도 그것은 다만 고것이 내 손가락 닿는 순간에서부터 고 벙어리 주둥이에서 자취를 감추기까지의 하잘것 없는 짧은 촉각이 좋았달뿐이지 그 이상 아무 기쁨도 없다.

어느날 나는 고 벙어리를 변소에 갖다 넣어 버렸다. 그 때 벙어리 속에는 몇 푼이나 되는지 모르겠으나 고 은화들이 꽤 들어 있었다.

나는 내가 지구 위에 살며 내가 이렇게 살고 있는 지구가 질풍신뢰의 속력으로 광대무변의 공간을 달리고 있다는 것을 생각했을 때 참 허망하였다. 나는 이렇게 부지런한 지구 위에서는 현기증도 날 것 같고 해서 한시바삐 내려 버리고 싶었다.

이불 속에서 이런 생각을 하고 난 뒤에는 나는 고 은화를 고 벙어리에 넣고 넣고 하는 것조차 귀찮아졌다. 나는 아내가 손수 벙어리를 사용하였으면 하고 생각하였다.

벙어리도 돈도 사실은 아내에게만 필요한 것이지 내게는 애초부터 의미가 전연 없는 것이었으니까 될 수만 있으면 그 벙어리를 아내는 아내 방으로 가져 갔으면 하고 기다렸다.

그러나 아내는 가져가지 않는다. 나는 내가 아내 방으로 가져다 둘까 하고 생각하여 보았으나 그 즈음에는 아내의 내객이 워낙 많아서 내가 아내 방에 가 볼 기회가 도무지 없었다. 그래서 나는 하 는 수 없이 변소에 갖다 집어 넣어 버리고 만 것이다.

나는 서글픈 마음으로 아내의 꾸지람을 기다렸다. 그러나 아내는 끝내 아무 말도 하지 않았다.

않았을 뿐 아니라 여전히 돈은 돈대로 머리맡에 놓고 가지 않나! 내 머리맡에는 어느덧 은화가 꽤 많이 모였다.

내객이 아내에게 돈을 놓고 가는 것이나 아내가 내게 돈을 놓고 가는 것이나 일종의 쾌감—그 외의 다른 아무런 이유도 없는 것이 아닐까 하는 것을 나는 또 이불 속에서 연구하기 시작하였다. 쾌감이라면 어떤 종류의 쾌감일까를 계속하여 연구하였다. 그러나 그것은 이불 속의 연구로는 알 길이 없었다. 쾌감, 쾌감, 하고 나는 뜻밖에도 이 문제에 대해서만 흥미를 느꼈다.

아내는 물론 나를 늘 감금하여 두다시피 하여 왔다. 내게 불평이 있을 리 없다. 그런 중에도 나는 그 쾌감이라는 것의 유무를 체험하고 싶었다.

나는 아내의 밤 외출 틈을 타서 밖으로 나왔다. 나는 거리에서 잊어버리지 않고 가지고 나온 은 화를 지폐로 바꾼다. 오 원이나 된다. 그것을 주머니에 넣고 나는 목적지를 잃어버리기 위하여 얼마든지 거리를 쏘다녔다. 오래간만에 보는 거리는 거의 경이에 가까울 만큼 내 신경을 흥분시키지 않고는 마지 않았다. 나는 금시에 피곤하여 버렸다.

그러나 나는 참았다. 그리고 밤이 이슥하도록 까닭을 잃어버린 채 이 거리 저 거리로 지향없이 헤매었다. 돈은 물론 한 푼도 쓰지 않았다. 돈을 쓸 아무 엄두도 나서지 않았다. 나는 벌써 돈을 쓰는 기능을 완전히 상실한 것 같았다.

나는 과연 피로를 이 이상 견디기가 어려웠다. 나는 가까스로 내 집을 찾았다. 나는 내 방을 가려면 아내 방을 통과하지 않으면 안 될 것을 알고, 아내에게 내객이 있나 없나를 걱정하면서 미닫이 앞에서 좀 거북살스럽게 기침을 한 번 했더니, 이것은 참 또 너무도 암상스럽게 미닫이가 열리면서 아내의 얼굴과 그 등 뒤에 낯설은 남자의 얼굴이 이쪽을 내다보는 것이다. 나는 별안간 내어 쏟아지는 불빛에 눈이 부셔서 좀 머뭇머뭇했다.

나는 아내의 눈초리를 못 본 것은 아니다. 그러나 나는 모른 체하는 수 밖에 없었다.

왜? 나는 어쨌든 아내의 방을 통과하지 아니하면 안 되니까…….

나는 이불을 뒤집어썼다. 무엇보다도 다리가 아파서 견딜 수가 없었다.

이불 속에서는 가슴이 울렁거리면서 암만해도 까무러칠 것만 같왔다. 걸을 때는 몰랐더니 숨이 차다. 등에 식은땀이 쭉 내배인다. 나는 외출한 것을 후회하였다. 이런 피로를 잊고 어서 잠이 들었으면 좋았다. 한잠 잘 자고 싶었다.

얼마동안이나 비스듬히 엎드려 있었더니 차츰차츰 뚝딱 거리는 가슴 동계가 가라앉는다. 그만 해도 우선 살 것 같았다. 나는 몸을 들쳐 반듯이 천장을 향하여 눕고 쭈욱 다리를 뻗었다.

그러나 나는 또 다시 가슴의 동계를 피할 수 없게 되었다. 아랫방에서 아내와 그 남자의 내 귀에도 들리지 않을 만큼 낮은 목소리로 소곤거리는 기척이 장지 틈으로 전하여 왔던 것이다. 청각을 더 예민하게 하기 위하여 나는 눈을 떴다. 그리고 숨을 죽였다.

그러나 그 때는 벌써 아내와 남자는 앉았던 자리를 툭툭 털고 일어섰고 일어서면서 옷과 모자 쓰는 기척이 나는 듯하더니 이어 미닫이가 열리고 구두 뒤축 소리가 나고 그리고 뜰에 내려서는 소리가 쿵하고 나면서 뒤를 따르는 아내의 고무신 소리가 두어 발짝 찍찍나고 사뿐사뿐 나나 하는 사이에 두사람의 발소리가 대문 쪽으로 사라졌다.

나는 아내의 이런 태도를 본 일이 없다. 아내는 어떤 사람과도 결코 소곤거리는 법이 없다. 나는 웃방에서 이불을 쓰고 누웠는 동안에도 혹 술이 취해서 혀가 잘 돌아가지 않는 내객들의 담화는 더러 놓치는 수가 있어도 아내의 높지도 낮지도 않은 말소리는 일찌기 한마디도 놓쳐 본 일이 없다.

더러 내 귀에 거슬리는 소리가 있어도 나는 그것이 태연한 목소리로 내 귀에 들렸다는 이유로 충분히 안심이 되었다.

그렇던 아내의 이런 태도는 필시 그 속에 여간하지 않은 사정이 있는 듯 시피 생각이 되고 내 마음은 좀 서운했으나 그보다도 나는 좀 너무 피로해서 오늘만은 이불 속에서 아무것도 연구하지 않기로 굳게 결심하고 잠을 기다렸다. 낮잠은 좀처럼 오지 않았다. 대문간에 나간 아내도 좀처럼 들어오지 않았다. 그러는 동안에 흐지부지 나는 잠이 들어 버렸다. 꿈이 얼쑹덜쑹 종을 잡을 수 없는 거리의 풍경을 여전히 헤매었다.

나는 몹시 흔들렸다. 내객을 보내고 들어온 아내가 잠든 나를 잡아 흔드는 것이다. 나는 눈을 번쩍 뜨고 아내의 얼굴을 쳐다보았다. 아내의 얼굴에는 웃음이 없다. 나는 좀 눈을 비비고 아내의 얼굴을 자세히 보았다. 노기가 눈초리에 떠서 얇은 입술이 바르르 떨린다. 좀처럼 이 노기가 풀리기 는 어려울 것 같았다. 나는 그대로 눈을 감아 버렸다. 벼락이 내리기를 기다린 것이다. 그러나 쌔 근 하는 숨소리가 나면서 부스스 아내의 치맛자락 소리가 나고 장지가 여닫히며 아내는 아내 방으로 돌아갔다.

나는 다시 몸을 돌쳐 이불을 뒤집어쓰고는 개구리처럼 엎드리고 엎드려서 배가 고픈 가운데도 오늘 밤의 외출을 또 한 번 후회하였다.

나는 이불 속에서 아내에게 사죄하였다. 그것은 네 오해라고……나는 사실 밤이 퍽으나 이슥한 줄만 알았던 것이다. 그것이 네 말마따나 자정 전인지는 정말이지 꿈에도 몰랐다. 나는 너무 피곤하였다.

오래간만에 나는 너무 많이 걸은 것이 잘못이다.

내 잘못이라면 잘못은 그것 밖에 없다. 외출은 왜 하였더냐고? 나는 그 머리맡에 저절로 모인 오 원 돈을 아무에게라도 좋으니 주어보고 싶었던 것이다. 그 뿐이다. 그러나 그것도 내 잘못이라면 나는 그렇게 알겠다. 나는 후회하고 있지 않나? 내가 그 오 원 돈을 써 버릴 수가 있었던들 나는 자정 안에 집에 돌아올 수 없었을 것이다. 그러나 거리는 너무 복잡하였고 사람은 너무도 들끓었다. 나는 어느 사람을 붙들고 그 오 원 돈을 내어 주어야할지 갈피를 잡을 수가 없었다. 그러는 동안에 나는 여지없이 피곤해 버리고 말았던 것이다.

나는 무엇보다도 좀 쉬고 싶었다. 눕고 싶었다. 그래서 나는 하는 수 없이 집으로 돌아온 것이다. 내 짐작 같아서는 밤이 어지간히 늦은 줄만 알았는데, 그것이 불행히도 자정 전이었다는 것 은 참 안된 일이다. 미안한 일이다. 나는 얼마든지 사죄하여도 좋다. 그러나 종시 아내의 오해 를 풀지 못하였다 하면 내가 이렇게까지 사죄하는 보람은 그럼 어디 있나? 한심하였다.

한 시간 동안을 나는 이렇게 초조하게 굴지 않으면 안 되었다. 나는 이불을 홱 젖혀 버리고 일어나서 장지를 열고 아내 방으로 비칠비칠 달려갔던 것이다. 내게는 거의 의식이라는 것이 없었다.

나는 아내 이불 위에 엎드러지면서 바지 포켓 속에서 그 돈 오 원을 꺼내 아내 손에 쥐어 준 것을 간신히 기억할 뿐이다.

이튿날 잠이 깨었을 때 나는 내 아내 방 아내 이불 속에 있었다. 이것이 이 33번지에서 살기 시작한 이래 내가 아내 방에서 잔 맨 처음이었다.

해가 들창에 훨씬 높았는데 아내는 이미 외출하고 벌써 내 곁에 있지는 않다. 아니! 아내는 엊저녁 내가 의식을 잃은 동안에 외출한 것인지도 모른다. 그러나 나는 그런 것을 조사하고 싶지 않았다. 다만 전신이 찌뿌드드한 것이 손가락 하나 꼼짝할 힘조차 없었다. 책보보다 좀 작은 면적의 볕 이 눈이 부시다. 그 속에서 수없이 먼지가 흡사 미생물처럼 난무한다. 코가 콱 막히는 것 같다. 나 는 다시 눈을 감고 이불을 푹 뒤집어쓰고 낮잠을 자기에 착수하였다. 그러나 코를 스치는 아내의 체취는 꽤 도발적이었다. 나는 몸을 여러번 여러번 비비꼬면서 아내의 화장대에 늘어선 고 가지각색 화장품 병들의 마개를 뽑았을 때 풍기는 냄새를 더듬느라고 좀처럼 잠은 들지 않는 것을 나는 어찌하는 수도 없었다.

견디다못하여 나는 그만 이불을 걷어차고 벌떡 일어나서 내 방으로 갔다. 내 방에는 다 식어빠진 내 끼니가 가지런히 놓여 있는 것이다. 아내는 내 모이를 여기다 두고 나간 것이다. 나는 우선 배가 고팠다. 한 숟갈을 입에 떠 넣었을 때 그 촉감은 참 너무도 냉회와 같이 써늘하였다. 나는 숟갈을 놓고 내 이불 속으로 들어갔다. 하룻밤을 비었던 내 이부자리는 여전히 반갑게 나를 맞아 준다. 나는 내 이불을 뒤집어쓰고 이번에는 참 늘어지게 한잠 잤다. 잘—

내가 잠을 깬 것은 전등이 켜진 뒤다. 그러나 아내는 아직도 돌아오지 않았나보다.

아니! 돌아왔다 또 나갔는지 알 수 없다. 그러나 그런 것을 상고하여 무엇하나? 정신이 한결 난다. 나는 밤일을 생각해 보았다. 그 돈 오 원을 아내 손에 쥐어 주고 넘어졌을 때에 느낄 수 있었던 쾌감을 나는 무엇이라고 설명할 수가 없었다. 그러나 내객들이 내 아내에게 돈 놓고 가는 심리며 내 아내가 내게 돈 놓고 가는 심리의 비밀을 나는 알아낸 것 같아서 여간 즐거운 것이 아니다.

나는 속으로 빙그레 웃어 보았다.

이런 것을 모르고 오늘까지 지내온 내 자신이 어떻게 우스꽝스럽게 보이는지 몰랐다.

따라서 나는 또 오늘 밤에도 외출하고 싶었다. 그러나 돈이 없다. 나는 또 엊저녁에 그 돈 오 원을 한꺼번에 아내에게 주어 버린 것을 후회하였다. 또 고 벙어리를 변소에 갖다 쳐넣어 버린 것도 후회하였다. 나는 실없이 실망하면서 습관처럼 그 돈 오 원이 들어 있던 내 바지 포켓에 손을 넣어 한번 휘둘러 보았다. 뜻밖에도 내 손에 쥐어지는 것이 있었다. 이 원 밖에 없다. 그러나 많아야 맛은 아니다. 얼마간이고 있으면 된다. 나는 그만한 것이 여간 고마운 것이 아니었다.

나는 기운을 얻었다. 나는 그 단벌 다 떨어진 골덴 양복을 걸치고 배고픈 것도 주제 사나운 것도 다 잊어버리고 활갯짓을 하면서 또 거리로 나섰다. 나서면서 나는 제발 시간이 화살 단듯해서 자정이 어서 획 지나 버렸으면 하고 조바심을 태웠다. 아내에게 돈을 주고 아내 방에서 자 보는 것은 어디까지든지 좋았지만 만일 잘못해서 자정 전에 집에 들어갔다가 아내의 눈총을 맞는 것은 그것은 여간 무서운 일이 아니었다.

나는 저물도록 길가 시계를 들여다보고 들여다보고 하면서 또 지향없이 거리를 방황하였다. 그러나 이날은 좀처럼 피곤하지는 않았다. 다만 시간이 좀 너무 더디게 가는 것만 같아서 안타까웠다.

경성역(京城驛) 시계가 확실히 자정을 지난 것을 본 뒤에 나는 집을 향하였다. 그날은 그 일각 대문에서 아내와 아내의 남자가 이야기하고 섰는 것을 만났다. 나는 모른 체하고 두 사람 곁을 지나 서 내 방으로 들어갔다. 뒤이어 아내도 들어왔다. 와서는 이 밤중에 평생 안 하던 쓰레질을 하는 것이었다. 조금 있다가 아내가 눕는 기척을 엿보자마자 나는 또 장지를 열고 아내 방으로 가서 그 돈 이 원을 아내 손에 덥석 쥐어 주고 그리고—하여간 그 이 원을 오늘 밤에도 쓰지 않고 도로 가져 온 것이 참 이상하다는 듯이 아내는 내 얼굴을 몇번이고 엿보고—아내는 드디어 아무 말도 없이 나를 자기 방에 재워 주었다. 나는 이 기쁨을 세상의 무엇과도 바꾸고 싶지는 않았다.

나는 편히 잘 잤다.

이튿날도 내가 잠이 깨었을 때는 아내는 보이지 않았다. 나는 또 내 방으로 가서 피곤한 몸이 낮잠을 잤다. 내가 아내에게 흔들려 깨었을 때는 역시 불이 들어온 뒤였다. 아내는 자기 방으로 나를 오라는 것이다. 이런 일은 또 처음이다. 아내는 끊임없이 얼굴에 미소를 띠고 내 팔을 이끄는 것이다. 나는 이런 아내의 태도 이면에 엔간치 않은 음모가 숨어 있지나 않은가 하고 적이 불안을 느끼지 않을 수 없었다.

나는 아내의 하자는 대로 아내의 방으로 끌려 갔다. 아내 방에는 저녁 밥상이 조촐하게 차려져 있는 것이다. 생각하여 보면 나는 이틀을 굶었다. 나는 지금 배고픈 것까지도 긴가민가 잊어버 리고 어름어

름하던 차다.

나는 생각하였다. 이 최후의 만찬을 먹고 나자마자 벼락이 내려도 나는 차라리 후회하지 않을 것을. 사실 나는 인간 세상이 너무나 심심해서 못 견디겠던 차다. 모든 것이 성가시고 귀찮았으나 그러나 불의의 재난이라는 것은 즐겁다.

나는 마음을 턱 놓고 조용히 아내와 마주 이 해괴한 저녁밥을 먹었다.

우리 부부는 이야기하는 법이 없었다. 밥을 먹은 뒤에도 나는 말이 없이 부스스 일어나서 내 방으로 건너가 버렸다. 아내는 나를 붙잡지 않았다. 나는 벽에 기대어 앉아서 담배를 한 대 피워 물고 그리고 벼락이 떨어질 테거든 어서 떨어져라 하고 기다렸다.

오 분! 십 분!

그러나 벼락은 내리지 않았다. 긴장이 차츰 풀어지기 시작한다. 나는 어느덧 오늘 밤에도 외출할 것을 생각하고 있었다. 돈이 있었으면 하고 생각하고 있었다.

그러나 돈은 확실히 없다. 오늘은 외출하여도 나중에 올 무슨 기쁨이 있나? 내 앞이 그저 아뜩하였다. 나는 화가 나서 이불을 뒤집어 쓰고 이리 뒹굴 저리 뒹굴 굴렀다. 금 시 먹은 밥이 목으로 자꾸 치밀어 올라온다. 메스꺼웠다.

하늘에서 얼마라도 좋으니 왜 지폐가 소낙비처럼 퍼붓지 않나? 그것이 그저 한없이 야속하고 슬펐다.

나는 이렇게 밖에 돈을 구하는 아무런 방법도 알지는 못했다. 나는 이불 속에서 좀 울었나 보다.

왜 없느냐면서……

그랬더니 아내가 또 내 방에를 왔다. 나는 깜짝 놀라 아마 이제서야 벼락이 내리려 나보다 하고 숨을 죽이고 두꺼비 모양으로 엎드려 있었다. 그러나 떨어진 입을 새어나오는 아내의 말소리는 참 부드러웠다. 정다웠다. 아내는 내가 왜 우는지를 안다는 것이다. 돈이 없어서 그러는 게 아니란다.

나는 실없이 깜짝 놀랐다. 어떻게 사람의 속을 환하게 들여다보는고 해서 나는 한편으로 슬그머니 겁도 안나는 것은 아니었으나 저렇게 말하는 것을 보면 아마 내게 돈을 줄 생각이 있나보다, 만일 그렇다면 오죽이나 좋은 일일까. 나는 이불 속에 뚤뚤 말린 채 고개도 들지 않고 아내의 다음 거동을 기다리고 있으니까 '옜소'하고 내 머리맡에 내려뜨리는 것은 그 가뿐한 음향으로 보아 지폐에 틀림없었다. 그리고 내 귀에다 대고 오늘을랑 어제보다도 늦게 돌아와도 좋다고 속삭이는 것이다.

그것은 어렵지 않다. 우선 그 돈이 무엇보다도 고맙고 반가웠다.

어쨌든 나섰다. 나는 좀 야맹증이다. 그래서 될 수 있는 대로 밝은 거리로 돌아다니기로 했다.

그리고는 경성역 일 이등 대합실 한결 티이루움에를 들렀다. 그것은 내게는 큰 발견이었다. 거기는 우선 아무도 아는 사람이 안 온다. 설사 왔다가도 곧 돌아가니까 좋다. 나는 날마다 여기 와서 시간을 보내리라 속으로 생각하여 두었다. 제일 여기 시계가 어느 시계보다도 정확하리라는 것이 좋았다. 섣불리 서투른 시계를 보고 그것을 믿고 시간 전에 집에 돌아갔다가 큰 코를 다쳐서는 안된다.

나는 한 복스에 아무것도 없는 것과 마주 앉아서 잘 끓은 커피를 마셨다. 총총한 가운데 여객들은 그래도 한 잔 커피가 즐거운가보다. 얼른얼른 마시고 무얼 좀 생각하는 것같이 담벼락도 좀 쳐다보고 하다가 곧 나가 버린다. 서글프다. 그러나 내게는 이 서글픈 분위기가 거리의 티이루움들의 그 거추장스러운 분위기보다는 절실하고 마음에 들었다. 이따금 들리는 날카로운 혹은 우렁찬 기적 소리가 모오짜르트보다도 더 가깝다.

나는 메뉴에 적힌 몇가지 안 되는 음식 이름을 치읽고 내리읽고 여러번 읽었다. 그 것들은 아물아물하는 것이 어딘가 내 어렸을 때 동무들 이름과 비슷한 데가 있었다.

거기서 얼마나 내가 오래 앉았는지 정신이 오락가락하는 중에 객이 슬며시 뜸해지면서 이 구석 저 구석 걷어치우기 시작하는 것을 보면 아마 닫는 시간이 된 모양이다. 열 한 시가 좀 지났구나, 여기도 결코 내 안주의 곳은 아니구나, 어디 가서 자정을 넘길까? 두루 걱정을 하면서 나는 밖으로 나섰다. 비가 온다.

빗발이 제법 굵은 것이 우비도 우산도 없는 나를 고생을 시킬 작정이다. 그렇다고 이런 괴이한 풍모를 차리고 이 홀에서 어물어물하는 수도 없고 에이 비를 맞으면 맞았지 하고 그냥 나서 버렸다.

대단히 선선해서 견딜 수가 없다. 골덴 옷이 젖기 시작하더니 나중에는 속속들이 스며들면서 추 근거린다. 비를 맞아 가면서라도 견딜 수 있는 데까지 거리를 돌아다녀서 시간을 보내려 하였으나, 인제는 선선해서 이 이상은 더 견딜 수가 없다. 오한이 자꾸 일어나면서 이가 딱딱 맞부딪는다. 나는 걸음을 늦추면서 생각하였다. 오늘 같은 궂은 날도 아내에게 내객이 있을라구? 없겠지, 하는 생각이 드는 것이다.

집으로 가야겠다. 아내에게 불행히 내객이 있거든 내 사정을 하리라. 사정을 하면 이렇게 비가 오는 것을 눈으로 보고 알아 주겠지.

부리나케 와 보니까 그러나 아내에게는 내객이 있었다. 나는 너무 춥고 척척해서 얼떨김에 노크하는 것을 잊었다. 그래서 나는 보면 아내가 덜 좋아할 것을 그만 보았다.

나는 감발자국 같은 발자국을 내면서 덤벙덤벙 아내 방을 디디고 내 방으로 가서 쭉 빠진 옷을 활활 벗어 버리고 이불을 뒤썼다. 덜덜 덜덜 떨린다. 오한이 점점 더 심해 들어온다. 여전 땅이 꺼져들어가는 것만 같았다. 나는 그만 의식을 잃어버리고 말았다.

이튿날 내가 눈을 떴을 때 아내는 내 머리맡에 앉아서 제법 근심스러운 얼굴이다.

나는 감기가 들었다. 여전히 으스스 춥고 또 골치가 아프고 입에 군침이 도는 것이 씁쓸하면서 다리 팔이 척 늘어져서 노곤하다. 아내는 내 머리를 쓱 짚어 보더니 약을 먹어야지 한다. 아내 손이 이마에 선뜻한 것을 보면 신열이 어지간한 모양인데 약을 먹는다면 해열제를 먹어야지 하고 속 생각을 하자니까 아내는 따뜻한 물에 하얀 정제약 네 개를 준다. 이것을 먹고 한잠 푹 자고 나면 괜찮다는 것이다. 나는 널름 받아먹었다. 쌉싸름한 것이 짐작 같아서는 아마 아스피린인가 싶다.

나는 다시 이불을 쓰고 단번에 그냥 죽은 것처럼 잠이 들어 버렸다.

나는 콧물을 훌쩍훌쩍 하면서 여러 날을 앓았다. 앓는 동안에 끊이지 않고 그 정제약을 먹었다.

그러는 동안에 감기도 나았다. 그러나 입맛은 여전히 소태처럼 썼다.

나는 차츰 또 외출하고 싶은 생각이 났다. 그러나 아내는 나더러 외출하지 말라고 이르는 것이다. 이 약을 날마다 먹고 그리고 가만히 누워 있으라는 것이다. 공연히 외출을 하다가 이렇게 감기가 들어서 저를 고생시키는게 아니란다. 그도 그렇다. 그럼 외출을 하지 않겠다고 맹세하고 그 약을 연복하여 몸을 좀 보해 보리라고 나는 생각하였다.

나는 날마다 이불을 뒤집어쓰고 밤이나 낮이나 잤다. 유난스럽게 밤이나 낮이나 졸려서 견딜 수가 없는 것이다. 나는 이렇게 잠이 자꾸만 오는 것은 내가 몸이 훨씬 튼튼해진 증거라고 굳게 믿었다.

나는 아마 한 달이나 이렇게 지냈나보다. 내 머리와 수염이 좀 너무 자라서 후틋해서 견딜 수가 없어서 내 거울을 좀 보리라고 아내가 외출한 틈을 타서 나는 아내 방으로 가서 아내의 화장대 앞에 앉아 보았다. 상당하다. 수염과 머리가 참 상당하였다.

오늘은 이발을 좀 하리라고 생각하고 겸사겸사 고 화장품 병들 마개를 뽑고 이것저것 맡아 보았다. 한동안 잊어버렸던 향기 가운데서는 몸이 배배 꼬일 것 같은 체취가 전해 나왔다. 나는 아내 의 이름을 속으로만 한 번 불러 보았다. "연심이—"하고…… 오래간만에 돋보기 장난도 하였다. 거울 장난도 하였다. 창에 든 볕이 여간 따뜻한 것이 아니었다. 생각하면 오월이 아니냐.

나는 커다랗게 기지개를 한 번 켜 보고 아내 베개를 내려 베고 벌떡 자빠져서는 이렇게도 편안하고 즐거운 세월을 하느님께 흠씬 자랑하여 주고 싶었다. 나는 참 세상의 아무것과도 교섭을 가지지 않는다. 하느님도 아마 나를 칭찬할 수도 처벌할 수도 없는 것 같다.

그러나 다음 순간 실로 세상에도 이상스러운 것이 눈에 띄었다. 그것은 최면약 아달린갑이었다.

나는 그것을 아내의 화장대 밑에서 발견하고 그것이 흡사 아스피린처럼 생겼다고 느꼈다. 나는 그 것을 열어 보았다. 꼭 네 개가 비었다.

나는 오늘 아침에 네 개의 아스피린을 먹은 것을 기억하고 있었다. 나는 잤다. 어제도 그제도 그 끄제도……나는 졸려서 견딜 수가 없었다. 나는 감기가 다 나았는데도…… 아내는 내게 아스피린을 주었다. 내가 잠이 든 동안에 이웃에 불이 난 일이 있다. 그때에도 나는 자느라고 몰랐다. 이렇게 나는 잤다. 나는 아스피린으로 알고 그럼 한 달 동안을 두고 아달린을 먹어 온 것이다. 이것은 좀 너무 심하다.

별안간 아뜩하더니 하마터면 나는 까무러칠 뻔하였다. 나는 그 아달린을 주머니에 넣고 집을 나섰다. 그리고 산을 찾아 올라갔다.

인간 세상의 아무것도 보기가 싫었던 것이다. 걸으면서 나는 아무쪼록 아내에 관계되는 일은 일체 생각하지 않도록 노력하였다. 길에서 까무러치기 쉬우니까다. 나는 어디라도 양지가 바른 자리를 하나 골라 자리를 잡아 가지고 서서히 아내에 관하여서 연구할 작정이었다. 나는 길가의 돌 장판, 구경도 못한 진개나리꽃, 종달새, 돌멩이도 새끼를 까는 이야기, 이런 것만 생각하였 다. 다행히 길 가에서 나는 졸도하지 않았다.

거기는 벤치가 있었다. 나는 거기 정좌하고 그리고 그 아스피린과 아달린에 관하여 연구하였다.

그러나 머리가 도무지 혼란하여 생각이 체계를 이루지 않는다. 단오 분이 못가서 나는 그만 귀찮은 생각이 번쩍 들면서 심술이 났다. 나는 주머니에서 가지고 온 아달린을 꺼내 남은 여섯 개를 한꺼번에 질경질경 씹어먹어 버렸다. 맛이 익살맞다. 그리고 나서 나는 그 벤치 위에 가로 기다랗게 누웠다. 무슨 생각으로 내가 그 따위 짓을 했나, 알 수가 없다. 그저 그러고 싶었다. 나는 게서 그 냥 깊이 잠이 들었다. 잠결에도 바위 틈으로 흐르는 물소리가 졸졸 하고 언제까지나 귀에 어렴풋이 들려 왔다.

내가 잠을 깨었을 때는 날이 환히 밝은 뒤다. 나는 거기서 일주야를 잔 것이다. 풍경이 그냥 노 오랗게 보인다. 그 속에서도 나는 번개처럼 아스피린과 아달린이 생각났다.

아스피린, 아달린, 아스피린, 아달린, 마르크, 말사스, 마도로스, 아스피린, 아달린…… 아내는 한 달 동안 아달린을 아스피린이라고 속이고 내게 먹였다.

그것은 아내 방에서 이 아달린 갑이 발견된 것으로 미루어 증거가 너무나 확실하다.

무슨 목적으로 아내는 나를 밤이나 낮이나 재웠어야 됐나? 나를 밤이나 낮이나 재워 놓고, 그리고 아내는 내가 자는 동안에 무슨 짓을 했나? 나를 조금씩 조 금씩 죽이려던 것일까? 그러나 또 생각하여 보면 내가 한 달을 두고 먹어 온 것이 아스피린이었는지도 모른다. 아내는 무슨 근심 되는 일이 있어서 밤이면 잠이 잘 오지 않아서 정작 아내가 아달린을 사용한 것이나 아닌지? 그렇다면 나는 참 미안하다. 나는 아내에게 이렇게 큰 의혹을 가졌다는 것이 참 안됐다.

나는 그래서 부리나케 거기서 내려왔다. 아랫도리가 홰홰 내어 저이면서 어쩔어쩔한 것을 나는 겨우 집을 향하여 걸었다. 여덟 시 가까이였다.

나는 내 잘못된 생각을 죄다 일러바치고 아내에게 사죄하려는 것이다. 나는 너무 급해서 그만 또 말을 잊어버렸다. 그랬더니 이건 참 큰일났다. 나는 내 눈으로 절대로 보아서 안될 것을 그만 딱 보아 버리고 만 것이다.

나는 얼떨결에 그만 냉큼 미닫이를 닫고 그리고 현기증이 나는 것을 진정시키느라고 잠깐 고개를 숙이고 눈을 감고 기둥을 짚고 섰자니까, 일 초 여유도 없이 홱 미닫이가 다시 열리더니 매무새를 풀어헤친 아내가 불쑥 내밀면서 내 멱살을 잡는 것이다. 나는 그만 어지러워서 게가 나둥그러졌다.

그랬더니 아내는 넘어진 내위에 덮치면서 내 살을 함부로 물어뜯는 것이다. 아파 죽겠다. 나는 사실 반항할 의사도 힘도 없어서 그냥 넙적 엎드려 있으면서 어떻게 되나 보고 있자니까, 뒤이어 남자가 나오는 것 같더니 아내를 한아름에 덥석 안아 가지고 방으로 들어가는 것이다. 아내는 아무 말 없이 다소곳이 그렇게 안겨 들어가는 것이 내 눈에 여간 미운 것이 아니다. 밉다.

아내는 너 밤새워 가면서 도둑질하러 다니느냐, 계집질하러 다니느냐고 발악이다. 이것은 참 너무 억울하다. 나는 어안이 벙벙하여 도무지 입이 떨어지지를 않았다. 너는 그야말로 나를 살해하려던 것이 아니냐고 소리를 한 번 꽥 질러 보고도 싶었으나, 그런 긴가민가한 소리를 섣불리 입밖에 내었다가는 무슨 화를 볼는지 알 수 없다. 차라리 억울하지만 잠자코 있는 것이 우선 상책인 듯시피 생각이 들길래, 나는 이것은 또 무슨 생각으로 그랬는지 모르지만 툭툭 떨고 일어나서 내 바지 포켓 속에 남은 돈 몇원 몇십전을 가만히 꺼내서는 몰래 미닫이를 열고 살며시 문지방 밑에다 놓고 나서는, 나는 그냥 줄달음박질을 쳐서 나와 버렸다.

여러번 자동차에 치일 뻔하면서 나는 그래도 경성역으로 찾아갔다. 빈자리와 마주 앉아서 이 쓰 디쓴 입맛을 거두기 위하여 무엇으로나 입가심을 하고 싶었다.

커피! 좋다. 그러나 경성역 홀에 한 걸음 들여 놓았을 때 나는 내 주머니에는 돈이 한푼도 없는 것을 그것을 깜박 잊었던 것을 깨달았다. 또 아뜩하였다. 나는 어디선가 그저 맥없이 머뭇머뭇 하면서 어쩔 줄을 모를 뿐이었다. 얼빠진 사람처럼 그저 이리갔다 저리갔다 하면서…….

나는 어디로 어디로 들입다 쏘다녔는지 하나도 모른다. 다만 몇시간 후에 내가 미쓰꼬시 옥상에 있는 것을 깨달았을 때는 거의 대낮이었다.

나는 거기 아무 데나 주저앉아서 내 자라 온 스물 여섯 해를 회고하여 보았다. 몽롱한 기억 속에서는 이렇다는 아무 제목도 불거져 나오지 않았다.

나는 또 내 자신에게 물어 보았다. 너는 인생에 무슨 욕심이 있느냐고, 그러나 있다고도 없다고 도 그런 대답은 하기가 싫었다. 나는 거의 나 자신의 존재를 인식하기조차도 어려웠다.

허리를 굽혀서 나는 그저 금붕어를 들여다보고 있었다. 금붕어는 참 잘들도 생겼다. 작은놈은 작은놈대로 큰놈은 큰놈대로 다 싱싱하니 보기 좋았다. 내려 비치는 오월 햇살에 금붕어들은 그릇 바탕에 그림자를 내려뜨렸다. 지느러미는 하늘하늘 손수건을 흔드는 흉내를 낸다. 나는 이 지느러미 수효를 헤어 보기도 하면서 굽힌 허리를 좀처럼 펴지 않았다. 등이 따뜻하다.

나는 또 오탁의 거리를 내려다보았다. 거기서는 피곤한 생활이 똑 금붕어 지느러미처럼 흐늑흐늑 허우적거렸다. 눈에 보이지 않는 끈적끈적한 줄에 엉켜서 헤어나지들을 못한다. 나는 피로와 공복 때문에 무너져 들어가는 몸뚱이를 끌고 그 오탁의 거리 속으로 섞여 가지 않는 수도 없다 생각하였다.

나서서 나는 또 문득 생각하여 보았다. 이 발길이 지금 어디로 향하여 가는 것인가를…… 그때 내 눈앞에는 아내의 모가지가 벼락처럼 내려 떨어졌다. 아스피린과 아달린.

우리들은 서로 오해하고 있느니라. 설마 아내가 아스피린 대신에 아달린의 정량을 나에게 먹여 왔을까? 나는 그것을 믿을 수는 없다. 아내가 대체 그럴 까닭이 없을 것이니, 그러면 나는 날밤을 새면서 도둑질을 계집질을 하였나? 정말이지 아니다.

우리 부부는 숙명적으로 발이 맞지 않는 절름발이인 것이다. 내나 아내나 제 거동에 로직을 붙일 필요는 없다. 변해할 필요도 없다. 사실은 사실대로 오해는 오해대로 그저 끝없이 발을 절뚝거리면서 세상을 걸어가면 되는 것이다. 그렇지 않을까?

그러나 나는 이 발길이 아내에게로 돌아가야 옳은가 이것만은 분간하기가 좀 어려웠다. 가야하나? 그럼 어디로 가나?

이때 뚜우 하고 정오 사이렌이 울었다. 사람들은 모두 네 활개를 펴고 닭처럼 푸드덕거리는 것 같고 온갖 유리와 강철과 대리석과 지폐와 잉크가 부글부글 끓고 수선을 떨고 하는 것 같은 찰 나! 그야말로 현란을 극한 정오다.

나는 불현듯 겨드랑이가 가렵다. 아하, 그것은 내 인공의 날개가 돋았던 자국이다. 오늘은 없는 이 날개. 머릿속에서는 희망과 야심이 말소된 페이지가 딕셔너리 넘어가듯 번뜩였다.

나는 걷던 걸음을 멈추고 그리고 일어나 한 번 이렇게 외쳐 보고 싶었다.

날개야 다시 돋아라.

날자. 날자. 한 번만 더 날자꾸나.

한 번만 더 날아 보자꾸나.

『조광』, 1936.

街路

김남천

　이야기의 주인공을 거리고 끌고 나오면 그를 가장 현대적인 풍경 속에 산보시키고 싶은 충동을 느낀다. 대체 어디로 그를 끌고 갈 것인가? 종이 위에 붓을 세우고 생각해 본다.

　경성역과 그 앞 광장이 제법 현대 도시 같으나 아무런 용무 없이 그 곳을 거닐게 할 수는 없다. 그러나 다시 경성역 앞에다 주인공을 세워 놓고 그로 하여금 사방을 한 번 돌아보게 한다면 그의 눈에 비치는 풍경이 옹졸스럽기 짝이 없음을 느낄 것이다. 바른쪽으로 노량진행이 달리는 전차 위에 눈을 두고 잠깐만 따라가면 벌써 어느 시골 도청 소재지의 모습이 그대로 드러난다. 아니 딱 마주 서서 그 앞에 즐비하였다는 소위 빌딩이란 것들을 바라보면 이건 또 치사하고 초라하기 한이 없다. 오똑한 크림색으로 무슨 생명회사가 하나 생기기는 했으나 도무지 어울리지 않는다. 세브란스의 건물도 본래 이 곳에 있을 것이 못된다. 그러나 딱 질색할 곳은 의주통 가는 골목 어귀다. 이 골목으로 땡땡땡 태고연한 종을 울리며 휘어도는 단칸방만한 전차란 어디 마포로나 가져갈 물건이다. 이러고 보니 가벼운 양장을 합시고 5월의 훈풍을 쏘이러 나선 아가씨의 비위만 상쾌할 뿐이지 도무지 유쾌할 것이 없다. 훌쩍 그를 데리고 한강으로 가서 잠시 동안을 유선(流線)이 줄기차게 뻗은 철교 위에 세웠다가 그 다음엔 가벼웁게 보트라도 태어서 돌려보내는 것이 외려 나을는지 모른다.

그래 생각 끝에 조선 은행 앞을 잡아 본다. 별로 의식하지 않고 작중 인물의 청년 남녀는 이 곳을 여러 번 내왕하게 된다. 지드 권이나 펄 벅 권이나 읽히려면 마루젠으로 보내야 할 게고, 코티나 맥스맥터곽이나 사재도 백화점으로 끌고가야 할 테고, 커피잔이나 소다수잔을 빨린다든가 극장 파한 뒤에 페데니 뚜비비에니 콜다니 하고 잔수작을 시키재도, 한번은 이 광장을 통과시켜야 한다. 그러나 광고주(廣告主)가 서고 새끼줄을 가끔 늘여놓고 흰 펭키루다 차도 인도를 갈라놓은 이 광장을 우리 사랑하는 되련님이라든가 아가씨를 거닐게 하기는 매우 위태하다. 전차에 앉칠라 자동차를 피하라 자전거를 비키라 여러 번 핸드백을 낀 채 뜀을 뛰든가, 모자를 쥐고 허둥지둥해야만 한다. 연인끼리 담화를 시킬 경황은 물론 없고 간혹 혼자라고 하여도 도무지 유쾌한 보행이 될 수는 없다. 교통 사고의 주인공이 되어 사회면의 한 귀퉁이 '우메구사'가 될 생각하고 상쾌해 할 청년 남녀는 대단 드물게다. 이 광장을 둘러싼 건물은 실로 돈냥이나 먹인 것들인 모양인데 서로 상의(相議)하고 짓지 못한 것이어서 그런지 조화라곤 맛볼 수 없게 되어 있다. 저축 은행은 금고나 수전노의 느낌을 주어 우리 상하기 쉬운 청년들의 마음을 우울에 잠기게 하고 다사 싱겁고 싯뻘건 우편국은 봄바람에 상기한 주정꾼 같아서 심히 더웁다. 레도구레므의 광고등은 역전으로 옮겼으면 좋겠고 때묻은 백동전 같은 조선

은행도 좀더 보기 좋게지을 수 있었을 걸 하고 가끔 건축가를 나무랜다. 그래 단연 태평통이다. 황금정에 있는 조선 빌딩을 부청 맞은 편무슨 생명인가의 건축 기지에다 옮길 수 있다면 더 말할 나위 없으나지금 있는 곳이래도 제법이다. 부청 앞, 아스팔트를 건너서 좌측통행을 한다. 때마침 5월의 맑은 토요일날 오후 한 시. 퇴근 시간이거나 또는 오피스의 점심 시간. 광화문 네거리에서 이 곳까지 양쪽 페브먼트를 흐르고 있는 봉급생활자의 인파. 타이피스트의 간단한 양장. 빌딩마다 사람을 토한다.

신문사가 세 개, 부민관, 체신사업관, 토지개량, 또 무슨 회사, 회사, 우뚝 솟은 소방서의 드높은 탑, 마주보는 것은 백○관, 오른 손짝으로 가장 모던 풍의 건물은 체신 분관. 흰 벽들에 네모진 커다란 유리창. 플라타너스는 너울너울 춤을 춘다.

이렇게 해서 나의 작중인물은 드디어 이 가운데 서게 된다. 혼자래도 좋고 한쌍이래도 좋다. 현대적 긍지를 맛보며 이들은 5월의 페이브 먼트를 양껏 즐긴다. 나도 만족한다. 그들은 비로소 그들이 현대인이라는 것, 도회인이라는 것을 몸과 마음에 느낄 것이다.

《조선일보》, 1938.5.10. '장안금고기관(長安今古奇觀)'②

마포

백석

사장(沙場)은 물새가 없이 너무 너르고 그 건너 포플라의 행렬은 이 개포의 돛대들보다 더 위엄이 있다. 오래 머물지 못하는 돛대들이 쫓겨 달아나듯이 하구(河口)를 미끄러져 도망해 버린다. 나무 없는 건넌 산들은 키가 돛대보다 낮다. 피부빛은 사공들의 잔등보다 붉다. 물속에 들어간 닻이 얼마나 오래 있나 보자고 산들은 물위를 바라보고들 있는 듯하다.

개포에는 낮닭이 운다. 기슭 핥는 물결 소리가 닭의 소리보다낮게 들린다. 저 아래 철교 아래 사는 모터 보트가 돈 많은 집 서방님같이 은회색(銀灰色) 양복을 잡숫고 호기 뻗친 노라리 걸음으로 내려오곤 한다. 빈 매생이가 발길에 채이고 못나게 추렁거리며 운다.

커다란 금휘장(金徽章)의 모자를 쓴 운전수들이 빈손 들고 내려서는 동둑을 넘어서 무엇을 찾는 듯이 구차한 거리로 들어간다. 구멍나간 고의를 입은 사공들을 돌아다보지 않는 것이 그들의 예의이다. 모두 머리를 모으고 몸을 비비대고 들어선 배들 앞에는 언제나 운송점(運送店)의 발간 트럭 한 대가 놓여 있다. 때때로 풍풍풍풍…… 거리는 것은 아마 시골 손들에게 서울의 연설을 하는지 모른다.

여의도(汝矣島)에 비행기가 뜨는 날, 먼 시골 고장의 배가 들어서는 때가 있다. 돛대 꼭두마리의 팔랑개비를 바라보던 버릇으로 뱃사람들은 비행기를 쳐다본다. 그리고 돛대의 흰 깃발이 말하듯이 그렇게 하늘이 무서운 것이 아니라고 생각한다. 이럴 때에 영등포를 떠나오는 기차가 한강철교를 건넌다. 시골 운송점과 정미소에 내는 신년괘력(新年掛曆)의 그림이 정말이 되는 때다.

"마포는 참 좋은 곳이여!" 뱃사람의 하나는 반드시 이렇게 감탄한다.

흰 수염난 늙은이가 매생이에서 낚대를 드리우지 않는 날을 누가 보았나? 요단강의 영지(靈智)가 물 위에 차 있을 듯한 곳이다.

강상(江上)에 흐늑이는 나룻배를 보면 「비파행(琵琶行)」의 애끊는 노래가 들리지 않나 할 곳이다.

뗏목이 먼저 강을 내려와서 강을 올라오는 배를 맞는 일이 많다. 배가 떠난 뒤에도 얼마를 지나서야 뗏목이 풀린다. 뗏목이 낯익은 배들을 보내고 나는 때에 개포의 작은 계집아이들이 빨래를 가지고 나와서 그 잔등에 올라앉는다. 기름 바른 머리, 분칠한 얼굴이 예가 어딘가 하고 묻고 싶어할 것이 뗏목의 마음인지 모른다.

뱃지붕을 타고 먼산바라기를 하는 사람들은 저 산, 그 너머 산, 그 뒤로 보이는 하이얀 산만 넘으면 고향이 보인다고들 생각한다. 서울가면 아무뎃 산이 보인다고 마을에서 말하고 떠나온 그들이 서울의 개포에 있는 탓이다.

배들은 낯선 개포에서 본(本)과 성명을 말하기를 싫어한다. 그들은 머리에다 커다랗게 붉은 글자로 백천(白川), 해주(海州), 아산(牙山)…… 이렇게 버젓한 본을 달고 금파환(金波丸), 대양환(大洋丸), 순풍환(順風丸), 이렇게 아름답고 길상(吉祥)한 이름을 써 붙였다. 그들은 이 개포의 맑은 하늘 아래 뽈사납게 서서 흰구름과 눈빨기를 하는 전기공장의 시꺼먼 굴뚝이 미워서 이 강에 정을 못 들이겠다고 말 없이 가버린다.

『조광』, 1935.11.

6

애인 다리고 갈 사랑의 <하이킹 코스>

이서구

봄은 왔다. 산으로 물노 봄노리를 가자. 꼿구경 술타령은 곳곳이 버러지리라. 사람의 홍수 봄노래의 대합창- 봄의 소음을 버서나 무리의 눈총을 떠나 한 사람, 한 사람의 사랑의 두손길- 푸른 잔듸 맑은 하늘 두리만 즐길 곳, 두 사람 만이 노래 부를 곳은 어대어대 벌녀 잇나. 삼천리 편즙장의 은근한 주문- 생각나는대로 몃 곳, 경성을 중심으로 소개해 보기로 하자.

뎐차를 타시요. 동대문행- 동대문서 나리시거든 남편에 소사잇는 이층 양관으로 드러가시요. 뚝섬가는 괴동차의 정거장임니다. 30분에 한 번식 발차기 됩니다. 뚝섬유원디까지 10전! 25분만에 도착함니다. 뚝섬유원디에서 모래밧을 오륙뎡 가로 건너가면 기름 가치 흐르는 한강. 꼿닢대신 흰돗대가 손짓을 하오리다. 버들가지가 인사를 드리고 봄바람이 우슴을 치오리다.〈94〉 나루배를 타시요. 한 사람 건느는데 3전! 북으로 삼각산의 한모통이가 그림갓치 소사잇사오리다. 아즈랑이에 자옥싸힌 강 건너 마을에는 어렴풋이 다홍치마 자리들의 빨내하는 풍경이 보히면은 비단 우에 꼿을 언즌 세음되리다. 나루배를 나리시거든 강가에서 그물을 꾀매는 백발 노인에게 길을 무르시요. 백발 노인이 안게시거든 배사공에게 무르시요. 배사공이 점거든 사랑양반이 무러 보시지 말고 안악양반이 무러 보십시요. 이것만은 신신 부탁입니다. 아차, 차, 무엇을 무르시라는 말슴을 뺏습니다 그려...

『봉은사』

절입니다. 물 건너 봉은사이라면 압뜰에 연꼿이 피고 천불전(千佛殿)이 잇고 대웅뎐 위에 약물이 잇고 느틔나무 밋혜는 금잔듸 고개를 들면 프른 하늘에 마음것 소슨 락락장송...

숩속에 안겨 잇는 봉은사의 장엄한 배포. 연못가에는 밥파는 집이 잇슴니다. 어엿븐 자근 아씨네의

한 잔 드십시요.

소리는 업고 고기 굽는 냄새는 맛흘 수 업스나 깨끗한 방과 맛가로은 채소와 다정한 『써비쓰』가 갓추어 잇슴니다. 밥갑은 일인분 70전-나루에서 거러가시는 데로 언덕도 하나 넘고 좁으나마 벌판도 잇슴니다. 안악네가 굽높흔 구쓰로 거러도 발 커냥 발목도 아프지 안을 만콤 갓갑슴니다. 밥만 사먹기 심심하시거나 밥 지을 동안 주전부리를 하시랴면 모과수통도 잇고 맥주병 사이다도 잇는 모양임니다.

뎐차삭 20전

긔동차 40전

선가 12전

밥갑 140전

합계 212전

2원 12전이면 하로의 봄노리가 됩니다. 창경원에 사람의 사태가 나든 우이동으로 떼난리가 나든 단 두 사람의 거릿낄 곳 업는 봄노리 터로는 이만한 곳이 업겟습니다. 모래밧헤서 경주인들 못하며 고개를 넘을 때 노래인들 못부를 배안 이니 마음 놋코 긔펴고 하로의 봄노리 사랑의 하이킹, 두 사람의 사랑이 일즉암치 매듭저서 연지 찍고 사모 쓰고 전안청에서 마조 보게 해달나고 석가여대불상 압헤 긔도를 드려 보는 것도 감격한 일이겟고 완고한 부모가 속히 마음을 돌녀 두 사람의 사랑을 승인하도록 해달나고 천불뎐에 웅원을 비는 것도 의미 잇는 일일 것입니다. 이러한 필요가 잇는 분은 반다시 동전을 20전 가량 따로히 준비를 해 가지고 가십시요. 요사히는 부처님께 청을 드리는데도 돈이 듭니다. 나무궤짝에 창쌀 뚜겅이 덥혀 잇서 돈을 던지면

쩽그렁!

소리가 나며 돈은 굴너드러 감니다. 이

쩽그렁!

소리가 활발하고 요란할사록 귀를 기우리고 잇는 주지스님의 심축(心祝)이 후해질 것입니다. 소리 안나는 지전을 넛는 이상의 효과가 잇슬가 합니다.

또 한 코-쓰. 조석으로 치어다 보는 남산.

「저긔나 한번 올나가 보왓스면」

「얼마나 멀가」

누구든지 이가튼 생각을 가지고 게실 것입니다. 삼각산 북악산도 그립지 안은 배 안이나 안악네 행보로는 괴로울는지 모르니 산을 나릴 때 아가씨를 업고 나려올 긔운이 업는 분은 남산 코-스를 택하십

시요. 안악네가 12관 이상만 되시면 아모리 건장한 분이시라도 업고 서 험산을 나리시기는 고통이시리다. 팔자 사나워 딍구는 날이면 두 주검납니다. 유언장도 업는 두 죽엄

정사!

듯는 이는 자미 잇슬지 모르나 죽고 보면 원통치 안켓슴니다. 남산 경성신사에서 서편으로 도라스면 토지 조사 긔넘비가 잇고 그 뒤 언덕 밋흐로는 『부엉바위』라는 약물터가 잇슴니다. 리조 500년 래로 유명한 약물터입니다. 우선 목을 추기시요. 손목을 잡고 올나가시는 동안에 손에 땀도 낫스려니 맑은 물에 손을 담그면 마음까지 쇄락해짐니다. 부엉바위에서 과자 파는 아해에게

『와룡당이 어듸냐』

무르시면

『바로 요 뒤올시다』

가룻키리다. 남산 와룡당이라면 복을 비는 신당, 남북촌 재상가에서 한참 세우든 곳이요 지금도 치성하러 오는 안악네가 끈이지 안슴니다. 와룡당에 올나가

「비가 오지 안토록…」

「애인의 마음이 늘 오늘 갓도록」

축수발원을 하신 뒤 차근차근 산길을 차저 봉수로 올나가기로 하십시오. 누가 모를 바가 안이나 한모룽이를 올느면 한 벌판이 더 보히고 한 언덕을 정복하면 장안은 한 언덕 만콤 얏하짐니다. 중턱만 올나스면 인적은 끈치고 솔바람 새소래만이 귀에 들넘니다. 발자최에 놀낸 다람쥐의 꼬리가 잘못 발길에 발피드라도 항여 잡지는 마십이

요. 봄은 그네들에게도 조흔 일 것이외다. 남산 봉수까지 쉬여 올나도 1시간이면 넉넉히 올나감니다. 길은 널지는 못하나마 분명히 보히는 지라 길 몰나 오지 못할 걱정은 댁에다가 내던지고 가시어도 좃슴니다. 남산 봉수에 『국사당』이 업서진 뒤로는 당즉이집이 그저 잇는지 모르나 약물터은 말넛슬니가 만무하니 싸가지고, 갓든, 산도윗치, 실과, 과자를 펼처 놋코 사랑 양반의 꽁문이에 걸넛든 표주박을 떼어서 물을 떠 잡수십시요. 안즐 자리는 사랑 양반이 잡으실 일 물은 안악네가 뜨러 가실 일, 보기에는 봉수가 뾰쪽해 보혀도 올나가 보면 로목이 욱어진 곳에 평지가 벌녀 잇고 금잔듸 틈틈이 누릇 꼿 붉은 꼿이 수접게 웃고 잇슴니다. 남쪽을 보면 관악산까지 눈 압헤 긔어 들고 북쪽을 보면 삼각산까지 발 아래에 깔넛슴니다. 언제 보와도 눈에 몬저 띄우는 것은 창덕궁과 불난서 교당 서대문 형무소에서 한숨 짓는 이들의 처량한 봄타령이야 들녀오든마든 남산 밋헤 가득찬 벗꼿 창경원에 욱어진 벗꼿 경성중학 뒤 언덕에 어리운 꼿구름 안바라보와도 봄노리터로서는 특등일 것임니다. 잔듸밧헤서 낫잠이라도 주무시요. 나무 우에 올나가 숨박곡질이라도 하십시요. 누가 잇서서 못하며 누구의 눈이 끄려서 못노시릿가. 당신네의 후원에서 노시는 심치신들 누가 무엇이라 하오릿가.

「아이그머니나. 저편 나무 그늘에도 잇구료」

「저런 저 허무러진 성 밋헤도 잇구료」

사랑의 하이킹은 너나가 업다. 두리만 즐기랴는 욕심은 너나가 업스니 등너머에 또 한패가 잇기로서니 상관이 잇겟슴니가. 그나 그 뿐임니가. 가튼 청춘 가튼 사랑의 길을 것는 사람들이니 한패가 하모니

까나 불고 노래를 불너주거든 이 숩속 저 언덕 밋헤서 싱글벙글 모도 모혀서 산밋헤서 한참 말성 만흔 사교춤이라도 추는게 멋드러지지나 안켓슴니가. 남산 봉수에서 해질머리 1시간만 남기고 노시다가 성을 끼고 동으로 향하면 남소문(南小門) 터를 지나 송림 사히길 장충단이 보힙니다. 장충단으로 나려서 뎐차로 도라와도 좃코 시간이 남고 주머니가 묵직하거든(2圓 가량 한강리로 향해 남쪽 산비탈노 나리시면 절문 사공과 새로 지은 나루배가 대령을 하고 잇슴니다. 배 한 척을 비러 타고 배노래나 불너가며 한강교이나 삼개나루로 나리시는 것도 흥을 도을만 할 것 임니다.

벤도(나무갑에 담은 것) 120전

실과 20전

초코렛트 20전

도롭프 10전

선가 200전

합계 370전

배를 타지 안코 뎐차로 도라오시면 1원 80전이면 됩니다. 도롭프는 등산할 때 어름사탕 대신 입에 무십시오. 잘못 실수해서 사내 냥반이 자시다 남은 사탕이 안악네 입으로 튀어들드라도 증거인이 업는 이상 항의를 제출해야 익일 가망이 업스니.

아이고 고것은 너 맛나다.

명랑히 우슬 준비를 미리 하고 가시는게 도덕상으로든지 위생상으로든지 지당하다고 생각합니다.

또 한 코-스. 하로 해를 다 노지 못할 분들을 위하야 간단한 코-스.

경긔감영(竹添町四거리)

압헤서 뎐차를 나리십시요. 냉동(冷洞) 뒤골목으로 문화주택이 즐비한 언덕길을 넘으십시요. 연희궁터로 나가게 됩니다. 연희궁터에서 언덕을 넘고 욱어진 숩 사히길을 것는 동안이 이 코-스의 크라이맑스 임니다. 리화뎐문 연희뎐문 육아홈이 다 이 숩 사히에 안겨잇슴니다. 이곳 저곳 송림 사히에 금자듸 보료에 진달네 병풍을 치고 색시 신랑을 마지하노라 나븨떼가 소짓을 하리니 소원대로 골나서 실토록 이약이 하십시요. 쌈도 하고 하회도 하고 꺼들느기도 하고 울고 나서 우서도 보다가 배가 곱흐거든 신촌정거장을 차저가 긔차를 타고 (긔차는 자조 잇슴니다) 경성으로 도라 오십시요. 만일 시간이 남으시거든 당인리(唐人里)까지 긔동차로 가시어서 도보로 한강을 거슬녀 올나보십시요. 장다리꼿이 욱어지고 수양버들이 유록장을 첫는데 비단갓치 흐르는 한강에는 방화도에서 떠오는 배노래에 시취가 무르녹으오리다. 하중리(賀中里) 감은돌(玄石里) 토정리(土亭里) 강가로 지나 오르랴면 나루마다 강 넘의 눈에 익지 안튼 풍경이 반다시 12분의 만족을 드리오리라.

또 한 코-스. 청량리까지 뎐차로 가십시요. 그리하야 순사주재소 엽길노 드러서서 림업시험장으로 가는 큰 길노 드르스십시요. 『오줌고개』를 너머스면 여러분 오즘고개를 아심닛가. 모르시거든 갓가운 곳에 잇는 자동차부에 가 무러보십시요. 서편짝 숩 사히로 좁은 길이 잇슴니다. 이 길를 드르스면 서울 일은 이저짐니다.

아-조타.

소리가 두 분 중 누구의 입에서든지 흘너 나올 것 임니다. 숩 사히

좁은 길 꼿도 피고 나븨도 날고 새도 우는 알들한 이 길를 꿈 꾸듯이 노래를 브르며 행진하십시요. 닥치는 곳이 논두렁이거나 언덕비탈이거나 서편으로 안가시면 5리도 못가서 종암리 보성뎐문학교 압흐로 나스게 됩니다. 이곳에는 명온공주님의 산소가 잇고 그 묘막 갓치 된 큰 기와집에는 연수각(延壽閣)이라는 패가 달엿습니다. 이 집에는 목욕도 잇고 일본요리 청요리의 간단한 음식도 됩니다. 정갈하고 조용한 곳입니다. 한 분 압헤 1원 50전 가량이면 몃 시간이고 노시다가 식사까지 하고 도라오실 수가 잇습니다. 연수각 뒤 언덕에는 그야말노 손질 잘 해 노흔 꼴푸장 가튼 금잔듸 깔닌 언덕이 비슷이 노헛습니다. 여긔서 1시간만 뒹굴면 청량리에서 거러온 피곤은 구름 것치듯 할 것이니 뎐차길까지 거러나가는데 15분 쯤 걸니는 수고야 무엇이 벅차겟습니가.

또 한 코-스. 뎐차를 타시요. 효자동 종뎜에서 나려서 지하문 밧글 나스시요. 능금꼿은 만발하고 맑은 물은 백옥가튼 바위가 깔닌 바탕 우흐로 흘너나림니다. 고개를 넘든 진땀도 이 물소리 한 번이면 맑게 풀닐 것입니다. 세금명도 좃코 석불 뫼신 언덕 밋헤 가 두 사람이 변심 안키-맹세를 드리는 것도 긔념될만한 일입니다. 돌틈의 가제를 잡다가 옷자락이 저젓다고 걱정은 마십시요. 산들산들 봄바람은 비단 치마자락 저즌 것 쯤은 삽시간에 말녀 놋코 말 것입니다. 이 근처에서는 꼿을 좀 꺽거 가지고 와도 큰 꾸즈람이 업슬 뜻 빨갓케 핀 진달내나 철죽을 한줌식 꺽거 가지고 도라오시어도 무방합니다. 밥 파는 곳도 한 집 잇습니다. 다만 밥갑만은 미리 뭇고 사 자시기를 바랍니다. 귀로는 홍제원으로 나가시어 뻐쓰를 타시면 무학재를 너머 현저동에 이름니다. 료금은 시내면차승환권을 껴서 8전입니다. 수석의 운치와 산속의 빗을 즐기시는 데는 만뎜! 다만 길이 그리 머지는 안으나 왕복 15리 길은 될가 하니 뒤축 놉흔 구쓰를 신으신 아가씨에게는 비장한 결심을 강요하시기를 바람니다. 물론 이 코-스는 출발뎜과 종뎜을 것구로 돌녀도 좃슴니다. 자-이만하면 경성서 갈만한 곳은 빼지 안은 듯. 그러면 잘들 놀고 무양히 도라오십시요.

『삼천리』 8권, 6호, 1936.

文人이본서울—곳업는 서울
이현구

곳업는 서울!
香氣업는 서울!

…… ○ ……

　서울의거리거리를—鐘路네거리에서 安洞네거리로桂洞막바지 社
稷골을 돌아단여도어느집들창속에나 쏘는 어느길가商店집에나 한
떨기곳을 차즐려야 차즐수업는都市! 이것이서울이다 巴里를 가르처
곳서울이라하며 東京만 하드래도 거리거리에서 곳파는可憐한妙女와
마조치게된다 그러나서울만은 完全히 곳세상과등지고잇다 누구든지
곳을살랴는이도듬을거니와 곳을살려고한다면 그이는本町四丁目으
로가야하거나 그러치안으면三越支店地下層으로가야한다 그러나 거
기에도다만 水仙花와 金盞花가 쓸쓸히 한모통이에 쏘지여잇슬쑨이
다

…… ○ ……

곳을사랑할줄모르는사람의마음! 그는永遠한沙漠이다 單調롭고도
말너새바진마음의廢墟다 임이녹쓰른 古絃의줄과도 가터벌서 노래를
이저바린지오래인人間들이다

…… ○ ……

웨 서울사람은 곳을 사랑할줄모르는가? 돈이업서서곳을살돈이업
서서—거긔에도不安한朝鮮의經濟的反映이잇다고하리라 그러나 아
니다 그네들이『마아코』나『피죤』을살돈은잇서도 선술집이나 內外酒
店이나 카페에서 ○醉하고 舞○할만한 그러한 쓰레기통에한구퉁이에
피여서 自己生活을 香그럽게하는 곳한송이를살줄모른다

…… ○ ……

그러타서울사람은 感覺을일어바린 사람들이다 香臭란全然沒却하
고잇다 男子면依例 술먹고 길바닥에 잣바저精神못차리고 구역나는
술냄새를밤서울의 空間에붐어낼줄은 알어도 自己의 녹쓰른마음에生
生한 花香과 接觸할줄을 모른다 그리고女子면얼골에더덕더덕粉칠을
하고 몸에 香水를진니고단길줄을 알면서도 곳한송이를 自己방안에
곳어노을줄은 모른다 그리고도朝鮮의現代靑年男女는 가장제인체하
『모단』氣分을百파—센트로發揮하랴한다

文人이본서울 씻업는 서울

李軒求

씻업는 서울!
香氣업는 서울!
......○......

서울의거리거리를——鋪路배
거리에서 安州네거리로桂洞막
바지 貌糢꼴을 돌아단여도어
느집들창속에나 뜨는 어느걸
가間店집에나 한떨기씻을
줄려야 차줄수업는都市!
이것이서울이다 ...東京이나
북京이라하며 東京안하드래
도 거리거리에서 씻싹는可憐
한妙女와 마조치게된다 그러
나서울만은 ...씻새상과 그러
등지고잇다 누구든지 씻솔이
라는이도듬돗거니와 씻솔살다
....○....
웬 쉬울사람은 씻을 사랑
할줄모르는가? 돈이업서씻

고한다면 그이는木町四丁目
로가야하거나 그리치안으면三
越支店地下層으로가야한다 그
러나 거긔에도다만 水仙花와
쇼窓花가 쓸쓸히 한모퉁이에
쇠여여잇슬뿐이다
......○......

씻을사랑할줄모르는사람의마
음! 그는永遠한沙漠이다 單
鵬롭고도 팔너배친마음의慇懃
다 임이녹쓰른 古銃거울과도
가련번서 노래를 이쳐버린시
오대인人間둘이다

꽃을사랑할줄모르는人間! 서울의都示!그는 마음을 일어바린人間이요 집을일어바린바가봉드이다밥이나 먹고잘곳은 잇어도自己마음의 慰安所와 自己肉體의安息할곳을잇어바린사람들이다 그리고닥치는대로술이다 싸홈이다하면서向方업시울득불득하고몰려단이는사람들이다

⋯⋯ ○ ⋯⋯

서울!꽃업는 서울!눈물업는서울!香氣업는서울!그러나 오즉한낫 새로운꽃이피여감을나는본다 이沙漠우에 한줄기「오아시스」를차즐수잇나니 만일이꽃마저 업서진다면 그는 곳 朝鮮의死滅일것이다 그는 나날이 잘아나는 마음가운대 피이는 새밝안『××「꽃」』이요 그리고 집집마다 들업나오는 어린애기의울음소리우슴소리다媚笑와希望에 넘치는어린애기! 그는永遠히이世上을 香그럽게할가장貴重한『人類의꽃』이다 왼終日 꽃을차저 서울의거리거리를 헤매여보앗다 그러나 서울은꽃을 가지지못한肺病患者와갓티말러가는 그우에는보이지안는 偉大한새로운꽃이골목골목이거리거리로 집집으로 피여오르랴한다

꽃업는서울! 香氣업는서울 그러나 네우에는 偉大한새로운꽃이 피여나리라!아아서울 새로운 꽃서울!

《조선일보》1928.10.12.

8

다방 거리의 피난처

최정희

木曜日

조용한 茶房은 나의말론이다 太陽이 놉푼屋上에서都市에 明暗을 던지는 夕陽이면나는 각금 茶房을찻는習慣을가지고잇다

더구나 요새가치 나무이피사각사각떠러지고 귓뚜람이노피우는 저녁에는 豫算도업시내발길은 茶房에로向하여진다

선풍긔아래에서 『소ー다』水마시는것보다도 폭신한 雰圍氣속에서 마시는珈琲나 紅茶의味覺은 하로하로生活에 疲勞되 나의心身을 慰勞식혀주기에넉넉하다

내가 茶房을 조와하게된原因은 다른곳에 잇지안타

귀여운동무나 形式으로 對할손님이 座席의空間조차업는구차한 내집을 訪問할때면엇절수업시 茶房으로 引導하게된까닭이다

이러한 적은 호사로부터생기는 經濟的消費가 넉넉치못한全生計의 『마이나쓰』를 招來하는 境遇가잇게되지만 그러타고 단지 點으로해서만茶房行을 中止하십지는안타

都市의 小市民─더욱히貧困한藝術家들은 消費와 貧困이 기막히는
距離가잇는것을모른바아니나元來악착한貯蓄보다 消費面의享樂에長
技를가젓스니나만치그것을無視하지못할일로 생각하고 慰安을밧는
다언세가『픽립프·오엔쑤』의『호보』無宿者의 生活樣式을그려낸 侈奢
와貧困을 硏究한『보헤미안의무리』를 읽은일이記憶에 남어잇다

그內容이 지금 우리의生活과 差異를 차저내지못햇슬때氣分的生
活─藝術家的氣禀을버리고십다기보다 넉넉한生活─經濟餘裕들 가
지려는空想만 머리에떠돈다

엇덧튼 茶房은 조혼 나의休憩處다

騷雜한 音響과 數學的으로꾸며진 街頭風景에서 倦怠를늣기게되
는 都市人─『모더니쓰트』새로운 藝衛家들中에茶房과 接觸을 멀니하
는이가잇다면 그만큼 不幸한사람이라고 나는斷定한다

그러나 나는 아직것 내마음에맛는 茶房뿐 찾지못햇다멕시코 제
븨─,뿐아미,樂浪파라 ── 일홈만은 모다 남브지안으나 드리가보면
이듸눈띄일만한 새로운點이 보이지안코 더구나 때로는 不良輩等이
『포쓰트로스트』『와르쓰』에마처서 『땐쓰』한다그 떠드는모양等은 實
로 不快한일中에 不快한일이다

巴里의 어느茶房에는 佛蘭西의새로운畵家『모지리아니』의巧妙한
裝置와젊은討人『쌋포』 ─ 의빨─간 林檎을사랑한詩의原稿手帖等이
잇서서 가벼운佛蘭西氣質을잘表現햇다고한다

서을는 마음에 드는茶房이 생기지안으려는지

그럼으로 나는 最近에茶房에가는 度數가 적어진다 따라서 사랑하
는 紅茶의味覺도멀어저간다

뜻맞는 茶房에 가고십다색고흔紅茶의맛이 새로워진다그리고 내가
초와하는『모촬트 슈―벨트』의名曲이그립다

9

大京城삘딩 建築評

박길룡

前回에는, 서울시내에 있는 각 삘딩에 대한 建築評을 쓰기 전에 먼저 前言으로서, 世界建築史의 밟아 나려온 經路를 간단하게 적어 본 데에 지나지 않습니다.

그러나 너무나 專門家的 術語와 다소간 學究的 이론에 기우러진 듯 하여 일반독자들에게, 大京城의 建築評을 쓰기 위한 前言으로서의 얼마나한 도움이 되엿난지가 의문이다.

이번 본론에 들어가 大京城에서 오래전붙어 長安의 上空에 웃뚝 웃뚝 높히 숫아있는 큰 건물들이며 요사히 새로히 落成되는 큰 건물들에 亘하여, 나의 생각에 떠오르는 대로, 붓대 닷는대로 큰 건축들을 하나식 하나식 들어 이에 대한 나의 간단한 所感과 評(許한다면)을 조금식 적어 볼가 하는 바이외다.

먼저 京城에 있어서 (朝鮮內에서) 大建築物을 논한다면 제일 먼저 우리는 總督府를 생각하지 않을 수 없는 바이외다.

朝鮮總督府. 이 大建築은 아마 全東洋的인 큰 건물일 것이외다. 每坪當 建築費로 말한다면 아마도 東洋에서는 멫次 안갈 것임니다.

약 10년간이란 세월을 소비하여 大正 15년에 落成된 이 大建築物은 쩌-맨·루네산쓰式의 建築樣式으로 700여만원의 막대한 비용을 드리엿다고 한다.

鐵筋콩크리-트製임에도 불구하고 구조에 있어서는 루네산쓰式의 일종으로, 건물 前面中央으로 大玄關이 잇는데로는 좀 앞으로 나오게 하여서 圓形石柱로, 막대한 비용을 들여가면서 지둥을 여러개 세윗섯다. 이것은 건축상으로 보아서 하등의 필요를 늣끼지 않는 쓸데없는 장식으로, 이 건물은 다른 건물과 달너서 일종의 威信을 뵈일야는 데에서 나온 건축물의 목적이 않인가 생각된다.

이 건물은 확실히 그 구조와 형식에 있어서 큰 모순을 가진 건물이다. 만약 그 鐵筋콩크리-트의 前面玄關의 圓柱의 쓸데없는 장식을 그만두고 그 비용으로 增築한다면 倍 이상의 사무적 능률을 낼 수 있는 합리적인 건축을 맨들 수 있슬 것이다. 대개 과거의 형식 偏重의 大建物들을 보면 의례히 前面中央에다 玄關을 내게 되는데, 이는 반듯이 그러케할 필요를 느끼지 않는다. 혹 건물의 사무적 필요로 보아서는 玄關을 엽흐로라도 얼마든지 낼 수 잇는 것이다. 그러하기 때문에 형식에 구속되여 그 내부구조에 잇서서 障害를 입는 例가 만타.

이런 점으로 보아서는 이 건축은 기술전문가의 입장에서 볼때에는 만흔 불만을 찾어 내게 된다. 지금 들니는 말에 의하면 사무적으로 狹窄하여 80만원을 드려 더 증축할 예정이라고 한다하오니, 만약 건축 최초에 그 앞흐로 뻬죽이 나온 玄關圓柱를 그만두고, 맨 꼭댁이의 뻬죽한 塔갓흔 장식을 그만 두엇드라면 그 經費로도 넉넉히 現在 倍以上의 사무적 능률을 낼 수 잇는 가장 現代的 合理的인 건물로 되엿슬 것이다(鍾路中央靑年會舘).

과거의 봉건시대 이전에는 특별한 건물에는 일종의 威信을 나타내기 위하여 막대한 비용을 들여서 까지 장식이란 것이, 즉 형식이 어느 정도까지 필요하엿슬 것이나, 현대에 이르러서는 벌서 그의 존재의의를 상실하게 되는 것이다. 아무런 형식적 장식이란 필요치 안흔 것이다.

이런 점으로 보아서 얼마전에 신축된 中央電話局, 簡易保險局, 이 두건물은 현대건축론으로 보아서 가장 합리적인 구조와 양식으로된 건물이다. 사무적인 내부 구조에 중심점을 두엇스며 외부 양식 즉 스타일에는 조금도 편중하지 않은, 가장 현대적인 점으로 보아서 건축상의 一大革新이라고 안흘 수 없는 것이다.

이런 종류의 건축양식에 대하여서는 아즉도 일반대중에게는 인식의 不徹底로 말미아마 惡評을 네리울넌지는 모르나, 앞으로는 가장 합리적 건축 방식으로 이해될 날이 멀지 안흘 것이외다.

건축이란 인간생활에 있어서 한갓 機械이지, 이는 美術品도, 威信을 보일야는 그러한 機關은 않이다. 더욱이 사회가 작구 발전하여 나갈 수록이 더욱 그러하다.

朝鮮銀行. 이 건물은 루네산쓰식의 일종으로 완전한 石造이다. 이 건물 역시 威信을 보일야는 외부양식에 중심을 두어 형식 편중의 건축 방식임으로 현대적으로 보아서 아무런 가치도 찾을 수 없는 건물이다.

貯蓄銀行. 이 건물은 鐵筋콩크리-트制로서 요사히 起工하여 건축 중에 있는 건물이다. 역시 외부양식에 편중하여 일종의 威信을 발휘

할랴는 야심을 가진 건축방식이다. 아즉도 과거의 유물인 관념에서 금융기관 등의 건물에는 일반대중에게 「우리는 이만한 威信을 가젓다. 이만한 곳에는 넉넉히 안심하고 金錢融通등을 하여라」하는 듯이 아마도 威信을 보일랴는 데서 나온 역할일 것이외다. 그러나 이는 확실히 현대인에게 何等의 필요를 認證치 못한다.

殖産銀行 역시 朝鮮銀行이나 貯蓄銀行에 비슷한 구조와 양식을 가진 건물이다.

朝鮮日報社. 이 건물은 가장 현대적 건축양식과 구조를 가질랴고 한 건물이다.

이 건축은 독특한 무슨 식이라고 하는 것이 없다. 이는 이 건축에 잇서서만이 않이라, 今後 새로운 建築論에는 별로히 이러타 할만한 독특한 式을 필요로 하지 않는다.

어떤 式에 의하야 건축한다고 하면 벌서 그 건축은 그 어떠한 式, 즉 양식에 외부형식에 구속을 밧게 됨을 의미함으로 절대로 어떠한 건축양식이란 없게 된다. 中央電話局이나, 簡易保險局이나, 이 朝鮮日報社이나 모다 그러하다.

하여간 외부 양식의 장식이란 것을 떠나서 내부구조, 다시 말하면 사무적 합리적인 건축방식인 점으로 보아서 이 건물은 퍽으나 현대적인 건축양식에 가까운 건물이외다.

東亞日報社. 이 건물도 朝鮮日報社와 그리 다른 점을 발견하지 못할 유사한 건축양식이다.(사진은 德壽宮)

梨花女子專門學校. 이 건물은 조선 안에 잇서서는 가장 새로히 된 휼융한 큰 학교건물이다. 꼬틱식의 일종으로 다소간 간편한 양식을 취한 점이 보인다. 요사히에 와서는 普成專門學校, 기타 여러 곳에서 각금 이런 類의 건축양식을 보는데 외부 장식에 多大한 비용을 들일 필요는 없다. 이 건물을 보면 그 외부에 돌(石)을 부처서 싸허 올너 갓기 때문에 필요이외의 多大한 비용이 들엇다. 이런 양식은 외관으로 보아서는 확실이 보기조타. 그러나 건축은 일종의 機械이다.

하여간 조선 안에 잇서서 학교건축으로는 훌융한 건축이다. 米國의 학교건축들은 모다 이러한 건축양식으로 짓는 모양이다. 今後 조선서도 학교건축으로는 이런 방식의 건축이 만흘 것이다.

普成專門學校. 이 건축 역시 梨花女專校와 가치 꼬틕式의 變種으로 학교건축으로는 퍽 간편한 방식으로 지은 점이 나타나나, 梨女專校과 가치 외관에 편중하엿기 때문에 필요치 안흔 비용이 더 들엇슬 것이다. 이런 점으로 보면 사무적인 내부구조에 중심을 두워, 외부양식에 구속됨이 업섯다면 그 금액으로 퍽으나 큰 내부확장을 보앗슬 것이다.

延禧專門學校. 이 학교 역시, 梨花女專校이나, 普成專門校와 비슷한 건축양식으로 더구나 米國人이 경영하는 학교인 만큼, 米國學校 建築樣式 그대로를 흉내낸 건축이다.

耶蘇敎삘딍. 이 건축은 英國人 계통의 건축으로 종교단체의 건물로는 가장 합리적으로 된 건축이다. 로-마네스크式으로 일종 꼬틕式의 변형이다. 종교건물로는 훌융한 편이다.

天主敎堂. 이 건물은 건축적으로 보아서는 아무런 가치업는 건축이나 이는 특별한 의미를 가지고, 일반신자들에게 威嚴과, 신앙심을 뵈이기 위한 점으로 본다면 일리가 잇슬 것이다.

순전한 꼬틕式으로, 佛蘭西 18세기의 한 유물에 지나지 안는다. 歐羅巴式 유행의 複寫이다. 내부나 외관의 세부기교는 간편하게 잘 되엿다. 이러한 건물은 참말로 건축으로 평하기는 어렵다. 이는 機械와 가치 사용하는 데에 목적이 잇는 것이 안이고 다만 종교적으로 일종의 威嚴한 신앙심을 위하여 맨드러진 특별한 건축이기 때문이다. (사진 京城驛)

鍾路中央基督會舘. 이 건물은 조선안에서 가장 일즉이 된 洋制大建物로, 역시 米國人의 손으로 된 꼬틕式을 본떠다 지은 오랜 건물로서 아무런 말할 만한 가치가 업는 건축이다.

長谷川町의 Y·M·C·A. 이 건축은 京城시내에서 미술적 관점으로는 가장 훌융하고 독특한 美를 가진 건축양식이라고 한다. 허나, 언제든지, 건축은 機械이다. 예술품으로 볼 수는 업다. 人類社會가 진보하면 할수록 사무적 효능을 보담 만히 낼수 잇는 내부구조에 중심을 둘 것이지, 威信을 보인다든지, 한 미술품으로 볼 수는 업게 된다. 문명인인 현대인의게는 그런 과거의 건축양식이 필요업슴으로써이다.

三越(百貨店). 이 건물은 수년 전에 된 것으로 루레싼쓰(復興式)식으로 된 건축이다. 이 건축 역시 외관의 양식 때문에 다소간 내부구조에 구속을 바든 듯 하다. 하여간 다른 건축에 비하여 내부장치가 완전한 건물이다.

日本生命삘딍, 千代田生命삘딍. 이 두 건물도 루레싼쓰式의 모방으로 三越의 건축양식을 그양 依用한데에 지나지 안는다.

韓靑삘딍. 이 건물은 일정한 무슨式이라고 이름을 부칠수 업는 가장 현대적인 건축양식으로 훨신 진보적 건축이라고 하겟다. 그러나,

너무나, 내부구조나 모든 설비에 빈약한 점이 만이 보인다. 하여간 삘 딩건축으로는 합리적 건축이라고 하겠다.

永保삘딩. 이 건물도 韓青에 비슷한 건축으로 朝青에 비하여 외관이나, 내부설비에 완전한 건축이라고 할 수 잇다.

和信삘딩. 이 건물도 루네쌍쓰式을 모방한 건축이나, 일정한 무슨 式이라고 말하기 어려운 卽式이라고 할 만한 것이 업는 새로운 건축 양식이다. 이것 역시 외관에 편중한 건축이다.

京城驛, 京城郵便局. 이 두 건물은 루네쌍쓰式의 변형으로 모다 외부양식에 중심을 두고 내부구조에 사무적 효과를 다하지 못한 건물들이다.

朝鮮호텔, 이 건물은 쩌-맨·루네쌍쓰式에 다분히 東洋美를 加하여 맨든 훌융한 건축이다. 본래 어떠한 式에 다른 새로운 式을 加한다는 것은 심히 어려운 것인데, 이 건축만은 그 조화에 조금도 不自然한 점이 업고 그 스타일에 잇서서 퍽 잘 조화에 고심한 데가 역력하다, 하여간 完美에 가까운 건축이다.

京城府民舘, 이 건물은 지금 건축중임으로 이러타 저러타 말할 수 업지마는 그 설계도만 보드래도 확실히 내부구조에 중심을 두고 가장 합리적인 현대적 건축양식으로 됨을 알 수 잇다. 그러나, 그 한편에 뻬죽히 놉히 솟은 塔갓흔 부분은 일반에게 아무런 威信도 주는 것이 못되고, 그만한 비용을 드린다면 보다 더 큰 건물이 될터이니, 이 점만은 그리 합리적인 양식이라고 할 수 업다.

어찌 되엿든, 사회가 진보하면 할수록 건축은 내부구조에 잇서서 사무적이고 합리적 구조에 중점을 두게될 것이며, 외부의 虛飾등은 하등 대중에게 아무런 효과를 주지 못하게 될 것이니, 今後의 가장 현대적인 건축은 무슨式이라 무슨式이라 하는 외부양식에 구속됨이 없이, 각각 그 건물의 사무적 효능으로 보아서 가장 합리적인 데에 중심을 두는 건축이라야 가장 이상적인 진보적인 건축이라는 것을 다시금 말하며 이만 끝을 막습니다.

『삼천리』 제7권 제9호, 1935.10.1.

서울 株式界 成功者, 사변난 이후 누구누구가 수낫든고

서울 명치정!

그는 미국으로 치면 뉴-욕『월-街』요 중국으로 치면 상해(上海) 금융가요 대판(大阪)의 『가부도마찌』라 하리 만치 『돈』을 싸고도는 주식시장(株式市場)이다.

식산은행(殖産銀行)과 제일은행(第一銀行)과 안전은행(安田銀行)과 상업은행(商業銀行) 조선은행(朝鮮銀行) 등이 버젓히 느러선 남대문통 바로 그 남대문통의 길을 하나 건너가기만 하면 거기가 즉 유명한 이 명치정 주식가라. 가운데 둥두렸하게 울니소슨 삼층 벽돌집 이것이 조선취인소(朝鮮取引所)이니 그 건물을 중심 삼고 사면 팔방으로 좌-악 느러선 것이 삼십여 개소나 되는 주식 취인점(柱式取引店)

이 여러 취인점 앞에서 얼마나 많은 사람들이 십만 원 이십만 원의 지전을 하로 아즘에 움켜쥐고서 미칠 듯 만세를 불넜으며 또 그 반면에 얼마나 많은 사람들이 가산 집물 툭툭 떠러바치고 호천망국 울고 도라젓는고.

무슨 증권 회사요. 무슨 취인소고 하는 문패 달닌 거리거리의 벽돌 집 앞에는 힌 조선옷 입은 시골사람인 듯 한 눅스그레하게 차린 사람들이 일 이십 명 많으면 오륙십 명씩 문깐에 몰려서서 무에라고 떠들고 짓거린다. 각금 손꼬락을 치켜들어 이리저리 흔들믄 아마 저이끼리 무슨 암호(暗號)를 함인 듯.

그러나 눈에 보이는 사람 물결이 이러틋 혼잡하게 밀려가고 옴을 어찌 맣다 하리요 눈을 들어 그 취인점 지붕 우에 거미줄같이 느린 전화(電話)선을 타고 서울은 물론 전조선 각지로부터 빗발같이 모아드는 많은 상취인객(商取人客)을 어떻게 일일히 헤이랴. 진실로 보지 못하는 세상에서는 일촌 일각을 다투면서 방금 몇 십, 몇 백만 원의, 취인을 하고 있는 것이다.

평시에도 이렇거든 하물며 요지음같이 일중사변(日中事變)으로 경제시장(經濟市場)이 몹시 흥분하고 있는 때에라 이럴 때는 흥하는 사람도 많고 망하는 사람도 많으니, 주식(柱式)과 긔미(期米)시세가 아츰저녁으로 아니 시시각각으로 변동하고 있다. 여기에 머리가 남보다 뛰여나고 운(運)을 잘 타고 또 미천이 있는 사람이라면 어찌 흥하지 않을 수 있으랴.

그러기에 요지간 각처에는

『나는 만원을 땄소』

『나는 오천원을 잃었소』

하는 소문이 왁자직걸하다. 閑話休題 그러면 사변이 나기 전과 오늘과―약 한달 동안에 큼직큼직한 주(株)들은 어떠한 변천이 있어 왔든고.

*新. 2.26사변 전에는 삼십칠원 오십전 불입(2할5분배당)한 그 주가 222원이 있었더니 그 사변을 치르고는 떠러지기 시작하여 157원에까지 갓다가 다시 北中事變 전에는 297원에 올넛더니 오늘(8월 23일 以下 同)에는 200원대도 문허저 197원에 이르럿다.

東新. 昭和 5년 緊縮內閣 때에는 한 주 60원까지 갓더니 차츰 올러서 2.26사변 그 전에는 160원 사변 후에는 110원 다시 올러서 이번 日中事變 후에는 174원 그리든 것이 오늘 시세에는 130원대

日産도 한참 당년에는 140원까지 하였더니 지금은 65원

그러면 시세가 좋다는 軍需工業株는 어떠한고.

日本鋼管=도 이번 사변 전에는 110원대에 섯더니 오늘은 90원 내외 또 그밖에

大阪商船=은 79원하든 것이 60원 新株가 40원 하든 것이 20원 내외

이만하여도 대체의 공기를 짐작하리라 이제 9월 3일의 臨時議會에는 20억 원의 軍事公債가 協贊을 얻으리라고 新聞紙는 報한다. 이뿐더러 日中 全面的 충돌에 따라 국내에는 산업의 전시체제화가 있게 되야 그 중에도 직접 주식계에 영향을 주는 것은 資本 及 事業統制로서 대체에 있어서 현재의 軍需工業, 造船, 窒素, 石炭, 石油 각종 鑛物의 사업 확장은 금후로도 괜찬으나 수출산업이라 할지라도 방금 고도의 操短 下에 있는 人絹, 綿 , 生 . 모스린 毛 등의 확장은 인정되기 어렵고 세멘트, 製粉들도 다소 눌니우리라. 事業資金統制라든지 軍需工業動員令이라든지 모다 자본의 자유스러운 활동을 제한하는 바 있으리라. 었잿든 시국이 장기에 미치면 주식계의 변동도 금

후 자못 많을 것은 추측할 만한 일이다.

명치정 주식거리에서 주식과 미두에 손을 대고 있는 사람 수효가 얼마나 될가 어느 유력한 사계전문가의 관측에 의하면

『조선 사람만 약 이천 명』

에 달한다는데 이번 사변을 중심 삼고 약 한 달 동안에 수삼만 원 정도로 모은 사람은 여럿이 있고 그 반대로 또 일 이만 원씩 잃은 사람도 여럿이 있다 한다. 사변 초부터 시국에 대한 관측이 대개 생기어서 무리를 하지 않고 경계긔미(警戒氣味)로 지내왔기 까닭에 수십만 원대의 흥망(興亡)은 별로 없었다 한다.

아직 비상시국적 경긔가 그대로 진행되고 있기 까닭에 성공자와 실패자를 추리어내기가 일느기에 이에 끈치거니와 그 대신 과거에 주식가(株式街) 성공자를 긔록하면

지금 서울 內資町에 고래등같은 집을 짓고 사는 具昌祖씨 이 분이 米豆로 70만원이나 버으렀다 하며

서울 嘉會町의 柳永安씨 또한 무수한 인생 고난을 겪다가 30만원 정도의 성공을 보였고

언젠가 본지에도 소개 金貴鉉씨 米豆로 20만원 정도의 利를 보았다.

和信의 朴興植씨 朝鮮石油, 朝鮮製紙 등의 現株를 가지고 수삼년 전에 5, 60만원의 利를 보았다 하며

興一社의 李賢在씨 또한 주식으로 2, 30만원 정도의 利를 보았다.

이밖에도 긔록하자면 여러분이 있다. 그러나 그 반면에 대금을 見損한 분이야 오직 많했으랴.

아모커나 흥망이 몹시 자즐 이번 事變 株界에는 얼마나한 성공자
와 몰락자가 생길는고?

『삼천리』 제9권 제5호, 1937.10.1.

11

환락의 서울, 新裝한 사교장 白馬를 차저!

우울한 겨울철도 어느듯 스러지고 적막한 황야의 마른 나무가지에 단물이 오르는 생명의 봄! 푸른 잔듸 사이사이 진달내꼿 개나리꼿 침침한 방에서 우리를 부르는 봄! 휘느러진 수양버들이 東風을 안고 멋드러지게 춤을 추는 봄! 철철 흘너 내리는 시내물 소리도 우리의 마음을 뛰게 하고 나즉한 天空에서 종달새도 우리의 넋을 부르는 화창한 계절이다!

복사꼿이 우리를 간즈럽게 유혹하고 바람을 타고 도는 들석한 우리의 가슴 속에는 제비떼가 지저귀기 시작하는 봄! 나는 이 시절을 호흡하는 꽃피는 환락가로 발길을 옴겨 보앗다. 먼저 北村으로, 순 조선인의 손으로 호화롭게 新裝한 사교장 白馬를 차저 갓다. 白馬는 건축계의 총아 朴吉龍 씨의 설계로 현대과학문명이 나은 고급 재료와 기술을 이용하여 7만원이라는 적지 안은 황금으로 만드럿단다.

작년 8월 달에 기공하여 금년 3월 5일에야 낙성한 이 白馬의 면모는 누가 보던지 감탄하리만치 것흐로 화려 찬란하고 아담할 뿐 아니라 위생변소와 스팀설비, 비상구 제반 내부설비를 이모저모 속속드리

휘둘너 불 때 또 다시 감탄을 금할 수 없으리라. 지하실까지 4층! 전기장식만 해도 8천여 원 이란 큰돈이 들엇으니 얼마나 분부시게 아름답게 되엿는가를 짐작할 것이 아닌가! 우층 베란다에는 푸르청청한 나무가 손님의 마음을 푸르게 하고 不遠間 베란다에 또 분수구를 만들이라 하니 한층 더 시원한 늣김을 줄 것이다. 전기축음기에서 흘너나오는 아름다운 멜노듸와 仙境과 같은 각색 찬란한 네온싸인 아래 白魚와 같이 헤염치는 꼿다운 직업 여성들의 情이 뚝뚝 덧는 친절한 써비쓰! 이뿐들 중에는 외국 모 스땐홀에 잇든 땐사-도 잇고 무용가 裵龜子 일행 속에 끼엿든 어엽분 18의 소녀도, 또 상당한 인테리 여성도, 내 동생을 출세식히기 위하야 손들이 한두닙 던저주는 적은 돈을 알뜰살뜰이 모아가지고 東京 모대학에 입학식힌 맘 착한 여성도 잇단다.

新裝한 대자연! 新裝한 白馬, 白馬 속에 흐르는 음악소리! 사랑의 속삭임! 50여명의 아름다운 女給群-사나히 심장을 뛰게하는 여성들의 가벼운 초마자락에 생기는 부드러운 물결. 장미같은 입술. 가맘이 우슬 때마다 드러나는 박속같은 하얀 그들의 니빨. 호수같이 맑은 그들의눈동자. 손님들에게 술을 따러 주는 분길같은 그들의 향기러운 손길. 개업 후로 늘상 만원! 워트레쓰 외 다른 종업원도 눈코 뜰 새 없이 밧부다 하니 사교장 白馬의 면모를 가이 짐작할 것이 아닌가.
〈35〉

『삼천리』 제9권 제4호, 1937.5.1.

부민관 준공(府民館竣工)

　부내태평통(太平通)에 건축중이든 부민관(府民館)은 드디어 七
일로써 공사는 완전이 끝낫으므로 오는十일에성대히 낙성식을 거행
하게되엇다한다. 그리고 동관을일반에게 소개하기위하야 十일부터
十三일까지는 매야六시를 기하야 演舞를 공연한다는바 그료금은一
등五十전 二등三十五전 三등二十전씩이라한다.

《동아일보》, 1935.12.8.

대경성안내지도

京城市街地計畫平面圖
(街路網・土地區劃整理地區)

서울역사박물관, 1932. 6. 5.

서울에 딴스홀을 許하라

警務局長게 보내는 我等의 書

大日本 레코-드 會社 文藝部長 李瑞求

喫茶店「비-너스」매담 卜惠淑

朝鮮券番妓生 吳銀姬

漢城券番妓生 崔玉眞

鐘路券番妓生 朴錦桃

빠-「멕시코」女給 金銀姬

映畵女優 吳桃實

東洋劇場女優 崔仙花

三橋警務局長 閣下여

우리들은 이제 서울에 딴스홀을 허하여 줍시사고 련명으로 각하에게 청하옵나이다.

만일 서울에 두기가 곤란한 점이 있거든 마치 大阪에서 市內에는 안되지만 부외(府外)에 허하드시, 서울 根接한 漢江건너 저 永登浦나 東大門 외 淸凉里 같은 곳에 두어 줍시사고 청하나이다.

우리들은 대개 東京도 다녀왔고 上海, 합爾賓도 다녀왔고, 개중에
는 西洋까지 도라온 사람들이 있읍니다. 日本 內地의 東京, 神戶, 橫
濱 등지를 도라보거나, 上海, 南京, 北京으로 도라보거나 각가히 大
連, 奉天, 新京을 도라보거나 거기에는 모다 「딴스홀」이 있어 건전한
娛樂이 성하고 있는 것을 보고 우리들은 부럽기를 마지 아니하여 합
니다. 日本帝國의 온갖 版圖內와 亞細亞의 文明都市에는 어느 곳이
든 다 있는 딴스홀이 惟獨 우리 朝鮮에만, 우리 서울에만 許諾되지
않는다 함은 심히 痛恨할 일로 이제 閣下에게 이 글을 드리는 본의도
오직 여기 있나이다.

三橋警務局長 閣下여

閣下는 딴스를 한갓 有閑階級의 娛樂이요, 또한 社會를 腐爛식히
는 世紀末的 惡趣味라고 보십니까. 그런 생각을 가지고 社交 딴스조
차 막는 것이라면 그것은 分明히 閣下의 잘못 認識함이로소이다. 우
리들은 日本 內地에 있어서의 딴스 發達史를 잘 압니다. 지금붙어
40년 전 明治維新을 完成하고 西洋文明國과 平等을 主張하려할 적
에 伊藤博文, 陸奧宗光 등 維新의 諸功臣들이 東京 麓鳴舘에 딴스,
파-티를 盛히 열고 英國公使 「빠크 以下 列國外交官들로 더부러 盛
히 딴스를 하면서 크게 國際的 社交를 하지 않았읍니까, 이었지 政府
要路大官들만, 上流의 外國使臣들과 交際하는 것으로 能을 삼았으리
까. 國民도 國民끼리라는 정신에서 또한 市井에 딴스홀을 만히 許諾
하여 英米人들과 內地人들이 어울너 딴스하면서 크게 人民끼리의 親
交를 맺지 않았나있가.

그러다가 「딴스홀」을 허하여 줌으로붙어 風教上 조치 못하다 하야

內務大臣의 彈壓으로 一時는 즈뭇하여졌으나 그러나 歐米文明의 風潮와 人生娛樂의 本能으로 불어오는 이 要求를 無理하게 막을 수 없어, 마츰내 昭和2년 즈음붙어 다시 許諾하기로 되야, 流行界를 風靡하게 된 것이 아니오니까, 그도 應接室과 특수한 集會所의 娛樂에만 滿足지 못하야 마츰내 街頭로 나아온 것이 아니오리까.

그래서 昭和3년에는 東京警視廳管內에 3개소이든 것이 昭和7년에는 8개소로 激增했고, 그 뒤로는 비록 東京市內에는 許諾되지 않었으나 自動車면 10分 20分, 멀어야 반時間, 한時間이면 갈 수 있는 埼玉縣, 神奈川縣, 千葉縣에 딴스홀이 붓적 늘어서 橫濱있는 것까지 합치면 20處나 되며, 거기다가 京都, 大阪, 神戸, 자賀縣, 別府에 있는 것까지 합치면 東京橫濱과 京阪神에 있는 것만 53處* 된다고 합니다. 었지 이뿐이오리까. 일홈은 사교딴스라 하나 그실 일반 딴스와 별로 차별이 없는 쏘사이티, 딴스홀이 東京에만 벌서 50餘處가 따로히 있지 안슴니까.

三橋警務局長 閣下여

閣下는 東京에서 몇 해 전에 이러난 有閑 매담들이 不良 딴스 敎師와의 사이에 이르킨 桃色遊戲事件이나, 上流*庭令孃들과 딴스교 사이에 이러난 風紀事件들을 드러, 딴스는 세상을 그릇치게 하는 娛樂이라고 하기 쉬우리다. 그것은 었저다가 생긴 한두가지 예외요 신문지를 놀래이게 하든 그 여러 事件 뒤 警視廳의 取締가 嚴하여지면서 不良敎師의 處分, 不良딴스 홀의 刷淸 등이 있은 듸로는 지금은 東京의 上下家庭의 온갓 神士淑女가 모다 明朗하고 즐겁게 딴스홀에 出入하고 있지 안슴니까, 그런 것은 오직 當局에서 取締하기에 따라 모든 폐

해를 능히 막을 수 있을 줄 압니다.

만일, 그래도 딴스홀을 허락하면 딴사*들의 유혹으로 靑年들이 타락하리라고 근심하십니까, 그러타면, 거리거리에 술먹고 주정부리게 하는 수많은 카페-는 엇재서 公許하었으며 더구나 花柳病을 펴트리고 음난한 풍조를 훌니는 公娼과 賣笑婦들은 엇재서 허락하였읍니까, 딴스를 하기 때문에 타락한다하면 그 사람은 딴스를 아니해도 타락할 사람일 것이외다.

우리는 잘 압니다. 일본 내지의 傳統的 習慣인 저 祭禮 때의 봉오도리(盆踊)를, 일년 열두달 두고 피땀을 흘려가며 일하든 男女가 이날 저녁 서로 엉클기어 춤추고 노래하는 즐거운 그 光景을- 그러나 봉오도리 때문에 善男善女가 타락했다는 말을 못 드렀읍니다.

또 요지간의 大阪每日新聞을 보면 富山縣 各 女學校에서는 「おわら踊り」 등 制服의 處女들에게 레코-드에 마처 體操代身에 춤을 배워주고 있고 東京에 많이 있는 「花嫁學校」에서도 모다 딴스를 가르켜주고 있고 會津若松 等地에서는 婦女會와 愛國婦人會의 마나님들조차 딴스를 배우고 있다 합니다. 장차 선생님이 될 女學生을 가르치고 있는 女子師範學校에서조차 일홈은 體育딴스, 社交딴스라 하나, 그실 「폭스」 「킥」 「슬로-」 「원스텝」같은 딴스를 배워주고 있다 하지 안슴니까.

三橋警務局長 閣下여

滿洲事變 즉후에 宇坦前總督은 서울 있는 新聞記者를 향하여 國家非常時에 딴스는 許可할 수 없다고 말했읍니다. 그러나, 滿洲事變은 모다 이제는 平靜하게 되고 平和의 氣象이 世上에 차고 있지 않읍니까.

或也, 閣下의 귀에 완고한 父老들과 時代思潮를 모르는 道德家들이 딴스홀를 許諾하면 風紀問題 이외에 「돈」을 浪費하게 될 터이니 좋지 못한 것이라고 進言할는지 모릅니다. 그러나 그것은 一知半解의 徒이니 지금 우리가 알기에는, 朝鮮사람들이 社交함네하고 가는 곳이 明月舘이나, 食道園같은 料理店이로소이다. 그런 곳에 가면 하로 저녁 적게 써도 4, 50원의 遊興費를 내고 마나, 그러나 딴스홀에 가면 한수텝에 5전 10전 하는 틱겟값만 있으면 하로 저녁을 愉快하게 놀고 올 것이 아니오리까. 이것이 술 먹고 酒酊부리고 그래서 돈 없이고 健康을 없새는데 비하여 얼마나 經濟的이고 文化的이오리까.

世의 教育家夫人도, 官公吏夫人도 銀行會社員夫人도 모다 料理집보다는 차라리 딴스홀에 그 男便이 出入함을 원할 것이외다. 엇지 원하고만 있으리까, 明朗하고 점잔은 社交딴스홀이면 夫婦同伴하야 하로 저녁 愉快하게 놀고 올 것이 아닙니까, 이리되면 家庭婦人에겐들 얼마나 稱訟을 받으리까, 더구나 4년 후에는 國際올림픽 大會가 東京에 열여 歐亞聯絡의 要地에 있는 朝鮮 서울에도 歐米人士가 많이 올 것이외다. 그네들을 위하여선들, 지금쯤부터 딴스홀을 許함이 올치 안흐리까.

三橋警務局長 閣下여

더 쓸 말이 만흐나 너무 지루하실 듯하여 이에 끗치거니와 었잿든 하로 급히 서울에 딴스홀을 허락하시여, 우리가 東京갓다가 「후로리다 홀」이나 「帝都」「日米」홀 등에 가서 놀고 오는 것 같은 유쾌한 기분을, 60만 서울 市民들로 하여 맛보게 하여주소서.

『삼천리』 제9권 제1호, 1927.1.1.

15

實査 1年間 大京城 暗黑街 從軍記,
카페·마작·연극·밤에 피는 꼿
이서구

1931년-도 발서 저물러지고 마랐다. 지난 일년 동안 죠선의 수부대 경성에서 어든 바 무엇이며 늣긴 것이 무엇인가.

나는 경성에서 어머님의 장사를 지내고 시골 잇는 동생 형뎨를 서울로 다려 왓스며 광화문 통에 사든 집을 동대문 밧그로 옴겨 왓다. 그리고 매일 할 일이 업서서 아츰이면 이불 속에서 신문 잡지나 뒤적어리다가 어느 때 든지 배가 곱하야 이러나 아츰을 먹고 그러고는 슬슬 문안으로 드러 슨다.

「룬펜」의 유유한 생애이라면 남이 부러워도 하겟스나 삼십삼세 한참 일 할 나에 놀고 지내는 고통도 적지는 안을 것이다. 할아바지가 근근히 모아 남기신 유산을 이구통이 저구통이 뜨더 써가며 그날 그날을 뜻 업시 허비하는 나의 고통은 아는 이가 업다.

『자네는 참 팔자도 조와- 놀면서도 의식 걱정이 업스니』

오륙십원 월급에 목을 매고 수다 식구에게 들복기는 친고들에게 이 가튼 소리를 드를 때가 만타.

『말 말게 무엇이 떳떳한가. 일거리가 업서서 일을 못하는 가여운 인생이 안인가.』

요사히 와서 나는 무엇 보다도 밧분 사람 일 하는 사람이 귀엽고 부러워젓다.

할 일이 업스니가 한가히 놀ㅅ 데나 구하러 다닐 밧게- 마작구락부, 옐리야드예비꼴프, 카페, 활동사진, 연극, 분 바른 계집이 출몰하는 밀매음의 소굴 어느 곳이 나에게 덕당치 안을 것이 업다.

나는 다만 매일 나의 이 무료한 시간을 소비하기 위하야 에로와 그로 넌센스의 자극을 추구하기에 몰두할 뿐이다.

『하는 일이 업거든 한 때 시골와서 놀녀무나.』

자애 깁흐신 아바님의 말슴도 잇섯다.

『이 사람 집에 드러 안저서 글을 쓰거나 글을 일기라도 하지 왜 이리 거리로만 싸대나.』

하는 친우도 잇섯다. 그러나 십년 동안 사회부 긔자 생활에 나라는 한 몸둥이는 그야말로 경성의 한 구퉁이에부터 바라고 마랏스며, 도회 생활의 중독자 거리에 헤매는 인종이 되고 만 것을 엇지 하랴.

『으늘은 비도 오고 하니 집에서 책이나 읽어 볼가......』하고 마음을 가라 안치고 아래목에 다 벼개를 놉히 하고 책을 들고 누어 본 일도 잇섯다. 그러나 책에 박혀 잇는 활자의 자최는 보히지 안코 멀니서 들니는 면차 소리 자동차 소리 라듸오 소리에 귀가 믄저 간다.

나는 집에는 업서도 번화한 도시에서는 지금 한참 노리가 버러 젓고나 하는 생각이 들어만 가면 몇 십분이 못가서 나는 긔어코 나의 자최를 경성시 중에서 발견케 되고 마는 것이다.

그러함으로 지난 일년 중 경성잡관 서울 이약이는 나 만큼 잘 할 사람이 업다는 자만도 이러나는 것이다.

1. 카 페

무엇보다도 거리에서 눈에 띄우도록 만된 것은 소위 카페이다. 인사동 계명구락부 아래 층에 파라다이스(樂園)라는 카페가 문을 여럿다. 개업 축하연에는 모 법률뎐문학교 교장각하가 에로 녀급의 섬섬옥수로 따르는 술잔을 들고 청산류수지변으로 일장 축사를 베프신 유명한 카페이다. 주인 마님이 눈은 댁군하고 몸집이 호리호리한 카나리야 가튼 미인-중청도 명망 가의 딸 이라는 김영자 대구에서 일흠을 날리든 강영주 노계화 이라는 기생 출신이며 공작이라는 카페에 잇든 일본 미인을 잇그러 개업을 하자 마자 인긔는 비등하얏다. 진고개로 몰니든 손님이 갓가운 인사동으로 몰녀드는 것이 이상한 일은 안이다. 지금은 녀배우 노릇하든 김송실 김송영의 두 스타-와 활동사진 배우로 잇든 김영순양을 마저 한참 풍성거리고 잇다.

락원의 성공을 눈 압헤 보고 뒤를 이워 이러나는 카페가 그냥 그야말로 우후죽순 갓치만 하젓다.

동시에 녀배우 출신의 녀급을 초빙하는게 한 류행이 되야 간 곳 마다 녀배우 녀급을 만나지 못 하는 곳이 업시 되고 마랏다.

○ 경성카페 - 서화정 됴경희 명갑순 양소정

○ 왕관 - 윤메러 윤정자

○ 킹홀 - 림애젼

○ 목단 - 김졍숙

무려 십여명에 달한다. 그러며 그들은 무엇을 구하고자 신성한 무대와 감격에 넘치는 「카메라」의 압흘 떠나 카페로 흘너 드는가. 그 대답은 단순하다.

돈이 만히 생기는 까닭이다.

돈에 주리는 극단이여! 장차 어대로 나아가려는가?

돈만 쫏는 녀배우여! 장차 그 몸둥이가 엇지 되려는가?

나는 두 번 탄식 하야슬 뿐이다. 엇잿든 시간비 주고 불너 모시는 거북한 기생아씨 보다 일원 한 장만 내 노흐면 몃 시간식 손목도 잡히고 뺨도 대여 주며 신식 창가 사교댄쓰 까지 흥을 모두와 주는 미인이 칠팔명 십여명식 들끌는 카페가 세월을 맛나지 못 할 리가 업다는 것이다. 이 가튼 의미에 잇서서 지난 일년 경성에 거리는 카페 행진곡 속에 저무럿다고도 볼 수가 잇는 것이다.

2. 마작

나는 마작을 조화한다. 지금도 심심 할 때에는 주저치 안코 마작구락부로 드러슨다. 구락부에만 가면 별별 사람을 다 맛난다. 여긔에 일흠을 적으면 일대 비밀이나 공개된 듯이 얼골이 파래질 분들도 만히 맛난다. 그 직업별로 보면 어느 학교 교장도 맛낫다. 기독교 청년회 모 간부도 맛낫다. 어는 경찰서 고등계원도 맛낫다. 중추원족락 이라는 분도 맛낫다. 어느 은행 지덤장도 맛낫다. 어는 회사중역도 맛낫다. 경성부 협의원도 맛낫다. 이것은 현재 사회에 나가서 압잡이로 일을 하는 분들 말이다. 그 외에 경성제대를 맛친 귀여운 학사님네와 어느 회사 어느 학교 다니든 사람이라는 나와 가튼 룬펜의 무리는 갈긋에 몰녀서 마작구락부로 몰녀든다.

이 만큼 마작구락부는 중류 이상 계급의 권위를 가지고 처처에 황금시대를 이루고 안젓든 것이다.

『에이 인제 마작도 고만 두어야지 사람 꼴이 못 된단 말이야.』

새삼스럽게 탁식을 하고 분연히 자리를 박차고 이러스는 분이 잇섯다. 남아 잇는 친구들도 알고 보면 모도가 상당한 식견과 명망을 가진 분들이라. 분연이 이러스는 친구에게 대하야 낫이 불거지고 마랏다. 그러나 그 이튼날 다시 오지 안는다든 그가 다시 드러슨다.

『아-다시는 안니 온다드니 또 왓나.』 누구의 입에서 든지 이 가튼 비우슴이 터저 나아온다.

『흥 할 일이 잇서야지 집에 잇자니 갑갑하고 거리에 나스니 갈데가 업네 그려⋯⋯』

얼마나 처참한 대답이랴. 독일 유학생이 경영하는 구락부도 잇고 경시 지내든 분이 경영하는 구락부도 잇다. 밤을 새워 가며 마작을 즐기는 사람이 매일 평균 조선사람만 삼백명은 될 것이다. 이 삼백명은 인수가 만치는 안으나 밤낮 갓튼 사람이 안인 이상 적어도 마작구락부에 출입을 하는 사람이 천명은 될 것이요. 그 천명중에 칠활은 경성에서 소위 유지 신사라는 분인 것을 명언할 수가 잇다. 아지못게라 일터에 내세우면 한 사람 목슬 분명히 치워낼 씩씩한 일군들을 누가 아편과 갓치하는 마작의 소굴에서 버서 나지를 못하게 하는가. 오늘 신문에도 내년도 대학졸업생들의 취직할 곳이 업게다는 탄식을 보왓다.

3. 연극

『저게 이경설이가 안니냐.』

『그래 그래 언제 또 신무대로 갓나.』

『연극시장에서 탈퇴를 한게 로군.』

신무대 공연중 객석에서 들닌 소문이다. 과연 지난 일 갓치 연극 배우들의 몸에 변동이 만흔 때는 업섯다. 이제 작란 사마 일흠 잇는 배우들의 인사 변동을 좀 적어보자 .

李敬煥 研劇舍에서 대중무대로 다시 연극시장으로 흘너드럿다가 이제는 硏劇舍 넷터로 갓다.

申銀鳳 研劇舍에서 연극시장에 이르럿다가 일시 평양 本第에 휴양하다가 다시 研劇舍로

李景雪 市場에 잇다가 이제는 新舞臺에

신카나리랴 同上

任曙昉 同上

李白水 土月會의 重鎭이든 만큼 그의 움직임에는 注目이 만핫섯다. 그러나 나는 마츰내 연극사에 몸을 붓첫다.

이애리스 오래 休演을 하다가 연극시장에 나왓다.

權一晴 裴龜子舞踊歌劇團에서 대중무대로 이제는 시장에 殘留되야 잇다.

河之滿 朴主事 李碧泉 3인이 시장에서 탈퇴를 하고

李潤玉 羅品心 두 여배우가 研劇舍를 떠나 新舞臺에 가입.

高龍女 俗歌漫謠에 인기가 놉든 大才少女- 그 역시 시장을 떠나 新舞臺에 모혓다.

이 만곰 어수선한 변동을 보게 된 원인은 무엇인가. 그네에게는 밋음즉한 주재자(主宰者)가 업고 마음을 놋코 다리를 뻬들 만한 수입

이 잇슬 수가 업다. 그러함으로 안정한 곳을 엇지 못하고 의지할 자리를 구할 길이 업서 필자와 가튼 정경에서 허둥지둥 이리갈가 저리갈가 이러면 나을가. 저러면 심평이 필가. 고심 초조하는 표정이 그들의 움즉임 속에서 빗처나는 것을 엇지하랴.

4. 밤에 피는 꼿

나는 경성에 은군짜 소위 밀가루라는 종족이 깃드려 잇는 줄을 안지도 오래고 보기도 만히 하얏스나 지난 일년 동안에 맛난 사람들 갓치 놀납고 측은한 분들은 업섯다. 첫재 십칠팔세 순진한 녀학생들의 타락이며 둘재 그 리유가 아버지나 옵바의 실직이나 또는 디방에서 학비를 보내주든 가뎡에서 곡가는 떠러지고 지세와 수리조합 세금은 현금으로 내게되는 관계상 재정공황에 빠저서 학비가 오지를 못하게 되매 하는 수 업시 부모에게는 학교의 어느 선생의 동정으로 공부를 게속하게 되엿다고 해노코 밤이면 은밀한 남의 집 뒤채 아래 방으로 헤매며 우슴을 파는 것이엇다. 내가 맛나 본 수효만이 이삼십 명은 되는대 나는 그것이 전부이기를 바란다. 이삼십 명 이상 그 가튼 측은한 규수들이 내 눈 압헤 낫하나지 안키를 바란다. 그러나 엇지나 한 사람의 눈 압헤 낫하난 수효만으로 통계의 완전하기를 긔약할가 보냐. 어느 때 이러한 일이 잇섯다. 어느 녀학교 선생 노릇을 하다가 최근에 고만 둔 S군과 어느 날 밤 븐정 뻬비 골프장에서 맛나 해가 저므도록 함께 노다가 귀로에 대관원으로 저녁을 먹으러 드러간 일이 잇섯다. 그 때 맛츰 녀학생 밀매음 중개로 업을 삼는 「깜작 할머니」라는 로파를 맛낫다.

『주사 아주 참한 댕기 꼬리가 두리새로 나섯는데 형이 아오 갓고 아오가 형갓치 어엽부니 두 분이 아니 가시랴오.』이 말에 청년 두 사람의 호긔심은 극도로 끄러 올랏다. 그리하야 그 로파에게 위선 착수금 일원을 주고 그 형제 미인을 불너 오라고 일은 후 저녁 요긔를 급급히 하고 중부골 그 로파의 집으로 드러섯드니 천만의 외에 그 규수 형제는 S가 가릇키든 제자이엇다. 가련한 두 형제는 처음에는 얼골이 빨개 고개를 싸더니 얼마 안이 하야 하염업시 울길를 시작하얏다.

S군과 나와는 고만 긔가 막혀 그네를 위로하고 달내기에 땀을 뺀 일이 잇섯다.

돈에 쪼들니는 조선의 자근 아씨네여 그대들의 갈 길은 오직 이 뿐이겟느냐? 몸을 파라 자존심을 꺽거 돈을 어더 학교를 맛치면 무엇이 떳떳하랴. 너의들의 배호랴는 뜻은 가상하다. 그러나 그러케 까지 해 가면서라도 배호랴는 필연한 리유가 어대 잇겟느냐.

녀학생 밀매음!

얼마나 긔맥힌 소리랴! 이 한 마듸는 순진한 수 만흔 녀학생들에게 모조리 몸서리를 치게 해주고 만다. 이게 얼마나 애처롭고 슬픈 일이랴!

아바지는 세상 일을 하다가 국경을 넘어 다라나 바리고 홀노 잇는 어머님을 봉양키 위하야 화장품을 팔너 다니는 씩씩한 처녀도 보앗다. 마음에 업는 결혼을 하기 시려서 가뎡에서 뛰어나아와 백화뎜 녀사무원 노릇을 하는 재산가의 자근 아씨도 보앗다. 그러나 엇지하야 이 형제는 이 가튼 처창한 길을 것게 되얏슬가. 이번 이 글은 경성잡보에 끗치는 지라 다만 그런 애달픈 현상이 차차 경성시 중에 농후하

게 낫하 나간다는 사실을 보고함에 끗치고 다시 때를 보와 그네의 눈
물겨운 하소연을 소개할 긔회를 지을가 한다.

『별건곤』, 1932.1.1.

16

가을거리의 男女風景

口逆질 나는 男性

崔義順

속절업는 세월 빠르기도 하지.

녹음은 어느 듯 어데로 가고 단풍이 이미 물드럿스니 가을이 지텃슴은 분명하고나.

그러나 산속의 단풍이 물들기도 전에 도시의 가로에는 먼저 물드른 것이 잇스니 양장 남성들의 겨울을 재촉하는 복장들이 그것이다.

연탄색 포라나 새하얀 아사 양복에 그 새뜻한 맥고들은 다-어데로 갓는지? 억지로 여름 모자를 차저내랴면 이제는 아편 중독자와 거지의 두상에 언친 밋구녕 빠진 맥고(?)밧게는 업다.

근년에 와서 서울에도-아니조선에도...라 할가-땀훔치노라 분주하면서도 伏中에 겨울 모자 쓰고 다니는 소위 모뽀라는 도련님을 흔히 볼 수 잇섯다.

그러나 제아무리 1930년식이라고 떠들어도 秋冬洋服을 닙고 하얀 맥고를 쓰고 다니는 비범(?)한 것은 아즉 연출되지 안는 모양이니 웬

일인지?

무슨 약속이나 한 듯이 겨우 2, 3일을 전후로 하고 일제히 남자들의 복장전체는 물들고 말엇다.

우으로 모자부터 알애로 구두까지 모다가 淡에서 濃으로 변하고 말엇다. 시절딸하 옷갈어 닙는데 시비가 무엇이냐면 할 말업지만 조선남자처럼 분에 넘치게(즉 경제상태에 맛지 안케)까지 철을 차저 닙으려고 애쓰는 이는 적을 것이다.

新調의 양복, 옷포켓에 느러트린 무새손수건 한쪽으로 기우러질 듯하게 가만히 언즌 최신형 겨울 모자 청천바탕에 붉은 점박힌 넥타이 이만하면 되엇다는 듯키 대로로 橫行闊步하는 꼴이야 구역이 나서 못 볼지경이다.

무엇을 차지랴는 듯키 百貨店쇼-윈도 아페 멀건히 서서 새틋한 넥타이 진렬에 취한 것가티 드려다 보는 꼴도 볼 수 업거니와 밤이면 이 술집에서 저 카페로 마치 狂犬과 가티 싸다니는 似而非 인테리겐짜의 꼴은 더 말할 것도 업다.

그러나 이것만이 결코 仲秋의 街頭를 장식하는 출연배우들은 아닐 것이다.

정신이 나는 요사이 아츰결에 비록 퇴색한 양복이나마 반듯하게 다려닙고 자긔의 일터로 향하야 거러가는 성실한 청년의 그 모양은 마치 모래 속의 한알의 진주와 가티 일종의 애착을 늣기게 하며 무엇보다도 가을철 거리를 푸래쉬하게 장식하야 주는 것 갓다. 더욱이 가을해가 쌀쌀하게 저무러갈 때 김이 마락마락나는 군밤 두어푼어치를 사들고 도라가는 로동자들의 모습과 어덴지 싱싱해 보이는 팔과 다리는 그 어떠한 미듬을 갓게 하며 街路의 가을맛을 한층 도두어 주는 듯하다.

과연 이들은 가을 기분으로 가득찬 거리를 장식하는 미래의 주인 공가티도 보인다.

秋風에 생기띄운 街頭의 행렬 가증한 모뽀의 亂舞, 부량자의 前身을 가진 아편거지의 비틀거름, 밉살마진 중학생들의 거츠른 거름에 아울너 건장한 노동자의 씩씩한 보조 이 모든 것들의 雜然한 행진측에 가을 도시의 街頭는 고요히 저므로 간다.(끗)

시골 女人의...,

金岸曙

이것은 보고 듯기가 빈번한 서울거리서는 듬울게 구경할 수 잇는 싀골하고도 平北定州停車場에 나타난 엇던 女性劇의 한 장면이외다.

나희는 설흔이 될락말락한 키는 중이상되는 여성이 잇슴니다. 본시부터 긴 얼골에다가 평안도식 머리로 소위 「꼬도리채」를 하엿스니 얼골이 더 길어 보일 뿐 아니고 「꼬도리채」야말로 하늘님 코구멍을 다처 재체기를 니르킬 지경이라 한대도 과한 形容이라 할 수 업는 것이 잇슴니다. 저고리는 저고리로의 평가를 일허 周衣代用이라 할만치 기-막케 허리에 느러저 지내가는 바람과 한가지 희롱을 하는 에로틱한 광경은 암만해도 類다른 주의를 끌만하엿슴니다. 무릅을 가리울가 말가한 짤막한 時體치마와 하이한 洋襪 속에 파무친 기다란 다리의 굽으러진 양은 검은 고무신과는 눈부시게 별다른 대조를 주엇슴니다. 각금 눌헌 손으로 「꼬로도채」를 이리 만지고 저리주무르는 양은 무던히도 머리에 대한 주의를 小心하는 듯이보엿슴니다.

어울니지 아니하는 步調를 표파는 곳으로 옴기드니 「平壤一枚頂戴ね」愛調가 넘치는 일본말이 교태 잇슴니다.

1930년대의조선 얼골을 이곳에서 나는 보앗슴니다. 그리고 싀골풍경으로의 여성을 모양은 다를망정 서울가두에서 볼 수 잇슴을 별달니 기이히 녀기지 아니함니다.

「相思極度反相恨, 何似當初莫議君」이란 시구를 나는 별다른 의미로의 「모-던이즘」에 대하야 다시금 생각지 안니할 수가 업는 한사람이외다.

天高女肥!

李泰俊

天高馬肥라드니 이것은 겸손한 녯사람들의 말이요, 이 말의 第六內容은 게집을 가르친 것이 아닌지도 모른다.

가을에는 살찌는 것이 만타. 말도 살찌고 바다 속의 고등어도 뱃댁이에 손펵가튼 기름떵이가 붓는 때다.

그러나 거리 사람의 눈 우리 눈에는 새삼스러히 말이 살 오른 것을 보지 못하고 또는 거리 사람의 입, 우리 입으로는 새삼스러히 고등어 토막에서 고소한 기름 맛을 늣겨 보지도 못한다. 오직 우리는 신선한 가을 바람에 옷깃을 날리며 저녁 산보에서 보고 늣기는 것은 그 여자의 스타킹이 터질드시 미여질드시 알는 알는한 굴거진 다리 둘을 구경할 뿐.

새로운 傾向의 女人點景

로아

가을의 센틔멘탈을 몰으는 도시-서울의 鍾路.

가로수 병든 닙사귀가 제 최후를 嘲笑하면서 한번 몸부림치고는 행인의 머리 우에 떠러지건만 그 哀傷을 알어 보는 사람이 업다. 이 곳에 가을달과 낙엽을 옮흘 신경쇠약적 多恨한 시인은 업섯든가!

들에는 벼가 얼마나 영글엇는지 산에는 단풍이 얼마나 붉엇는지 알 까닭이 업는 도시인들에게도 가을 볏흔 만찬가지로 얇엇다. 보아라. 冬帽가 홍수가치 일시에 거리로 진출하지 안엇나, 샐너리맨들의 춘추복에서 발산하는 나푸탄린 내음새가 典當局 도굴가튼 창고 속에서 禁錮당하든 이야기를 후각을 통해서 전해주지 안느냐. 春帽는 오즉 불우한 寒士들의 시장한 머리 우에서 누럿케 병들어 갈 뿐이다. 치마빗이 덜녀젓다. 연갈색은 설붉은 낙엽빗의 심볼인가, 조화인가. 性빨른 여인이 밤에 털목도리를 안고 나왓다. 어느새...아모튼지 여긔도 가을은 지터간다.

요즈음 서울의 거리에 신여성의 내왕이 벗적 느럿다.

그 중에도 잇다금 양비단의 홀란한 색채와 紋儀로 시중의 주목을 밋글면서 압도적 『에로』를 放散하고 지나가는 정체모를 여인들 하고 거리에서 마조칠 수 잇는 영광이여! 정체를 모르는데 高雅한 맛이 잇거든 아모튼지 신앙은 무지에서 생긴다.

肉色굽 놉흔 구두. 삐스코-스 실크·스타킹.

두줄로 따어 느린 쌀막한 뒷머리.

뒷통수에 밧작 올녀 딴 혹공딴 리본.

암사슴가치 깡충한 두 종아리.

젓가슴에 안은 커다란 핸두빽.

나희는 열칠팔세나 되엿슬가 말가.

이러한 하이카라 색씨가 가로수에 등을 긔대는둥만둥 의지해 서서
애인을 긔다라는지 동무를 긔다리는지 그 옷맵씨에 곡 어울니는 女
優的 세련된 표정은 멧년동안이나 體鏡 속에 빗친 제영상을 흘겨보
고 억친신능을 다부린 남어지에 戰取한 기술이란 말가. 대체 이 어린
末葉的 洋裝美 처녀가 엇던 류의 여자일고.

그 압흘 천연스럽게 걸어가는 척 하는 양복청년들의 머리 속에는
몹씨 성급한 불안과 동경이 잠자는 청춘을 깨워서 부질업시 괴로워
한다. 이런 미소녀들을 하로도 4, 5명씩 맛날 때 왼만한 청춘은 惱殺
당하고 말니라.

기생이 지나간다. 아스트는 메피스트훼레스와 가튼 마법을 가젓다.
인제 또 무엇이 현신할넌지 아나. 그러나 나는 새로운 경향적 여인의
點景을 골녀내 볼 뿐이다.

비누물 먹은 백설가튼 고무신이 버들닙사귀형의 보선발을 아담하
게 담고 삿붓삿붓 사랑의 *聲가튼 발자국 소래를 남기면서 지나간다.

조선에서 가장 구속밧지 안는 자유형의 여인들이다. 여인유행의 지
배자들이다. 보아라! 이제 그들이 창작한 「에로틔시즘」을! 치마한자
락을 뒤로 활신 칙겨올녀서 아래로 바지와 단속것 가랭이가 내다 보
인다. 작난꾼 어린 아희를 잡어넛코 오줌을 쌀 수 잇는 넓다란 속것
가랭이가 너풀거리는 것이 색정의 유혹이 되리라는 논리를 이 앙큼한
기생아씨들이 발명해 낸 것인가부다.

그러나 「에로」로써는 너무나 추상적이다. 아즉도 조선　　濃濃한
『퇴기·에로』로다.

학교졸업 여성이 고무신을 신고 머리를 쪽지고 여염집 부인가티 차

리고는 양복한남편과 동부인하야 유연한 태도로 종로를 걸어간다. 버리지 못할 조선의 정취가 잇다.

못조록은 이러한 동부인이 여러 쌍 생겨나라.

거지색기가튼 게집에 몸종을 개처럼다리고 안전지대에 나서서 전차를 긔다리는 괴막킨 미인이 잇다. 갑나가는 기름이 잘먹어서 맥긴 한머리털은 지진 것이 곱실곱슬하게 바스러저서 떠들고 일어난 머리카락이 잡초적으로 수북하야 椿姬와 가튼 淫奔性을 보여준다. 한충 뛰어난 얼골의 윤곽과 선! 누구의 소실인가, 조선의 칼맨인가. 漢江 가는 전차는 그를 태우는 영광을 갓지 못하고 그 압흘 지나갓다. 그다음 西大門行도 東大門行도...그를 태우지 못하는 전차는 화나는 듯이 삑-소리를 질으고 가기 실흔 걸 가는 듯이 두툴두툴하면서 기여간다. 그러면 이 아씨가 대체 어데로 가시자고 나섯단 말인가.

사오개의 전차를 버리고 난 뒤에 문득 돌여다 보는 佳人의 얼골에 간열푼 愁心빗이 一妙 四分之의 一의 속도로 떠돌앗다가 살어진다. 嬌笑를 잘 못보앗슴일가.

그의 허리는 단속것이 통ㅅ채 내다 보히는 高價한 여름치마가 연연히 둘너싸고 잇섯다. 蒸災의 태양열을 조소하든 大形문의가 하나하나 기우러지는 얇편한 가을볏에 바르르 떨면서...

節候는 冷情도 하고녀!

運轉臺의 그로

朴珍

히로인

조선껄-20세쯤, 단발, 안경, 김승의 털목도리, 자주빗 우렌-코-트,

비단양말, 漆皮구두.

다리는 가늘고 몸집도 가늘어 그 육체를 알 수가 잇고 도모지 에로틱한 맛이라고는 업다. 양말 줄기가 뒤틀넛다.

얼골 55점 賤格 화장한 얼골에 개기름 흘는 것이 더한충 醜를 도와준다. 지식이라고는 아는 것 밧게 모르겟고 말씨가 또한 賤格이다. 비로도 모자는 버서 들엇다. 정체모를 게집년.

景

齋洞四街 南側 작난감버려 노은 집 압

時代

西曆 1930년

철

짓터가는 가을 오후 4시 10분

제1부

히로인(수박만한 고무공 하나를 들고)

이거 얼마해요

X 40전임니다.

히로인 이까지게 멀. 35전만 합시다.

X 아니올시다. 빗싸지 안슴니다.

40전에 사들고 서쪽을 향하야 거러 간다.

한 50된 남자 한 40된 양복쟁이 술이 半醉 역시 서쪽으로 것는 중이다.

히로인 난 먼저 가요.

50남 그래 잇다가와.

히로인 기다리라구 하시우.

50남 히! 또 한잔 먹어야지 틀니지 말구와.

히로인 (본색이 나올가 보아 불안한 표정) 걱정말어요.(압서서 간다)

제2부

제1부의 연장

景

韓一銀行寬勳洞支店압 히로인은 것는다. 昌德宮쪽에서 다라오는 비인 자동차가 히로인을 발견하고 그 녑헤 와서 끼야 소리 놉히 정차를 한다. 둘이는 마치 약속이나 한 것 갓다.

運轉手 (26, 7세)

히로인 (비로도 모자를 썻다)

히로인 이게 누구요.

運轉手 웬일이요.

들니지 안는 대화 서너마듸-좌우에서 밤굽는 아희들 모혀든다. 모든 시간이 超스피-드적(?)이다.

히로인 어듸로 가우.

運轉手 저리로.

히로인 나도 그리 가는데.

運轉手 그럼 타우.

히로인은 객석문을 열엇다. 매우 만족해하며 모여들은 아이들에게 일종의 우월감을 가지고 한다리가 발판을 밥는다.

運轉手 (창으로 손을 내밀어 객석문을 다드며) 이리 타우.

히로인 (그 말을 기다렷든 것 가티) 그럴가.

運轉臺의 쿳숀은 히로인의 마른 궁둥이를 폭 안엇다. 運轉手의 넙적다리에는 미지근한 암기운을 感햇다.

히로인 얼는 갑시다.

주르릉-먼지를 이르키고 차는 떠난다.

아이들 (소리놉히) 야 이년 봐라. 만세.

자동차는 安國洞 네거리를 도라 鍾路를 향햇다. 먼지에서 나슨 차 뒤에는 京929가 멋업시 달녀간다.

鍾路 거리의 洋服쟁이들

P·S·S

해질녁의 종로네거리는 무단히 밧부다.

조선옷자리도 밧부거니와 양복자리는 몸매부터가 밧분 듯하다.

색짓든 스코치 시골 면서기가튼 탄색 스푸링 몸에 착 맛는 새파란 푸라노 택시-드 깜장세루 炭色 오-스테드...모다 가을빗츨 장식한다. 동복을 입은 巡査까지도 제격에 얼녀보인다.

말속말속하게 차린 양복자리들을 보고 섯느라니가 얄구즌 생각이 난다.

가령 내가 절세미인이라고 하고 지금 오고가는 양복자리들은 나의 하는 말을 꼭 그대로 시행한다는 두가지 가정 미테서 내가 지금 구슬을 글니는 듯한 목소리로

「諸君! 諸君 中에 단 한푼이라고도 지금 입고 잇는 양복갑슬 덜 준 사람은 입은 양복을 전부 버서노코 알몸으로 가시요」 한다면?

그러면 종로 일대는 금시에 裸體洪水時代가 될 걸?

安洞六거리에서

松姫

새정신이 나게 싼득거리는 아침 일즉 안洞 네거리에서.

리본위로 땀자국에 배인 자색중절 모자와 모자의 우굴쭈굴한 그 정도로 얼골도 우굴주굴한 발굼치 닷는 스풍ㅅ자리가 엽헤 조고만한 보통이를 끼고 쪼작쪼작 학생군의 틈에 끼여간다. 어느 여학교의 선생님에서 버서나지 못한다.

감장 사-지 양복이 궁둥이가 반쯤 소사오는 아침 날 이상으로 반들반들거리는 X교생 왼편바지 포켓에 손을 너엇기 때문에 반들거리는 웅둥이가 아모 기탄업시 正體를 자랑한다. 억개 위로 에리로 가득히 안즌 머리 비눌!

前後로 쭉째진 모자 윗본지리 흰실로 꾸매여 쓴 XX고보학생, 무릅 나온 고구라 洋服에 갈너제친 황토색 레인코트가 非格中非格이다. 지난 학기의 성적표가 궁금하다.

실습을 하러 가는 흰 실습복을 팔에걸친 XX학생, 담배를 피어 물은 것은 非格이 아니나 마주치는 여학생을 일일이 물색하는 것은 아마 명년 봄에 개업을 하면 看護婦로 채용하려고 미리 심사함인지?

종로만 나가도 남작한 인력거 그 우에 안즌 18貫紳士 얄기는 하지만 그래도 아직 외튀는 일으다. 그것보담도 종로 방면에서 주택지인 안동방면으로 역행하는 것이 눈에 걸닌다.

典當局이 原因

金景仙

가을이 조곰 깁흐면 착착 접어 두엇든 듯 십흔 겨울 양복을 주름도

퍼지 안코 닙고 다니는 남자가 거리에 수두룩함니다. 양복장이 업는 것하고 典當局하고가 원인이겟지만은 그러케 접힌 옷을 입고 나스게 한 부인아니 닙고 나스는 남자나 끔쯕이 대담한 부부라 할 것입니다. 차곡 차곡 접힌 양복을 그대로 닙고 나서서 그래도 지나가는 여자를 소유물 감상하듯 아래우를 흘터 보는 꼴이란 가련함니다. 다른 이는 이런 풍경을 보신 일이 업슴닛가?

子正뒤의 怪女子

白菱

자정이 지난 뒤.

손님을 작별하느라고 큰 길로 통한 골목 어귀에 나서니 새춤한 바람이 웃슥 살을 죄인다. 오라는 겨울의 예고다.

자동차가 호기를 부리고 지나간 뒤로 으슴치레한 街燈에 사람의 그림자가 다몬다몬 움직인다.

「잘가게」

「잘가게」

인사를 하고 돌아서랴 하는데 짜박짜박 소리나 나며 선뜻 눈에 띄우는 여자 하나가 휙 엽흘 지나처 압흘서서 골목쟁이로 들어간다.

세 번재 보는 여자다.

한번은 漢江에서...

뽀트를 타다가 와서 옷을 입느라니까 어데선지 만히 본듯한 여자인데...안경을 쓰고 머리를 지지고 얼골이 동글납작하고 표정이 엄숙하면서 변화가 잇서 보이는.

가티온 사나히는 귀인성업는 충청도 사투리를 쓰는 까스럽게 생긴

중년 신사.

두남녀는 부부간이 아니라고 할 아무런 거림새도 업시 맥주에 과실에 사이다에 담배에...를 사서 실코 뽀트를 저어 나갓다. 유쾌한 모던 부부라고 생각하엿다.

두 번재는 카페·뻬-비압 어둠침침한 첨아미테서.

번삽한 거리라 그러한지 여자는 비실비실하며 寺洞길로 올나 가려하고 남자는 (漢江에 갓치왓든 그 남자) 典洞길로 발을 돌으키면서 무엇인지 미진한 것이 잇는 듯이 안달은 소리로 「내일와요?」한다.

여자는 던지는 말을 뒷꼭지로 바드며 「봐야 알어요」해 바린다. 부부인 줄 알엇드니 아직 멀은 모양이다.

세 번재가 오늘밤이다.

그러치 아니하여도 풍더분한 육체에 푹덥히는 외투를 입고 압흘 서서 가는 륜곽 더구나 不絕히 동요되는 中半身은 유혹이요, 에로다.

그 남자는 어데 두엇슬가? 하는 궁금쯩이 나매 뒤이어 대관절 엇던 여자가? 하는 호기심이 밧삭 난다.

그러타고 쪼차가서 무러볼 수도 업고...압흐로도 여러 번 맛나게 될 터인데 아주 깨림직하게 마음구석을 차지하고 잇는 불가해한 존재다.

누구일가? 무엇을 하며 어데사는가?

A女子와 B女子

方小波

오전 열한시쯤 승객 적은 孝子洞 전차에서 A라는 여자가 B라는 양장여자와 맛낫다고 독자는 생각하라.

A『아이그 어데가는 길야-참말 오래간만야-』

B『아기는 웃저고 혼자 나섯서 애기 잘크우』

A『참말 이러케 맛날 줄은 몰낫서... 그런데 요새두 그런 얄븐 양복 한벌만 입고 춥지 안어?』

B『나 양장은 이제 아조 그만두려고 겨울양복은 작만안햇서...』

A『단발한 것은 엇더커구 양장을 그만 두어』

B 한참 머뭇거리다가『무얼...엇대』

服色에 가지가지

方春海

仲秋의 街頭 여인풍경-묘한 제목이다. 쉽고도 어려운 제목이다. 이것을 쓰랴고 일부러 종로네거리에 가 서서 볼 수도업고 그러타고 여인을 그다지 세밀하게 처다보기를 실혀한다는 이보다 못하는 나로서 또 각금 각금 본 것을 상상해 쓰기도 어렵고 실로 난문제이다.

좌우간 본론으로 돌격 해보자.

가을볏헤 人造絹이 물결친다. 비오다가 개인 여름 석양에 쏘다저 나와 중천에서 진치고 날어 다니는 잠자리들의 날개보다도더 뻔적거린다.

-人造絹汎濫時代다-

나는 여인의 얼골은 못보앗서도 번줄거리는 人造絹은 눈이 시도록만히 보앗노라. 먼저 인조견 뻔적거리는 바람에 거긔 눈이 부시고 眼力이 상하여 일즉이 정작 여자의 아름다운 얼골이 보히지 안엇노라.

튼튼한 무명옷 조선물산을 깨끗이 얌전히 해 닙은 여자를 맛나면 萬綠叢中一點紅으로 눈이 뻔적 띄워 그 여자의 얼골을 자세히 드려다 볼 때 그 여자는 자기소유의 美 몃배이상으로 아름다워 뵈인다. 그런 고로 남자에게 아양을 부리고 호기심을 끌고 환심을 사랴고 하더라도 인조견보다는 또 사치보다는 무명옷 극도로 검소한 것이 조흠이다.

지금은 딴스(舞踊)를 극장에서만 하지안코 街頭에서도 한다. 엄청나게도 짜른 치마에 온몸을 화장이상의 화장을 하고 경중경중 웃슥웃슥하며 걸어가는 것은 꼭 딴스식 거름거리다. 만일 유성기나 라듸오에서 마-취 곡조만 나온다면 당장 춤을 출 기세이다.

그러나 한엽헤서는 고전극에 나오드시 신여성으로 엄청나게 긴 치마를 발꿈치에 칠드럭거리며 철저히 가장나는 모던걸이 아니라고 걸어가는 것은 확실히 짧은 치마 이상으로 보기 실타. 왜 보기조게 길게도 짧게도 중용을 취하지 못하는지. 내가 여자가트면 길에서 일일이 붓잡어세노코 질문, 항의, 권고해 볼 일이다.

저고리도 마찬가지. 기형적 타입이 유행된다. 두루막이가튼 저고리가 잇더니 근자는 데쩍보다도 더 짧은 겨드랑 바로 밋까지 기여올러가는 저고리를 新女子?가 태연히 입고 다닌다. 남 아니하는 것을 거슬러 눈에 띄우라고 하는 모양인데 그러다가는 아조 洋女처럼 저고리를 닙지안코 억개달은 치마만 닙고 다니게 될 것이다.

가지각색 치마빗에 여학생들은 붉은 줄 힌 줄까지 달고 가지각색 머리를 틀고 흰분 붉은 분을 얼골에 발느고 가지각색 향수냄새를 풍기며 천길만길되는 굽 놉흔 구두에 또는 사니희 구두 이상으로 평퍼짐한 구두에 또 격에 맛지 안는 어더 입은 것가튼 양장미인들--또 왱청다르게 부인네들은 햇ㅅ빗에 거울처럼 뻔적이는 기름바른 반즈르르한 머리에 누런 비녀 흰비녀 검은 비녀를 꼿고 또 아래에는 흰 고무신, 깜장 고무신, 누런 고무신을 신고 거긔다가 빨강 우산, 파랑 우산, 알낙달낙한 우산을 밧고 이 千態萬狀의 여인풍경에 갓득이나 얼빠진 조선청년남자를 정신 못차리게 한다.

『별건곤』, 1930.11.1.

제4장

해방과 전후 서울

해방과 전후 서울

광복 이후 경성부가 서울시로 개칭되고 이듬해 특별시로 승격하면서 서울은 특수한 도시 공간으로 변모한다. 서울은 식민지 근대화와 한국 전쟁, 급격한 개발과 성장이라는 분기점들을 거치면서 중층적이고 혼종적인 도시로 재편되었다. 일제에 의한 도시화 과정에서 도심부는 상공업과 주거지가 혼재한 배치가 이어지고 해방을 맞아 새로운 변화가 이루어지고 있었다. 해방은 자유와 미래에 대한 기대감을 선사하기도 했지만 이전의 질서와 체제를 수습하고 재편할 과제를 요구하기도 하였다. 새로운 국가와 사회를 건설하고자 하는 열망이 식민 잔재의 청산과 좌우 진영의 대립으로 민족의 정체성 정립 문제 등과 중첩되어 있었던 까닭이다. 뿐만 아니라 전재동포(戰災同胞)와 월남인(越南人)들로 인해 서울 인구수가 급격하게 늘어나 6·25전쟁 발발 후 과밀화가 더욱 가속화되었다.[1]

근대화 과정 속에 해방을 맞은 서울은 국권 회복의 감격과 자유 민

---

1 1944년 94만 7,640명이던 서울 인구수는 해방 이듬해 126만 6,057명으로 폭증했고 전쟁이 발발한 해에는 170만 명에 육박했다. 이석민 외 4인, 『지표로 본 서울 변천』 3, 서울연구원, 2020, 17쪽.

주주의 국가 건설을 통한 새 삶을 구축해갔다. 이 시기 서울은 서구 문물과 가치관을 모방하고 수용하면서 새로운 풍속도를 그려갔다. 마네킹처럼 단장한 '모던보이'와 '모던걸'이 새로운 모습으로 등장했고 '당구'나 '댄스홀', '베비골프' 등 오락 문화 역시 팽배했다. 진고개(泥峴)와 혼마치(本町)로 불리던 충무로와 명동은 이러한 세태를 집약한 공간이었는데 근대식 건물과 호화로운 음식점, 다방, 미장원, 양품점 등이 모여들어 모던인들의 욕구를 충족했다. 서울은 거리마다 다채로운 볼거리와 즐길 거리로 단장하며 오감을 자극했고 새로운 취향과 취미를 소비함으로써 근대적 정체성을 드러내고 있었다.

문화적 요소로서 패션은 특정 시기의 사회상이나 정체성을 반영한다는 점에서 격변하는 서울의 특수성을 살필 수 있다. 1948년 생활개선운동의 일환으로 의복을 통해 근대적 생활로의 변화를 추구하는 가운데 이에 따라 옷차림도 달라졌다. 부유층은 외국 고급 직물로 서구식 의복을 착용했고 빈곤층은 군수물자로나마 옷을 염색하거나 변형하여 입었다. '빅 코트, 퍼프 슬리브에 허리가 강조된 재킷, 폭이 넓은 플레어드 스커트와 비로드 스커트를 입은 여성들'[2]과 '포마드를 바른 머리에 파나마 모자를 쓰고 마카오 옷감으로 만든 양복, 금테 안경과 백구두, 긴 스틱을 든 마카오 신사'[3]들이 거리를 활보했다. 사치와 허영이라는 비판적인 시선도 있었으나 의복의 서구화와 전쟁을 통해 보여준 패션의 변화는 이 시기 도시의 정체성을 보여주는 표현 양식이었다.

---

2 현대패션100년편찬위원회, 『현대패션100년』, 교문사, 2002, 154쪽.
3 『서울2천년사 : 현대 서울의 시민생활』, 서울역사편찬원, 2016, 30쪽.

이제 서울은 다양한 제반 시설을 갖춘 근대 도시로 진화하며 국가의 중심지 역할을 수행하고 있었고 선망의 공간이라는 특수성을 내포하게 되었다. 한편으로는 환락가의 화려한 외양 이면 밀매음이 성행하고 빈민들이 들끓는 공간으로 변모하였다. 서울은 자유와 문화적 욕망을 투영한 공간으로 흥하는 동시에 궁핍과 타락한 공간으로 배치되었다. 이에 따라 이질성과 혼종성이 교차하는 가운데 새로운 변화를 어떻게 규정하고 적용할 것인가를 둘러싼 비판적 시선이 공존했다. 이것은 기형적 근대화의 잔재와 외래문화의 무비판적 수용 등이 초래한 서울의 민낯이었다.

문화와 가치가 기성의 것과 충돌하는 가운데 번성을 꾀하던 서울은 1950년 한국전쟁을 기점으로 퇴보하게 된다. 군사 시설과 공업시설, 철도나 역 등의 주요 사회 기반 시설이 파괴되었고[4] 생존을 위한 몸부림으로 점철되었다. 전쟁은 존재론적 공포를 불러 일으켰으며 피난민들은 터전과 소중한 이들을 잃은 슬픔에 잠기게 되었다. 이러한 가운데 백화점, 다방, 극장, 선술집 등이 모여들기 시작했던 명동은 청춘과 도시인들의 욕망을 자극하던 곳이었다. 국립극장을 중심으로 각종 예술문화 시설들이 구축되고 이곳에 모여 있던 다방이나 주점들은 열악한 환경 속에서도 문화예술을 창작하고 소통하는 거점으로 탄생되기도 하였다.

서울은 전재복구사업(戰災復舊事業)의 일환으로 도로 확장과

---

4 인명피해는 전체 서울인구 약 170만 명의 7%에 해당하는 약 13만 명이 피해를 입었고, 도로 115개소(58,000m)/교량 63개소(2,365m)/상수도 시설의 50%가 파괴되었다. 『1950 서울 : 폐허에서 일어서다』, 서울역사박물관, 2010, 41쪽.

공원 확보 등 새 시가지가 조성되기 시작하여 1951년 7월경부터 1954년까지 미군이 주둔하면서 미제 물품들이 충무로와 명동에 쏟아졌다. 이에 따라 명동은 쇼핑과 패션, 외화와 외국서적, 양장점 등이 모여 들면서 문화의 중심지로 부상하였다.

해방 직후 월남민들과 귀환동포들이 모여들어 빈곤과 무질서의 공간이었던 남대문시장 역시 전쟁의 손아귀에서 벗어나지 못했다. 단속 대상이었던 군용 보급품이나 사치품을 비롯해 외제 담배, 양주, 시계, 향수, 화장품 등이 밀거래되며 이른바 양키시장이 형성됐다. 청계천 일대에도 많은 피난민들이 자리 잡으면서 무허가 노점들로 즐비했고 구호품으로 제공된 식재료를 활용한 빈대떡이나 곰탕 등을 파는 좌판들이 등장했다. 한편으로는 책방들이 줄지어 들어서기도 하였다. 미국의 대중음악을 공연하거나 미군 무대 출신의 예술인들이 등장하는 것도 바로 이 시기였다. 이와 맞물려 도심지를 중심으로 한 댄스홀이 유행하며 맘보춤이나 탱고가 선풍적인 인기를 끌었으며 전쟁의 비극을 반영하거나 군인들을 위문하는 영화나 음악 등이 시연(試演)되기도 하였다.

전후 서울은 파괴된 것들을 복구해가며 국가 주도의 도시 계획 하에 도로 형태와 건축물이 들어서면서 인프라의 집합지로 거듭나게 된다. 이에 따라 전통 건축 양식을 계승하면서 근대 양식의 다양한 건축물들로 채워졌다. 말하자면 서울이 도시인들의 생활이 소비되는 공간과 욕망을 내면화하는 곳으로서 재배치되면서 다른 지역과의 위계화를 강화시키며 문화적 중심지로 재편성된 것이다.

문화 중심지의 면모는 영화의 변화와 발전에서도 엿볼 수 있다. 극장 환경의 변모 속에서[5] 해방 직후 그 민족성을 고취하는 영화들이 상영되었고 전쟁 시기에는 전시상황을 드러내는 작품이 상영되었다. 휴전 직후 영화계는 대중문화의 기업화와 상업화 경향이 농후해져가고 있었다. 서울이 문화적 토대를 조성하는 가운데 극장은 종로와 명동에 집중되고 이후 충무로로 확산된다. 도심지의 역동성과 화려함을 담은 〈서울의 휴일〉(1954)이나 〈자유부인〉(1956) 등은 시청, 한국은행, 신세계백화점, 반도호텔 등을 영상 속에 등장시키면서 대도시의 면모를 과시하고 있었다.

서울의 스펙터클한 변화는 도시인의 고유한 생활조건이자 근대적 인식으로 욕망과 가치가 투영된 도시 경험으로 의미화 된다. 이제 서울은 문화적 중심지이면서 생활양식과 정서를 다채롭게 생산하는 전근대와 근대 그리고 식민과 탈식민 등 다양한 중력들이 중첩된 공간이었다. 또한 새로운 삶에 대한 희망과 무질서가 교차하는 곳으로 역사적 변곡점들을 관통하며 복합적이고 특수성을 띤 곳이었다. 서울의 근대화가 기록된 흔적들은 공간을 점유하는 주체와 기능들이 한데 얽혀 새로운 의미와 표상들을 환기한다. 해방과 전쟁을 겪은 서울은 그 낱낱의 사건들을 온몸으로 살아내며 역동적인 삶의 문화를 생산하는 중심적 터전으로 자리 잡아가고 있었다.

박성준 | 이지영

---

4 일제강점기에 경성을 중심으로 발달된 극장들은 해방 이후에도 흥행을 이어갔고 전쟁 시기를 거치면서 변화를 맞게 된다. 주요 극장들은 전쟁의 발발과 더불어 활동 무대를 이전했다가 휴전을 맞아 서울로 다시 모여들었다. 50년대 중후반 극장은 재건과 서구문화에 대한 열망에 발맞추어 규모의 확장과 시설 정비를 통해 선진적인 문화공간으로 변화하였다.

1 ───────────

병든 서울

오장환

8월 15일 밤에 나는 병원에서 울었다.
너희들은 다 같은 기쁨에
내가 운 줄 알지만 그것은 새빨간 거짓말이다.
일본 천황의 방송도,
기쁨에 넘치는 소문도,
내게는 곧이가 들리지 않았다.
나는 그저 병든 탕아로
홀어머니 앞에서 죽는 것이 부끄럽고 원통하였다.

그러나 하루 아침 자고 깨니
이것은 너무나 가슴을 터치는 사실이었다.
기쁘다는 말,
에이 소용도 없는 말이다.
그저 울면서 두 주먹을 부르쥐고
나는 병원에서 뛰쳐나갔다.

그리고, 어째서 날마다 뛰쳐나간 것이냐.

큰 거리에는,

네거리에는, 누가 있느냐.

싱싱한 사람 굳건한 청년, 씩씩한 웃음이 있는 줄 알았다.

아, 저마다 손에 손에 깃발을 날리며

노래조차 없는 군중이 만세로 노래부르며

이것도 하루 아침의 가벼운 흥분이라면……

병든 서울아, 나는 보았다.

언제나 눈물없이 지날 수 없는 너의 거리마다

오늘은 더욱 짐승보다 더러운 심사에

눈깔에 불을 켜들고 날뛰는 장사치와

나다니는 사람에게

호기 있이 먼지를 씌워주는 무슨 본부, 무슨 본부,

무슨 당, 무슨 당의 자동차.

그렇다. 병든 서울아,

지난날에 네가, 이 잡놈 저 잡놈

모두 다 술취한 놈들과 밤늦도록 어깨동무를 하다시피

아 다정한 서울아

나도 밑천을 털고보면 그런 놈 중의 하나이다.

나라 없는 원통함에

에이, 나라 없는 우리들 청춘의 반항은 이러한 것이었다.

반항이여! 반항이여! 이 얼마나 눈물나게 신명나는 일이냐

아름다운 서울, 사랑하는 그리고 정들은 나의 서울아

나는 조급히 병원 문에서 뛰어나온다.

포장 친 음식점, 다 썩은 구루마에 차려놓은 술장수

사뭇 돼지구융같이 늘어선

끝끝내 더러운 거릴지라도

아, 나의 뼈와 살은 이곳에서 굵어졌다.

병든 서울, 아름다운, 그리고 미칠 것 같은 나의 서울아

네 품에 아무리 춤추는 바보와 술취한 망종이 다시 끓어도

나는 또 보았다.

우리들 인민의 이름으로 씩씩한 새 나라를 세우려 힘쓰는 이들을……

그리고 나는 외친다.

우리 모든 인민의 이름으로

우리네 인민의 공통된 행복을 위하여
우리들은 얼마나 이것을 바라는 것이냐.
아, 인민의 힘으로 되는 새 나라

8월 15일, 9월15일,
아니, 삼백예순 날
나는 죽기가 싫다고 몸부림치면서 울겠다.
너희들은 모두 다 내가
시골구석에서 자식 땜에 아주 상해버린 홀어머니만을 위하여 우는
줄 아느냐.
아니다. 아니다. 나는 보고 싶으다.
큰물이 지나간 서울의 하늘이……
그때는 맑게 개인 하늘에
젊은이의 그리는 씩씩한 꿈들이 흰구름처럼 떠도는 것을……
아름다운 서울, 사모치는, 그리고, 자랑스런 나의 서울아,

나라 없이 자라난 서른 해,
나는 고향까지 없었다.
그리고, 내가 길거리에 자빠져 죽는 날,
「그곳은 넓은 하늘과 푸른 솔밭이나 잔디 한 뼘도 없는」

너의 가장 번화한 거리
종로의 뒷골목 썩은 냄새 나는 선술집 문턱으로 알았다.

그러나 나는 이처럼 살았다.

그리고 나의 반항은 잠시 끝났다.

아 그동안 슬픔에 울기만 하여 이냥 질척거리는 내 눈

아 그동안 독한 술과 끝없는 비굴과 절망에 문드러진 내 쓸개

내 눈깔을 뽑아버리랴, 내 쓸개를 잡아떼어 길거리에 팽개치랴.

『병든서울』, 정음사, 1946.

우리의 거리

이용악

아버지도 어머니도
젊어서 한창땐
우라지오로 다니는 밀수꾼

눈보라에 숨어 국경을 넘나들 때
어머니의 등곬에 파무친 나는
모든 가난한 사람들의 젖먹이와 다름없이
얼마나 성가스런 짐짝이었을까

오늘도 행길을 동무들의 행렬이 지나는데
뒤이어 뒤를 이어 물결치는
어깨와 어깨에 빛 빛 찬란한데

여러 해 만에 서울로 떠나가는 이 아들이
길에서 요기할 호박떡을 빚으며

어머니는 얼어붙은 우라지오의 바다를
채쭉 쳐 달리는 이즈보즈의 마차며 토로이카며
좋은 하늘 못 보고
타향서 돌아가신 아버지의 이야길 하시고

피로 물든 우리의 거리가
폐허에서 새로이 부르짖는
우라아
우라아 ××××

『이용악집』, 동지사, 1949.

서울

이육사

어떤 시골이라도 어린애들은 있어 고놈들 꿈결조차 잊지못할 자랑 속에 피여나 황홀하기 薔薇빛 바다였다.

밤마다 夜光虫들의 고흔 불아래 모혀서 영화로운 잔체와 쉴새없는 諧調에 따라 푸른 하늘을 꾀했다는 이야기.

왼 누리의 심장을 거기에 느껴 보겠다고 모든 길과길들 피줄같이 엉클여서 驛마다 느릅나무가 늘어서고

긴 세월이 맴도는 그판에 고초먹고 뱅—뱅 찔레먹고 뱅—뱅 너머지 면「맘모스」의 骸骨처럼 흐르는 憐光 길다랗게.

개아미 마치 개아미다 젊은놈들 겁이 잔뜩나 참아 참아하는 마음 은 널 원망에 비겨 잊을 것이었다 깍쟁이.

언제나 여름이 오면 황혼의 이뿔따귀 저뿔따귀에 한줄식 걸처매고
짐짓 창공에 노려대는 거미집이다 텅 비인.

제발 바람이 세차게 불거든 케케묵은 몬지를 눈보래만냥 날러라 녹
아나리면 개천에 고놈 살무사들 승천을 할넌지.

『문장』, 1941.4.

종시(終始)

윤동주

終点이 始点이 된다. 다시 始点이 終点이 된다.

아츰, 저녁으로 이 자국을 밥게 되는데 이 자국을 밥게된 緣由가 있다. 일즉이 西山大師가 살아슬뜻한 욱어진 松林속, 게다가 덩그리시 살림집은 외따로 한채뿐이엿으나 食口로는 굉장한 것이여서 한 집 웅밑에서 八道사투리를 죄다 들을만큼 몽아놓은 미끈한 壯丁들만이 욱실욱실하엿다. 이곳에 法令은 없어스나 女人禁納區엿다. 萬一 强心臟의 女人이 있어 不意의 侵入이 있다면 우리들의 好奇心을 저윽히 자아내엿고, 房마다 새로운 話題가 생기군 하엿다. 이렇듯 修道生活에 나는 소라속처럼 安堵하엿든 것이다.

事件이란 언제나 큰데서 動機가 되는것보다 오히려 적은데서 더 많이 發作하는 것이다.

눈온날이 엿다. 同宿하는 친구의 친구가 한時間 남짓한 門안들어

가는 車時間까지를 浪費하기 爲하야 나의 친구를찾어들어와서 하는 對話엿다.

『자네 여보게 이집 귀신이 되려나?』
『조용한게 공부하기 자키나 좋잔은가』
『그래 책장이나 뒤적뒤적하면 공부ㄴ줄아나 電車간에서 내다볼수있는 光景 停車場에서 맛볼수있는 光景, 다시 汽車속에서 對할수있는 모든일들이 生活아닌것이 없거든, 生活때문에 싸우는 이 雰圍氣에 잠겨서, 보고, 생각하고, 分析하고, 이거야 말로 眞正한 意味의 敎育이 아니겟는가 여보게! 자네 책장만 뒤지고 人生이 어드럿니 社會가 어드럿니 하는것은 十六世紀에서나 찾어볼일일세, 斷然 門안으로 나오도록 마음을 돌리게』

나안테하는 勸告는 아니엿으나 이말에 귀틈뚤려 상푸둥 그리리라고 생각하엿다. 非但 여기만이 아니라 人間을 떠나서 道를 닥는다는 것이 한낱 娛樂이오, 娛樂이매 生活이 될수없고, 生活이 없으매 이또한 죽은 공부가 아니랴. 하야 공부도 生活化하여야 되리라 생각하고 불일 내에 門안으로 들어가기를 內心으로 斷定해버렷다. 그뒤 每日같이 이 자국을 밥게 된것이다.

나만 일즉이 아츰거리의 새로운 感觸을 맛볼줄만 알엇더니 벌써 많은 사람들의 발자욱에 鋪道는 어수선할대로 어수선햇고 停留場에 머물때마다 이많은무리를 죄다 어디갓다 터트릴 心算인지 꾸역꾸역

작구 박아실는데 늙은이 젊은이 아이할것없이 손에 꾸럼이를않든 사람은 없다. 이것이 그들 生活의 꾸럼이오, 同時에 倦怠의 꾸럼인지도 모르겟다.

이꾸럼이를 든 사람들의 얼골을 하나하나식 뜨더보기로 한다. 늙은이 얼골이란 너무오래 世波에 짜들어서 問題도 않되겟거니와 그젊은이들 낯짝이란 도무지 말슴이아니다 열이면 열이 다 憂愁 그것이오 百이면 百이 다 悲慘그것이다. 이들에게 우슴이란 가믈에 콩싹이다. 必境 귀여우리라는 아이들의 얼골을 보는 수박게 없는데 아이들의 얼골이란 너무나 蒼白하다. 或시 宿題를 못해서 先生안테 꾸지람 들을것이 걱정인지 풀이죽어 쭈그러떠린 것이 活氣란 도무지 찾어 볼 수없다. 내상도 必然코 그꼴일텐데 내눈으로 그꼴을 보지못하는것이 多幸이다. 萬一 다른사람의 얼골을 보듯 그렇게 자주 내얼골을 對한다고 할것같으면 벌서 夭死하엿슬런지도 모른다.

나는 내눈을 疑心하기로 하고 斷念하자!

차라리 城壁우에 펄친 하늘을 처다보는 편이 더 痛快하다. 눈은 하늘과 城壁境界線이 城壁이란 現代로써 캄푸라지한 넷禁城이다. 이안에서 어떤일이 일우어저스며 어떤일이 行하여지고 있는지 城박에서 살아왔고 살고 있는 우리들에게는 알바가 없다 이제 다만 한가닥 希望은 이 城壁이 끈어지는 곳이다.

企待는 언제나 크게 가질것이 못되여서 城壁이 끈어지는 곳에 總督府 道廳 무슨 參考館, 遞信局 新聞社, 消防組, 무슨 株式會社, 府廳, 洋服店 古物商等 나라니하고 연달아 오다가 아이스케이크看板에 눈이 잠간 머무는데 이놈을 눈나린 겨울에 빈집을 직히는 꼴이라든 가, 제身分에 맞잔는 가개를 직히는 꼴을 살작 엘림에 올리여 본달것 같으면 한幅의 高等諷刺漫畫가 될터인데 하고 나는 눈을감고 생각하기로 한다. 事實 요지음 아이스케이크 看板身勢를 免치 아니치 못할 者 얼마나 되랴. 아이스케이크 看板은 情熱에 불타는 炎署가 眞正코 아수롭다.

눈을 감고 한참 생각하느라면 한가지 꺼리끼는것이 있는데 이것은 道德律이란 거치장스러운 義務感이다. 젊은녀석이 눈을 딱감고 볕이 고 앉아 있다고 손구락질하는것 같하야 번쩍 눈을 떠본다. 하나 가차이 慈善할 對象이 없음에 자리를 일치않겠다는 心情보다 오히려 아니꼽게본 사람이 없어스리란데 安心이 된다.

이것은 過斷性있는 동무의 主張이지만 電車에서 맞난사람은 원수요, 汽車에서 맞난사람은 知己라는 것이다. 딴은 그러리라고 얼마큼 首肯하엿댓다. 한자리에서 몸을 비비적거리면서도 「오늘은 좋은 날세올시다.」, 「어디서 나리시나요」쯤의 인사는 주고 받을 법한데, 一言半句 없이 뚱한꼴들이 자키나 큰 원수를맺고 지나는 사이들 같다. 만일 상량한사람이있어 요만쯤의 禮儀를 밥는다고 할것 같으면 電車속의 사람들은 이를 精神異狀者로 대접할게다. 그러나 汽車에서는 그렇지

않다. 名銜을 서로 박구고 故鄕이야기, 行方이야기를 꺼리낌없이 주고
받고 심지어 남의 旅勞를 自己의旅勞인것처럼 걱정하고, 이얼마나 多
情한 人生行路냐.

이러는사이에 南大門을 지나첫다. 누가있어 「자네 每日같이 南大門
을 두번식 지날터인데 그래 늘 보군하는가」라는 어리석은듯한 멘탈테
쓰트를 낸다면은 나는 啞然해지지 않을수없다. 가만히 記憶을 더듬
어 본달것 같으면 늘이 아니라 이 자국을 밟은 以來그모습을 한번이
라도 쳐다본적이 있었든것 같지않다. 하기는 나의生活에 緊한일이 않
이매 當然한 일일게다. 하나 여기에 하나의 敎訓이 있다. 回數가 너무
잦으면 모든 것이 皮相的이 되여버리나니라.

이것과는 關聯이 먼 이야기같으나 無聊한 時間을까기爲하야 한 마
디 하면서 지나가자.

시골서는 제노라고하는 양반이엿든모양인데 처음 서울구경을하고
돌아가서 며칠동안 배운 서울 말씨를 서뿔리 써가며 서울거리를 손으
로 형용하고 말로서 떠버려 옴겨노트란데, 停車場에 턱 나리니 앞에
古色이 蒼然한 南大門이 반기는 듯 가로 막혀있고, 總督府집이 크고,
昌慶苑에 百가지 禽獸가 봄즉햇고 德壽宮의 녯宮殿이 懷抱를 자아
냇고, 和信昇降機는 머리가 힝-햇고, 本町엔 電燈이 낮처럼 밝은데
사람이 물밀리듯 밀리고 電車란 놈이 윙윙소리를 질으며 질으며 연달
아 달리고- 서울이 自己하나를 爲하야 이루워진것처럼 웃줄했는데

이것쯤은 있을 듯한 일이다. 한데 게도 벙정꾸러기가 있어

「南大門이란 懸板이 참 名筆이지요」
하고 물으니 對答이 傑作이다.
「암 名筆이구말구 南字 大字 門字 하나하나 살어서 막 꿈틀거리는
것 같데」

어느모로나 서울자랑하려는 이양반으로서는 可當한 對答일게다.
이분에게 阿峴고개 막바지기에,-아니 치벽한데 말고, -가차이 鐘路
뒤골목에 무엇이 있든가를 물엇드면 얼마나 當惶해 햇스랴.

나는 終点을 始点으로 박군다.

내가 나린곳이 나의 終点이오. 내가 타는 곳이 나의 始点이 되는까
닭이다. 이쩌른 瞬間 많은사람사이에 나를 묻는것인데 나는 이네들
에게 너무나 皮相的이된다. 나의 휴맨니티를 이네들에게 發揮해낸다
는 재조가 없다. 이네들의 깁븜과 슬픔과 앞은데를 나로서는 測量한
다는수가 없는까닭이다.

너무 漠然하다. 사람이란 回數가 잦은데와 量이 많은데는 너무나
쉽게 皮相的이 되나보다. 그럴사록 自己 하나 看守하기에 奔忙하나보
다.

씨그날을 밥고 汽車는 왱-떠난다. 故鄉으로 向한 車도아니건만 空

然히 가슴은 설렌다. 우리 汽車는 느릿느릿 가다 숨차면 假停車場에서도 선다. 每日같이 왼女子들인지 주룽주룽서 있다.

제마다 꾸럼이를 아녔는데 例의 그 꾸럼인듯 싶다. 다들 芳年된 아가씨들인데 몸매로보아하니 工場으로 가는 職工들은 아닌모양이다. 얌전히들 서서 汽車를 기다리는 모양이다. 判斷을 기다리는 모양이다. 하나 輕妄스럽게 琉璃廠을 通하여 美人判斷을 나려서는 않된다. 皮相的法則이 여기에도 適用될지 모른다. 透明한듯하나 믿지못할것이 流離다. 얼골에 찌깨논듯이 한다든가 이마를 좁다랗게 한다든가 코를 말코로 만든다든가 턱을 조개턱으로 만든다든가하는 惡戲를 琉璃廠이 때때로 敢行하는 까닭이다. 判斷을 나리는者에게는 別般 利害關係가 없다손치더래도 判斷을 받는當者에게 오려든 幸運이 逃亡갈런지를 누가 保障할소냐. 如何間 아무리 透明한 꺼풀일지라도 깨끗이 벳겨바리는 것이 맛당할것이다.

이윽고 턴넬이 입을 버리고 기다리는데 거리 한가운데 地下鐵道도 아닌 턴넬이 있다는것이 얼마나 슬픈일이냐, 이 턴넬이란 人類歷史의 暗黑時代요 人生行路의 故悶相이다. 空然히 박휘소리만 요란하다. 구역날 惡質의 煙氣가 스며든다. 하나未久에 우리에게 光明의 天地가있다.

턴넬을 버서낫을때 요지음 複線工事에 奔走한 勞働者들을 볼수 있다. 아츰 첫車에 나갓을때에도 일하고 저녁 늦車일에 들어올때에도 그네들은 그대로 일하는데 언제 始作하야 언제 끝이는지 나로서는 헤아릴수없다. 이네들이야말로 建設의 使徒들이다. 땀과피를 애끼지 않는다.

그융중한 도락구를 밀면서도 마음만은 遙遠한데 있어 도락구 판장에다 서투른 글씨로 新京行이니 北京行이니 라고써서 타고다니는것이 아니라 밀고 다닌다. 그네들의 마음을 엿볼수있다. 그것이 苦力에 慰安이 않된다고 누가 主張하랴.

이제나는 곧 終始를 박궈야한다. 하나 내車에도 新京行, 北京行, 南京行을 달고 싶다. 世界一週行이라고 달고싶다. 아니 그보다 眞正한 내故鄕이 있다면 故鄕行을 달겠다 到着하여야할 時代의 停車場이 있다면 더좋다.

미발표작, 1941.

서울역에서 남대문까지

박인환

　수도 서울의 표정 서울역의 웅장한 건물과 그 앞 광장의 일부에는 폭격으로 인한 처참한 상흔을 입고 있다.

　이 폭격은 국군이 3일간의 전투에서 단장(斷腸)의 후퇴를 한 1950년 6월 28일이 20일 지난 7월 16일의 유엔군 전폭기의 폭격 때문이었다.

　장안을 뒤흔드는 B29의 폭음이 들리자마자 유엔군의 전략 폭격은 개시되었던 것인데 이것은 서울에 유잔(留殘)하였던 수십만 시민에게 커다란 환락을 주었다.

　용산에 있던 탄약저장소는 수 시간에 걸쳐 폭발되었다. 이 요란한 폭음 때문에 서울의 일부 시민은 국군이 노량진 방면에서 반격작전을 개시하였다는 소문까지 만들었다.

나는 이 폭격이 있던 다음 17일 소설가 김광주 씨와 함께 유엔군의 통쾌한 폭격 구경을 하러 나갔다.

우리 두 사람은 밀짚모자를 쓰고 남대문을 빠져 서울역 부근으로 갔다.

그렇게 사람들이 군집했던 서울역 광장은 쓸쓸하고 이곳저곳에 파편이 산재하고 있는가 하면 시체는 치워버렸으나 북한 괴뢰군의 모자가 수 삼 개 남아 있었다.

남대문은…… 그렇게 서울 시민에게 매혹의 대상이었던 남대문은 적 치하의 고통을 반영하는 암담한 자체(姿體)로밖에는 나에게는 보이지 않았다.

9·28 미해병대의 분전으로 말미암아 서울이 재수(再收)되자 아메리카의 주간지 『타임』을 나는 입수하였다.

오래간만에 보는 미지(美誌)이기 때문에 반가이 뒤져보니 거기 『라이프』지의 특파원 데이비드 더글러스 던컨David D. Dancan의 전선 사진이 크게 게재되어 있었다.

이는 서울역에서 남대문을 향하여 진격하는 탱크대와 그 후속인 해병들이 백열한 시가전을 하는 감격적인 장면이었다.

남대문 쪽에서 괴뢰군이 발사하는 초연이 희미하게 보이는가 하면 7월 16일의 폭격으로 파진 서울역 광장에 엎드려 적을 향하여 M1총을 겨누는 사병과 탱크대병의 씩씩한 자체가 캐치되어 있었다.

아마 내가 알기에도 서울역전에서 남대문에 이르는 시가전은 좀 치열했던 모양이다. D. D. D씨의 사진이 말하는 듯이……. 그리하여 역전에서 남대문에 이르는 현대적 건물의 대부분은 파괴되었고, 이 슬픈 지구의 모습은 그대로 전화로 말미암아 회신(灰燼)된 서울의 상징이라 할 수 있다. 마치 서울역의 과거의 번화가 서울의 표정이었던 아름다웠던 시절과 같이…….

『신태양』, 1952.11.

6

서울 체류기

노천명

거의 일과와 같이 아침이면 이 다방으로 나오게 된 것은 서울로 올라온 다음날부터의 나의 버릇이다.

종현(鍾峴) 성당 옆 빈 터에 불과 몇 평 되지 않게 자리를 한 이 조그마한 다방은 다방이라기보다는 무슨 개인의 빌라 비슷한 감을 주고 있다.

도라지꽃 같은 주인 마담의 날마다 똑같은 표정에도 손님들은 싫증을 낼 줄 모른다.

티이를 마시면서 마담을 보기보다 나는 바깥을 내다본다.

신부의 베일 같은 망사 커어튼이 첫여름의 감각을 그대로 나타내며 시원하게 내리워진 윈도우 밖으로 내다보이는 것은 오로지 폐허(廢墟)다.

저기 일찌기 우리가 점심을 먹던 그 그릴은 어디쯤 되는가 모르겠다.

즐비했던 그 좋은 집들이 형용도 없이 날아가 버린 것이 아닌가? 별로 신통치도 못한 음악이 레지의 수고를 빌며 들려온다.

폐허가 내다보이는 여기서는 축음기에 양(洋)판보다 차라리 국악
(國樂)의 산조(散調)가 어울릴 수 있을텐데……

차를 한 모금 마시고는 또 여전히 바깥을 내다본다.

무너진 빈 터에 피난민들 지지 않게 살겠다고 무성한 잡초들을 궂
은 비가 소리없이 자꾸 적셔 주고 있다.

하나도 알지 못할 사람들이 우산을 받고 지나간다.

일찌기 여기는 번화했던 거리라는 것을 입증(立證)해 줄 얼굴들은
도무지 나타나지 않는다.

홀로 불려온 증인 모양 나는 괜히 가슴이 답답하고 외롭다.

도라지꽃 같은 마담의 얼굴을 봐도 역시 나는 허전하다.

정다운 얼굴들에게 분명히 내 생활은 좌우가 된다는 것을 이번에
나는 알아냈다.

나를 하와이에가 아니라 프랑스에다 갖다 놓는다고 해도 좋은 친
구들과 함께 하지 않고서는 고비 사막 이상일 것을 나는 이번에 깨달
았다.

언제나 다들 올라올 것인가? 일그러진 얼굴에다 분첩을 올리듯이
정떨어지게 부상을 한 깨어진 서울은 청소에, 단장에, 지금 한껏 치장
을 한답시고 해가지고 나갔던 시민들을 맞아들이는 것이다.

서울! 얼마나 유정(有情)한 이름이냐. 서울은 잊을 수도 없고, 버릴
수는 더욱 없는 이름이다.

여인네들의 전아(典雅)한 말씨와 함께 풍성풍성한 것과 흔전흔전
한 것과는 어지간히 연(緣)이 먼 것이면서 서울은 그대로 또 버티어
보는 것이다.

비온 뒤 초가집 지붕에 버섯 나듯이 무너진 빈 터엔 다방들이 무수히 돋아 나고 있다. 이 「문」 다방 이외에도 무어니무어니 굉장히 차린 것들이 많이 생긴다. 부산 소식을 알려면 다방엘 나와 엊저녁에 상경한 양반들을 만나야 하는 것이다. 대개는 서울서 살 수가 있을까 하는 형편을 살피러 온 사람들 이다. 흡사 무슨 배가 닿는 항구도 같고 또 여관도 같은 것이 그저 만나기만 하면 「어제 왔읍니다」 「내일 내려 가겠읍니다」 하며 왔다는 둥 간다는 둥, 혹은 갔다는 등속의 인사들인 데는 나도 이 가운데서 어쩔 수 없이 수선스러울 수밖에 없다. 하긴 우리 친구들이 다 들어온다면 서울의 면모도 그야 좀 달라질 것이겠지, 그러나 지금 같아서는 어째 아무래도 엉성하고 정이 안 붙는다.

국수 장수들도 어서 좀 다 올라와야겠고 그 말썽꾸러기 인간들도 그래도 서울로 다 오는 것이 좋겠다.

집집의 수도들도 탈없이 좔좔 나오고 전기도 백주같이 와 있고.

부산도 객지, 서울도 객지, 자칫하다가는 정처 없는 사람들이 되어 버리지 않을까 모르겠다. 곧 산 냄새를 풍길 것 같은 「문」 다방의 이 도라지꽃 같은 여인을 바라볼라치면 나는 자꾸만 남쪽이 그리워진다.

그가 내게 친절하게 해주면 해줄수록 금방 울 것만 같아진다. 그래서 나는 자꾸 등나무가 있는 창 밖으로 시선을 던진다.

『나의 생활백서』, 대조사, 1954.

7

明洞 시절

조병화

이렇게 주문 순서가 내게로 돌아왔지만 이 글은 내가 쓸 것이 못된다. 나보다는 오히려 김 광주씨나 이 봉구씨 아니면 이 해랑씨 혹은 이 진섭, 살아있더라면 박 인환이가 그 적임자가 아닌가 생각한다. 이 이외 분도 많다. 그만큼 문인·예술인들은 한때 엉켜서 이 명동 지대에서 살았었다. 「호적이 없는 가족」이라 했다. 호적을 같이하고 있는 것은 아니지만 한 가족이라는 뜻이다. 프랑스의 시인이며 소설가인 프랑시스 까르꼬(1886~?)의 회상기 몽마르뜨에서 「라펭구로」(일역명)-파리 예술가 방랑기-에서 나오는 풍경처럼 그 고귀한 빈곤을, 그 청춘을, 그 고독을, 이곳에서 한때 실존하다가 지금은 벌써 죽어서 헤어지고, 살아서 헤어지고 모두 뿔뿔이 헤어지고 말았다. 추억은 아름답다 하지만 지금 생각해 보면 실로 너무나 피곤한 생각뿐이다. 과도한 불모(不毛), 과도한 빈곤, 과도한 청춘, 과도한 고독을 살았을 뿐이다. 우리의 역사가 그러했듯이 생산이라곤 낭비, 홍수처럼 너무나도 소중한 많은 세월이 쑥 빠져버린 것 같은 생각, 그 불안과 압박에서 살았었다.

나의 문학은 이러한 한국적 카오스 속에서 시작이 되었다. 좌절과 포기, 그 회색의 고독으로, 때문에 나의 시, 나의 문학은 「어떻게 있을 것인가?」「어떻게 정리한 것인가?」「어떻게 갈 것인가?」하는 문제부터 자아 정립이 그 중심이었다.

나는 8·15 직전 나의 모교였던 경성 사범학교 물리 교유(敎諭)로 있었다. 그리고 8·15 해방 후 계속 이곳에서 물리·수학을 담당하고 있었다.

문단의 모 시인을 만나게 되었다. 그는 영어 선생으로 부임해 왔다.

자주 이야기할 기회가 늘어가고 나의 작품이 그의 눈에 오가게 되었다. 어느 날 그는 시집을 하나 꾸미자고 했다. 나는 부끄럼도 있었지만 나를 한번 정리하는 의미에서, 또 스스로 나를 달래는 의미에서 묶는 것도 뜻이 있다고 생각해서 그의 말에 따르기로 했다. 그는 장만영씨를 소개해 주었다. 장 만영씨는 그때 『산호장』이라는 호화스러운 출판사를 가지고 있었다. 시인 겸 사장, 장선생을 만난 것은 소공동에 있던 아카데미 다방이다. 거구의 호인, 한마디로 이러한 인상을 나에게 주었다. 장선생은 김 선생의 말 한마디로 출판을 결정하고 회현동 자택으로 나를 인도했다. 초면인데도 이것저것 참으로 친절히 대해 주어서 나는 가슴이 꽉 찼었다. 또한 좋은 문학 서적이 가득히 찬 호화스러운 서재에서 기서저것 작품을 고르기 시작하고 이력저력 하다가 저녁이 들어왔다. 또한 장정은 역시 김 선생의 의견으로 김 경린씨가 하기로 했다. 이렇게 되어서 나오게 된 것이 나의 첫 시집 『버리고 싶은 유산』이다. 1949년 7월 5일이 그 발행일이다.

나는 경성 사범학교(지금의 사대)에서 은사 신 기범(辛驥範)(당시

부학장)선생이 학생 테러에 얻어맞아 돌아가신 후 인천-지금의 제물
포-고등학교(당시 6년제 인천중학교)로 자리를 옮겨가기도 하고 즉시
옮겨 놓고 있었다. 이동안 혼자서 써 보던 작품들이다. 물론 문학을
생각한 것도 아니다. 다만 쓸쓸해서 그 쓸쓸한 시를 썼을 뿐이다. 이
러한 시로부터 시작이 되었다.

잊어버리자고
바다 기슭을 걸어보던 날이
하루
이틀
사흘

가을 가고
조개 줍는 해녀의 무리 사라진
겨울 이 바다에

잊어버리자고
바다 기슭을 걸어가는 날에
하루
이틀
사흘
　　　-(「추억」 전문)

혹은

바다

겨울 바다는
저 혼자 물소리치다 돌아갑디다.

아무래도
다시 그리워
다시 오다간 다시 갑디다

해진 해안선에 등대만이
말 모르는 신호를 반복하지만
먼 바다 소식을 받아주는 사람 없어

바다
겨울 바다는
저 혼자 물소리치다 돌아갑디다.

    -(「해변」 전문)

「존재」라는 흐린 바다 기슭에서 혼자 쓸쓸히 배회하던 날의 자화
상 같은 이러한 유형의 시들이었다. 지금 생각나지만 〈형상〉이라는 동

인지가 있었다. 그러니까 내 첫 시집이 나오기 전이다. 나는 이 동인지에서 김 창석(金昌錫) 시인이 번역한 보들레르의 「음악」이라는 시를 읽었고, 나의 시도 실리게 되었다. 어물어물하다가 동인이 된 거다. 동인이라는 뜻도 의식하지 못하고서.

동인지 〈형상〉 핵심 멤버는 천 성환(千成煥), 조 모, 지금 이름은 까먹었지만 장발 시인이라는 시인이었다. 그들에겐 약간 프로 냄새가 있었다. 창석이나 나는 생리적으로 그러한 것은 싫은 성질이었다. 천 성환 시인은 경성 사범학교 선배이고 창석은 미동 초등학교 동창이다. 창석은 워낙에 서울 서대문 토박이 부자집 아들이었다. 그는 미동 학교를 나오자 동경으로 유학을 갔다. 동경 고사(高師) 시절 내가 그를 만났을 땐 그는 「아테네 프랑스」 고급반에서 불어를 공부하고 있었으며, 그림을 그리고 있었다. 그의 형님은 김 창억(金昌億)씨(지금 홍대 교수)는 제국 미술학교 연구반에 있었다. 반 고흐의 형제로서 예술생활을 하고 있었다. 나는 일요일이면 때때로 삼병구 삼곡정(杉並區 三谷町)에 있었던 그의 아름다운 아뜨리에에 들리곤 했었다. 장미 덩굴로 둘러싸인 모던한 그의 아뜨리에는 그림만 같았다. 그는 소도 선삼랑(小島善三郞)(화가)이니, 무자소로실독(武者小路實篤)(문인)이니……하는 사람들과 친분이 두텁다는 이야기를 하며 릴케, 헤세, 로망 롤랑, 마라르메, 발레리, 베르그송 등의 계열의 시인·철학가들의 이야길 많이 했다. 특히 마라르메, 발레리, 베르그송에 관해서 나는 당시 고사(高師)에서 물리·화학을 공부하고 있었기 때문에 이 아뜨리에에서 많은 예술의 냄새를 맡으며 황홀하기도 했다. 특히 그림과 불란서 문학에서 많은 지식을 얻기도 했다. 마라르메, 발레리, 베로

그송 그리고 도스토예프스키는 그 당시 일본 학생들 간에 하나의 유행이었다. 그리고 해방 후 〈형상〉 동인지에서 같이 되었다. 이 동인지 발행비는 창석이가 전담한 걸로 알고 있다. 이 시절 창석과 내가 자주 드나든 다방은 라·뿌륨이었다. 명동, 지금의 유네스코회관 자리쯤에 있었다. 6·25 때 다 없어졌지만 아주 조그만 아담한 찻집이다. 어쨌든 그러한 예쁜 찻집이어다. 이곳에서 나는 전 봉래(全鳳來) 시인을 만나게 되었다. 봉래씨는 늘 심각하고, 우울하고, 깨끗하고, 그리고 혼자였다. 그가 부산서 자살할 때까지 이러한 나의 인상엔 변함이 없었다. 참으로 고독한 발레리였다. 그는 발레리는 좋아하고 바하를 무척 좋아했다.

나는 페노발비탄을 먹었다.
30초가 되었다. 아무렇지도 않다.
2분 3분이 지났다. 아무렇지도 않은 것 같다.
10분이 지났다.
눈시울이 뜨거워진다.
찬란한 이 세기에 이 세상을 떠나고 싶지는 않았소. 그러나 다만 정확하고 청백히 살기 위하여 미소로써
바하의 음악이 흐르고 있소.
　　 - 그리운 사람에게(원문대로)

이러한 유서를 던지고 부산 남포동 지하실 스타 다방에서 사라졌지만 그는 과묵하고 무언가를 심각하게 고민하고 있는 듯한 인상, 마

침내 이 세상에 자살을 하러 나온 사람 같았다. 나는 그가 웃는 것을 처음으로 평양에서 보았다. 그렇게 그는 웃는 일이 없었다. 6·25 동란 때 평양으로 그는 먼저 종군하고 있었다. 그는 신 상초 형과 새로운 공기를 마시러 평양에 가길 약속한 일이 있었다.

강형과 나는 11월 중순 군용 트럭에 실려 먼저 평양으로 떠났다. 그때 평양에서 우연히 전 시인을 만났다. 「조형!」하고 반갑게 웃는 얼굴, 그가 웃는 걸 처음 보았던 거다. 「그도 웃는 같은 인간이로군!」하는 생각이 문득 들었다. 그만큼 그는 웃는 사람이 아니었다. 그는 새빨간, 진실로 진홍빛 그대로의 새빨간 머플러를 하고 있었다. 카키 제복에, 전투모에, 군화에, 그 끈 단정하게 넥타이를 매고, 단정한 양복으로, 단정한 신사화로, 항상 매끈하게 라·뿌륨에 앉아 있었던 매끈한 고독인이 아니었던가, 반전주의자처럼. 그런데 평양에서의 그는 전혀 다르다. 멋으로 프랑스 전선에 나타난 아뿔리네르였다. 「전쟁은 애수다」하는 생각이 휙 지나갔었다. 나도 반가웠다. 그렇게 말이 없던 그가 이렇게 반갑게 말을 붙이니, 소주를 마셨다. 그리고 부산에서 만났다. 평양에서의 그 모습이 아니었다. 피곤한 창백, 이런 말을 쓸 수가 있을까. 그렇다면 바로 그대로였다. 돈 한 푼 없이 시(詩)에 떠있는 노상의 인간, 그게 봉래 형이었다. 자살하던 날 바로 오후였다. 「밀다원」에서 그를 만났을 때 「조형, 나 찻값 좀 주오」 그 정도로 그는 참혹했었다. 그러나 누구에게나 이런 말은 하지 않는다. 그는 정신의 귀족이었으니까.

나는 몇 푼인가를 서로 나누어 가지고 그와 헤어져서 금강다방으로 갔었다. 그날 밤도 국제시장, 남포동 등지에서 만취가 되어 송도로 돌아갔었다. 그땐 송도에 집이 있었다. 그런데 아침에 온 기별이 전형의 자살이다. 아, 이렇게 될 줄 알았더라면 어젯저녁 같이 술이나 했을걸. 왜 자살을 했는지 지금도 아는 사람이 없다. 유서처럼 정확하게! 청백하게! 살기 위해서라니까. 그러나 전형의 경우 너무나 청결한 고독이었다. 프랑스어의 단어처럼 나는 그의 평양의 웃음에 답하여 조시(弔詩)를 하나 발표했었다.「라·뿌륨」의 맑은 광선.

김 창석은 그후『둔주곡(遁走曲)』이라는 시집을 내고 정음사 최영해 사장의 호의로 로망 롤랑의『장 크리스토프』를 번역 출판하고, 제2시집『하루』를 역시 정음사에서 냈다.

나의 첫 시집『버리고 싶은 유산』이 나오고, 김 선생, 김 광균, 이 봉구, 양 병식, 김 경린, 장 만영 여러분들이 출판을 기념하는 저녁을 가져 주었다.

서울에서 인천으로 자동차로 달려 그곳 중화루라는 중국 집에서 가졌던 걸로 기억한다. 그날 나는 어찌나 배갈을 많이 마셨던지 그 빨간 인천 바다의 저녁놀을 지금도 잊을 수가 없다. 한국 문인들과 한 자리 한 것도 처음이었다. 김 광균씨도 초면이요, 이 봉구씨도 처음이요, 양 병식도 처음이다. 모두가 처음으로 당하는 한국 문단이었다.

해방 후 나는 우리 나라 시집을 빠짐없이 사들였다. 우리말을 다시 배울 겸, 우리 나라의 시를 알 겸, 위안을 얻을 겸, 그러나 웬일인지 하나도 마음에 맞는 시들이 없었다. 그 중에서 단 한 권 윤 동주 시집『하늘과 바람과 별과 시』가 마음에 들었다. 많은 감동으로 읽었다. 이 시집이 계기가 되어 그 후 연희전문학교 시인의 동창 박 창해(朴昌海)(지금 연대 교수), 정 병욱(鄭炳昱)(지금 서울대 교수)씨들을 알게 되었다. 이렇게 나는 애초부터 문단을 모르고 문단·문인 속으로 끼어 들어 갔던 거다. 그날 밤 처음으로 한국 문인들과 마시던 술, 다만 고마운 마음뿐이었다. 이것이 한국의 대표적 모더니즘의 그룹이라는 것은 나중에 알았지만, 대번 박 인환이라는 시인이 나에게 뛰어들었다.

소공동 아카데미 다방, 하루빈 다방이 우리들의 출몰지가 되어 자주 이곳에서 나는 장선생, 김선생, 인환, 이 봉구씨를 만나곤 했다.

그러다가 장선생이 하루빈을 경영하게 되고부터는 줄곧 이곳에서 시간을 보냈었다. 이곳에서 정음사 최 영해 사장을 처음으로 알게 되었다. 그리고 송 지영, 정 비석, 박 계주, 채 정근(蔡廷根), 노 천명, 김 창집 제씨를. 아카데미 다방은 조선호텔을 남쪽으로 건너편에 있었고, 하루빈 다방은 지금의 국제호텔 입구쯤에 있었다. 하루빈 다방엔 나의 초기 유화 「월미도」(8호) 풍경이 걸려 있었다. 물론 6·25 동란 때 분실, 장 만영씨는 배천(白川) 온천장에 농장을 가지고 있어서 신선한 채소를 남대문 시장에 내놓고 있었다. 또 『산호장』에선 모던하고 호화스러운 책들만 출판하고 있었다. 김 선생의 『기상도』도 그 무렵 다시 인쇄되어 나왔다. 그리고 장 만영씨 자신의 시집 『양(羊)』, 『축제 (祝祭)』, 『유년송(幼年頌)』도.

아침 10시나 11시쯤 하루빈에 들르면 최 영해 사장을, 밤 9시나 10시쯤 오다가다 들르면 송 지영씨를 만나곤 한다. 최 영해 사장(본인은 이 사장이라는 말을 그리 좋아하지 않지만)은 아드님 최 동식 군과 항상 동행이고, 송 지영씨는 어느 아름다운 부인하고 동행이다. 동식 군은 그때 몇 살이었는지 아주 어린 유년이었다. 지금은 벌써 버지니어 주립대학 대학원에서 화학으로 박사 학위를 마치고 있으니, 결혼해서 부부가 다 부자간이 서로 마주 앉아서 커피를 마시고 있는 광경이 하도 우리 나라에선 드문 광경이어서 퍽 사랑스러운 풍경으로 보였다. 참 좋은 아버지다 하는 생각이 들곤 했다.

늦은 밤 소곤소곤 다정스럽게 소곤거리던 송 지영씨의 그 모습, 역시 때때로 생각나는 풍경이다. 그때 송 지영씨는 〈태양신문(太陽新聞)〉에 관계하고 있었던 걸로 안다.

이 무렵 서울 고등학교엔 문인으로 황 순원씨가 같이 있었고 김 광식씨도 같이 있었다. 김 광식은 아직 소설에 손을 대지 않은 때다. 그리고 고 유창돈(劉昌惇), 안 병욱, 박 노식, 신 상초, 강 봉식(康鳳植), 이 종구(李鍾求), 이 해창(李海暢), 서 수준(徐守俊), 이 성삼(李成三) 제명사들이 같이 있었다.

그런데 역시 같이 있었던 소양 김 용묵(素羊 金龍黙)씨의 주선으로 공식적으로 시집 「버리고 싶은 유산」의 출판 기념회를 갖게 되었다. 소양 선생은 지리를 담당했었고 지금은 중·고등학교 교장이시다. 장소는 플라워 다방, 이 플라워 다방은 지금의 〈경향신문〉 부근에 있었으며, 한국청년문학가협회, 한국문학가협회측 회원들의 집합소 같은 다방이었다. 때문에 우익 문인의 총본산 같은 곳이었다. 나는 어머님을 모시고 참석을 했다. 처음 공식으로 대면하는 문단·문인들의 회합이었다. 사회는 박 목월 시인이 맡아 주었다. 물론 초면이다. 역시 소양 선생의 주선으로 그렇게 된 거다. 지금 생각나는 대로 그때 모인 문인들을 적어 보면 김 동리, 서 정주, 황 순원, 홍 효민, 최 태응, 조 지훈, 양 운한, 조 연현, 이 한직, 김 윤성, 곽 종원, 노 천명, 김 광균 제씨, 그리고 끝날 무렵 만취가 되어 이 봉구씨가 씨의 애인과 더불어 나타났었다. 그리고 주사를 한바탕 부렸었다. 그리고 거의 서울 고등학교 선생들이었다. 나는 먼저 말한 것처럼 처음으로 우리 문인들과 알기 시작해 들어가던 무렵이라, 누구가 누군지 얼떨떨하기만 했었다.

좌익 문인이 하나도 끼어 있지 않은 것이 기억에 남는다. 시종 박목월 시인이 장내를 부드럽게 이끌어 주어서 수줍은 내 첫 출판 기념회는 그런대로 따뜻하게 넘어간 것 같았다. 이 봉구씨의 주정을 빼놓고선.

이날 밤 이후 나는 한 사람 두 사람 명동으로 명동으로, 한국의 예술인촌으로 발을 옮겨 들어가기 시작했었다.

명동으로 깊이 들어가면 피가로라는 다방이 있었고, 돌체라는 다방이 있었다. 피가로엔 김 선생의 그룹이 많이 드나들고, 돌체엔 이 봉구씨를 비롯해서 고전 음악을 좋아하는 예술인들이 출몰했었다. 그리고 지금의 명동 어린이공원 부근에 명동장, 무궁원이라는 대중 목로주점이 있었다. 이 명동장, 무궁원이 6·25 동란 전까지 명동 예술인들의 소굴이었다.

빈대떡 지지는 냄새 생선 굽는 냄새 그 연기, 곱창 불고기 굽는 그 냄새 그 연기, 그 냄새와 연기 속에 자욱이 들어들 박혀 저무도록, 실로 저무도록 술을 마시곤 했다. 좌익과 우익의 날카로운 시선 속에서, 신경 속에서 욕설과 불평불국이 몽땅 모여 있는 장관이었다.

저녁이면 나는 〈경향신문〉 문화부장(당시) 김 광주씨와 자주 이곳에 들렀다. 〈경향신문〉엔 안 수길, 정 충량, 최 영수 제씨가 있었다. 곧 친분을 갖게 되었다. 김 광주씨는 말이 없는 분이다. 여간해서 홍

분도 하지 않는다. 그저 마시고 마시고 허허 웃을 뿐이다. 그러나 일반 기분 상하는 일이 있으면 그 주정과 그 호통, 금할 길이 없다. 그런 분이었다. 대륙적인 성격이 있으면서 서울 사람의 기질이 강한 분이다.

중국을 뿌리로 하고 있는 동양적인 예지와 서울을 바탕으로 하고 있는 칼날 같은 성분이 잘 배합되어 있는 분이다. 따라서 순한 것 같지만 강하고, 약한 것 같지만 강인한 체질을 가지고 있는 분이다. 김 선생의 외상은 유명하였다. 어디고 외상이 통하지 않는 곳이 없다. 그것도 한두 푼의 외상이 아니다. 쌓이고 쌓이고 더께같이 쌓이는 외상이다. 그러나 누구를 해롭게 하는 외상이 아니다. 주인에게도 기분이 좋은 외상이고, 손님에게도 기분이 좋은 외상이다.

아무리 외상이 쌓이고 쌓여도 「언젠간 저분이」하는 서로 믿는 외상이었다. 이때 김 수영이 나타났다. 수영은 이때부터 그가 불의의 사고로 세상을 훅 떠날 때까지 참으로 줄곧 서로 통해서 지냈지만 때로 언성을 높인 적도 있었다. 술에 취하면 그는 말버릇처럼 나는 「부르조아」이고 자기는 「프롤레타리아」라는 것이다. 나는 귀족이고 자기는 서민이라는 것, 그러나 다음날 다시 만나면 힉 웃어 버리고 「병화 다시 한잔 하자」하는 성격의 시인이었다.

참으로 좋은 시질(詩質)을 가지고 좋은 지식을 가졌던 시인이었는데 무정하게도 먼저 떠나 버렸다. 박 인환도 매한가지다. 그러나 인환은 그러한 지저분한 이야긴 하지 않았다. 항상 흥분해 있었고 항상 매서운 감각으로 무언가를 찾고 있었고, 시, 시의 멋을 부리고 있었다. 탁주를 마시는 데도 그는 항상 멋쟁이로 걸쳤었다. 항상 누구에게

지기 싫은 그의 성격, 그도 지금은 곁에 없다.

한번 이런 일이 있었다. 「병화! 너 기분 나쁘다. 넌 왜 김 광주씨만 만나면 그렇게 좋아하니?」- 물론 그도 김 광주를 존경하고 좋아했다. 그러나 자기와 같이 있는 시간이 없다는 불평 아닌 불평이었다. 그는 여간해서 다른 사람에게 돈 애긴 하지 않는다. 그러나 나에겐 「병화! 돈 있어?」 하는 다정한 벗이었다. 수영이나 인환은 언제나 작품을 대해 놓고 읽을 때면 눈을 척 감고, 심각한 표정으로 반 배우가 되어 시를 읽는다. 멋으로, 지금은 이런 벗도 없다. 인환은 이 무렵 〈신시론 (新詩論)〉이라는 동인지를 내고 있었다. 그러나 나는 생리적으로 그룹이라는 걸 싫어했었다.

이 봉구씨나 이 진섭이가 나타났다. 봉구씨의 재치있는 이야긴 술집의 일미였다. 어떻게나 재치있는 이야길 하는지 폭소가 터지곤 했다. 그렇게 재미있는 선량한 문학의 선배, 씨도 지금은 기운이 없어 자주 나오질 않는다.

그러나 그때엔 아무렇게나 통금 시간이 될수록 술을 찾는다. 끌고 나오려 해도 기운이 장사다. 「임마 술 한잔 더 해!」-취하면 누굴 보나 임마다. 이헐 땐 슬그머니 먼저 나와 버리는 게 제일이다. 우리가 다 없는 걸 알면 고요하게, 실로 얌전하게 모든 걸 다 잘 꾸려 가지고 나온다. 그리고 곧잘 자동차를 잡아타고 집으로 돌아간다. 봉구는 그러한 서울 사람이다.

이 집에서 화가들도 많이 만났다. 수화 김 환기(樹話 金煥基)씨, 이 봉상(李鳳商)씨, 그리고 최 모씨, 김 환기씨는 지금 뉴욕에서 활약을 하고 있고, 이 봉상씨는 한 달 전에 벌써 작고를 했다. 이 봉상씨는 경성 사범학교 선배이기도 하다. 세상 무상, 53세로 세상을 떠나다니. 최모씨는 항상 멋있는 고급 복장을 하고 나타났다. 그러나 늘 이야긴, 없는 이야기다. 가난한 이야기다. 어느 추운 겨울밤이었다. 나도 대단히 취해 있었다. 집으로 같이 가 자자는 거다.

나는 그의 그림을 좋아하고 있었기 때문에 그의 아뜨리에를 볼 겸 같이 하룻밤을 지내기로 하고 동행을 했다. 가본즉 알뜰한 귀족의 살림이었다. 집은 그리 크진 않았지만 장작도 잔뜩 쌓여 있었고 가구들도 고급, 아뜨리에엔 아름다운 그의 그림으로 가득한 게 아닌가. 그날 밤, 나는 그가 하라는 대로 그의 부인과 그의 장모와 그와 한방에서 넷이 나란히 자고 나왔다.

불을 땐 방이 하나밖에 없었다. 아놀 때 그의 아뜨리에에서 꽃을 그린 정물(12호) 하나를 가지고 나왔다. 그 전날 학교에서 받은 보너스를 봉투째 요 밑에 밀어 넣고.

이러한 생활을 하는 동안 나에겐 제 1시집보다 좀 질이 다른 작품들이 모여들었다. 역시 산호장에서 간행하기로 하고 묶은 것이 나의 제 2시집 『하루만의 위안』. 1950년 4월 13일이 그 발행일로 되어 있다. 이 시집은 같은 고향인 이 태식(李泰植) 선생이 출자를 해주었다. 이선생은 지금 이화여중 앞에 있는 『대한미술정관사』의 사장이다.

대단히 어려운 살림으로 고향을 떠났으나 서울서 고생 끝에 대단히 성공을 하시어 지금은 한국에서도 유명한 사진 인쇄소의 사장이다. 만날 때마다 「병화, 한잔 할까」 하며 늘 나를 아껴주더니 지금은 이제 고령으로, 「자네도 이젠 술 고만하게 이렇게 되네. 고혈압이야, 술이 이젠 되지 않아, 하기야 칠십에 가까워 오니까」

장정도 내가 하고, 조판도 내가 하고, 제본도 내가 간섭을 하고 해서 나온 책이어서 더욱 애착이 가는 책이었다.

그러나 6·25가 터져서 이 시집은 배본도 채 되지 않은 채 없어져 버리고 말았다. 명동에 있던 『건국사』라는 출판사를 겸하고 있는 서점에 위탁 판매를 했는데 6·25 바람에 다 이 집 책들이 날아가 버린 거다. 실은 이 시집에 담겨져 있는 작품들이 이러한 동란을 예감한 것들이다. 불안과 초조·공포 속에서 몸을 사리며 나의 생리를 살던 시절의 작품들이었으니까. 좌익이고 우익이고 나는 생리적으로 그룹이 싫었다.

항상 이용만 당하는 꼴을 하도 많이 본 것도 있지만, 자기를 그 속에서 건져낼 수가 없을 것 같았다. 그리고 나를 지킬 수가 없을 것 같았다. 나는 나를 산다, 자아를 산다, 나의 생명은 내가 처리를, 하는 생각이 강했기 때문에 그룹에 끼어서 몰려다니는 것이 싫었다. 도매 가격으로 넘어가는 인간의 가치, 그걸 견딜 수가 없었다. 또 우익이고 좌익이고 매사 그러한 것엔 자신이 없었다. 따라서 나는 이것도 아니고 저것도 아닌 그냥 나였다. 약한 나였다. 아무 데도 속하지 못하는 시류에서의 누락자 그 나였다. 아니 현실에서의 이방자, 그 고독한 역사의 응시자였었다. 나에겐 나의 마을이 없었다. 따라서 현실하곤 한 발짝 떨어진 자리에서 움직이고 있었다. 누구에게서나 한 발짝 떨어져 있는 곳에 나의 자릴 설정해 놓고 가만가만 그 역사를 살고 있었다.

그러나 한 인간으로 희원(希願)의 길을 혼자 열어 놓고 깊은 우물 속에서 올려다보는 좋은 하늘의 별처럼 그 인간을 마음의 눈으로 보곤 했다. 그 인간은 알버트 시바이처, 아프리카 검은 대륙의 태양이었다. 학교 시절 나는 그 저서 『나의 사상과 생활에서』라는 그의 자서전 같은 것을 읽고 참으로 감동한 일이 있었기 때문이다. 거대한 인간, 참으로 정신의 거인, 이러한 이미지로 나는 항상 그를 사모하고 왔던 거다. 로망 롤랑이나. 헤르만 헤세나, 릴케나, 한스 카로사 같은 인간들의 계열을 읽은 이유도 이분들이 모두 같은 휴머니즘의 사상을 가지고 있었기 때문이다. 말하자면 같은 정신의 마을 사람들이었기 때문이다. 이러한 정신 상태로 살고 있었기 때문에 시집 「하루만의 위안」을 알버트 시바이처에게 데디케이트했던 거다. 「위대한 인간 완성, 알버느 시바이처에게」-이러한 헌사(獻詞)로써 이 시집은 시작하고 있다.

좌익과 우익의 피비린내 나는 백주(白晝)의 조국에서 나는 할 바를 모르고 있었던 거다. 「인간이여, 인간으로, 인간에서, 인간을」그저 인간이 그리울 뿐이었다.

어느 날 한 독일인이 찾아왔다. 나중에 안 것이지만 아버지는 독일인이고 어머니는 일본인이었다. 헤르만 실망(Herman Schilbam)이라 했다. 시집을 읽고 왔다는 거다. 알버트 시바이처를 자기도 사모하고 있는데 저녁이라도 같이하자고 했다. 유창한 일본말을 했다. 명동 깊숙이 스시큐(壽司久)라는 일인 요리집이 있었다. 이곳에 잔유하고 있는 일본 부인이 한국인을 남편으로 경영을 계속하고 있던 왜식집이다. 헤르만의 단골집이었다. 우린 3층으로 안내되었다. 한 잔, 두 잔, 석 잔으로 오고가는 잔 수가 제법 무거워져 갔다. 헤르만은 과묵한 신사였다. 나보다 두서너 살 위로 느껴졌다. 술이 돌자, 마음이 돌고, 말이 돌았다.

그는 인천에서 탄생, 경성중학(지금의 서울고등학교)를 졸업, 동경 상지대학을 다니다가 베를린 대학으로 유학, 제2차 대전시 독일 학병 으로 출전, 휴전 후 귀국, 인천에서 고아원 경영, 자기 아버지의 세창 양행(世昌洋行)을 계승 등의 약력을 들었다. 원은 경제학이 전공, 헤르만은 한국 말은 잘 하지 못하지만 한국어는 알 고 있었다. 알버트 시바이처 얘기가 나오고, 베토벤 얘기가 나오고, 바하 얘기가 나오고, 위대한 독일의 예술가 얘기들이 많이 나왔다. 그러나 대단히 수줍어 말하는 깊은 사람이었다. 그날 밤 얼마나 마셨을까, 술로 몸이 완전히 젖어서 휘청휘청 계단을 내려온 기억이 난다.

다음날도 하학 후 그의 사무실에서 만나 그 3층 방으로 갔다. 그날도 휘청휘청 계단을 내려오고 헤어졌다. 다음날도 역시 하학 후 그의 사무실에서 만나 그 3층 방으로 갔다. 그리고 휘청휘청 내려와선 헤어졌다. 이것이 계속되고 마음속에 깊이 간직했던 단 하나의 그의 실연의 시를 들었었다.

자작나무 피부에 상처를 내며
소리 없이 당신을 불러 보오.

우리말로 옮기면 대충 이렇게 된다. 이렇게 두 줄을 일본어를 중얼 중얼하더니 빙그레 웃으며 「조선생, 이것도 시가 됩니까? 되면 나도 세상에 나와서 시 한 편 쓴 게 됩니다」 이렇게 수줍은 어조로 말을 한 다. 여간해서 그는 먼저 자기 이야길 안 하는 깊은 사나이였다. 참으로 어감이 좋았다. 그리고 얼마나 순진한 말인가! 그리고 얼마나 솔직한 말인가. 그리고 얼마나 정다운 진실인가. 이 시엔 사연이 있다는 거다. 어머니의 나라인 일본으로 유학하고 싶어서 자기 아버지의 말에 반대해서까지 동경으로 유학을 갔다는 것, 독일 계통의 대학이어서 상지(上智) 대학에 들어갔다는 것, 들어가보니 일본이 싫고 일본인이 싫어졌다는 것, 고독했다는 것, 그래서 매일 술집에서 세월했다는 것, 그런데 지금 그 이름은 잊었지만 어느 바에서 첫 눈에 든 까만 아가씨가 있었다는 것, 그래서 매일 저녁이면 바에서 돌아가고 싶을 때까지 앉아서 술을 마셨다는 것, 그러나 한번도 그 아가씨하고 술을 마시지 않았다는 것, 그만큼 수줍었다는 것, 물론 그 아가씨의 이름은 알고 있었다는 것, 만은 세월을 이렇게 보내다가 병이 날 것 같아서 아버지의 권유도 있고 해서 베를린행을 결심했다는 것, 집에서 온 여비로 시베리아 경유 베를린까지의 차표를 사놓고 마지막으로 그 바에 갔다는 것, 그리고 한마디도 그 아가씨에게 (역시) 말을 걸지 못했고 그 길로 중앙선을 탔다는 것, 상지 대학의 휴태 산장(山莊)으로 갔다는 것, 겨울 산장에 있던 자작 나무 백화(白樺) 껍질에 그 아가씨의 이름의 이니셜을 새겼다는 것, 무심코 그리고 자기도 모르게 이 말이 튀어나왔다는 것, 이쯤 들어보니 대단한 연정이고 대단한 아름다움이다. 허허 그런 일이 있었습니까. 잔을 권했다. 나는 헤르만의 이 아름다운 비밀을 듣고 그날 밤 마침내 내가 내 고백을 한 것처럼 까닭 없는 연정에 흥분해서 마시고 주고, 주고 마시고 시정과 연정에 취해 버렸다. 그 날 밤 어떻게 돌아갔는지 기억에 안 날 정도로 그는 실연의 천재, 그의 말이었다. 이튿날 잠이 깨서 사방을 돌아다보았다. 방은 분명히 텅 빈 내 방이었다. 그러나 옷은 입은 채였다. 이때 나는 서울 고등학교 도서관 2층에서 혼자 침대 생활을 하고 있었던 거다. 물리도 귀찮아져서 수학 선생을 하고 있었다. 수업만 지키곤 김 원규(金元圭) 교장 몰래 서대문 고개에 있었던 다방 자연장(紫煙莊)에서 인생을 회의하고 고민을 했다. 김 교장은 좀 명예심이 강했지만 멋이 있는 교장이요, 다정한 교장이요, 눈물 많은 교장이요, 잘 통 할 수 있는 인간이었다. 한때 많은 문제를 던졌지만 그는 추진력을 가진 교장이었다.

호랑이라고 했고, 그러나 다정다감하고 사정을 잘 봐주던 교장이었다. 김 교장은 나를 자기의 후배처럼 모든 일에 있어서 참 나의 일을 잘 봐주었다. 10년 같이 있는 동안 담임 한번 하지 않았다. 덕분에 참으로 많은 책을 읽을 수가 있었고, 호탕할 수가 있었고, 고민할 수가 있었고, 「고독의 자유」를 누릴 수가 있었다.

아침에 일어나선 세수를 하고 싶으면 하고, 아침을 사 먹으러 나가고 싶으면 나가고, 안 나가고 싶으면 굶고, 그저 생각 속에서 뒹굴고 있었다. 그러나 수업을 까먹는 일은 없었다. 오전 빈 시간엔 자연장에서, 오후엔 때때로 운동장에서 럭비 연습을 봐주고 저녁이면 어슬렁어슬렁 명동으로 나간다.

낙엽에 누워 산다.
낙엽끼리 모여 산다.
지나간 날을 생각지 않기로 한다.

낙엽이 지닌 하늘가
가는 목소리 들리는 곳으로
나의 귀는 기웃거리고
얇은 피부는
햇볕이 쏟아지는 곳에서 초조하다.

항시 보이지 않는 것이 있기에 나는 살고 싶다.
살아서 가까이 가는 곳에 낙엽이 진다.
아, 나의 육체는 낙엽 속에 이미 버려지고
육체 가까이 또 하나
나는 슬픔을 마시고 산다.

비내리는 밤이면 낙엽을 밟고 간다.
비내리는 밤이면 슬픔을 디디고 돌아온다.

밤은 나의 소리에 차고
나는 나의 소리를 비비고 날을 샌다.

낙엽끼리 모여 산다.
낙엽에 누워 산다.
보이지 않는 곳이 있기에 슬픔을 마시고 산다.
　　　　-(「낙엽끼리 모여 산다」 전문)

이 시는 이 시절 이러한 나의 내면의 광경을 중얼거린다. 물론「하루만의 위안」속에 들어 있는 시다. 인생은「하루」같은 것, 헤르만을 만나러 가는 거다. 아니면 김 광주씨, 아니면 이 봉구씨, 아니면 박 인환, 김 수영, 아니면 나와 같은 조국에 있어서의 그 보헤미언들을. 슬픔을 디디고 돌아오지만, 이것이 6·25 동란까지의 나의 생활이었다.

6·25가 터졌다. 그리고 서울이 터졌다. 그리고 명동이 터졌다. 그리고 우리들의 생존이 터져 버렸다. 그리하여 우리들은 뿔뿔이 헤어지고, 갈 사람 가고, 숨을 사람 숨고, 백주의 공포가 계속되었다. 실은 터질 것인 터진 것뿐이었다. 붉은 공산 물결은 피비린내 나는 야만이었다. 도주와 반격, 다시 피난, 최후로 우리들은 하나하나 부산 광복동, 남포동으로 모여들었다. 금강 다방, 밀다원이 우리들의 카사브랑카, 명동의 무궁원, 명동장을 그대로 옮겨다 놓은 것처럼, 모두들 전쟁에 몰려 내린 구면들이었다. 수많은 일들이 이곳에서 전개되었지만, 다시 명동으로 이야길 돌리기 위하여 몇 가지만 기록해 본다.

나는 이곳에서 처음으로 김 소운 선생을 역시 김 광주씨의 소개로 알게 되었다. 동경 유학 시절, 암파 문고에서 김선생의 저서를 읽고, 선생을 조국의 별처럼 사모하고 있었던 터였다. 파이프와 스틱, 굵은 음성이 기억난다. 그날 밤 김선생의 안내로 남전(南電) 주식회사 부근에 있던 작은 오막살이 술집에서 광주씨, 이 명온 여사, 조 영암, 나 이렇게 맑은 정종을 마셨다. 이 집은 김선생의 단골집의 하나, 김선생이 나타나면 다른 손님은 아예 받질 않는다. 대여섯 명이면 꽉 찰 정도의 좁은 집이기도 했지만 김선생의 단골집은 대개가 이렇게 외지고 사람들이 잘 찾아 주지 않는 작은 오막살이 가난한 술집들이었다.

손님이 없는 술집, 그런 집을 골라서 팔아 주는 정의, 낭만, 그 눈물이 있었다. 「살아있는 옥편」이라는 천재 외교관 장 철수(張徹壽) 선생! 자학과 폭음으로 결국 서울 노상에서 객사를 했지만 장선생도 만나면 안 팔리는 술집을 찾아들곤 했다. 이러한 속에서 나는 김선생과 깊이 정들어 갔었다. 결백과 자존, 비속과 순수 「벌레 같은 고독」(김선생의 시 구절)을 고귀한 순수 노비로 철저한 「나그네」를 숙명처럼 사시는 모습, 실상 김선생은 생활이 문학이고, 문학이 그대로 생활이었다.

이 무렵 나는 나의 외로움과 허전함을, 실은 김 소운, 김 광주 두 선생에게 의지해서 살았던 거다. 이 무렵 하루같이 만나서 실로 엉켜서 지냈던 얼굴들, 한 노단(韓路檀)(당시 부산대학 교수), 조 좌호(曹佐鎬)(당시 부산대학 교수), 이 해랑씨를 중심한 신협 친구들, 전 창근(全昌根), 박 남옥(朴南玉)(영화감독), 이 진섭, 박 인환, 이 한직, 박 성환(당시 〈경향신문〉 기자), 박 원대(朴遠大), 신 태민, 박 기원, 이 명온, 박 연희(당시 자유세계 편집), 모 기윤, 원 응서(당시 〈문학과 예술〉 편집), 김 용팔, 김 환기, 이 인범, 이 중섭, 임 긍재, 김 내성, 윤 용하, 김 승호 제씨…… 그리고 때때로 대전에서 내려와선 그리운 벗들의 냄새를 맡고 올라가곤 하던 윤 경섭씨, 한 노단씨(본명, 韓孝東)는 말이 없는 사람, 항상 굵은 그리니치 파이프를 물로 털모자를 쓰고 있었다. 술집에서 처음 인사를 했을 때도 하도 말이 없어서 저 사람 무엇하는 사람이요, 물은즉 「아나키스트!」 한마디로 허허 웃던 김 광주씨의 대답. 아무리 취해도 마냥 그대로 다정만한 아나키스트, 그러나 한 노단씨는 아나키스트는커녕 충실한 대학 교수(영문학 특히 세익스피어)이며 사상이 지극히 온건한 극작가였다. 그때부터 지금까지 20년 가까이 술자릴 같이하지만 무궁무진한 인간이 들어있는 「너무나도 인간적」인 생활인, 그것이 한 노단씨였다.

　일체의 구속이 싫어
　그럴 때마다 가슴을 뚫고 드는
　우울을 견디지 못해
　주점에 기어들어 나를 마신다.

　나는 먼저 아버지가 된 일을
　후회해 본다.

　필요 이상의 예절을 지켜야 할
　아무런 죄도 나에겐 없는데
　산아간다는 것이 지극히 우울해진다.
　　　-(「酒店」 일부)

　이러한 시를 〈경향신문〉에 발표한 것도 이 무렵이었다. 나는 이 시로서 또 한 분 귀중한 분을 알게 되었다. 김 규성(金奎成) 선생, 김선생은 당시 〈경향신문〉의 총무국장이었다. 당신의 시를 읽고 「당신을 만나자는 분이 있으니 신문사로 오시오.」 당시 문화부장으로 있던 김광주씨의 이 전갈을 받고 만난 분이 바로 김 규성 선생이었다. 그날 밤 남포동에 있던 오리서스 클럽에서 진 피스를 같이 들었다. 하지만 김 선생이 역시 그리 말이 없는 분, 「독한 양주처럼 고독한 분」이었다. 독한 술을 고독하게 마시는 버릇을 나는 김선생에게서 배웠다. 독한 술처럼 독하게, 그처럼 깊고 투명하게, 그리고 그처럼 철저하게, 나의 고독이여!

사실 김선생은 그러한 분이었다. 철저한 사무가이기도 하지만 고귀한 고독과 낭만을 지닌 지성인의 냄새가 독한 양주처럼 풍기는 분이었다. 이러한 생존의 먼지 속에서 나의 제 3집 「패각(貝殼)의 침식」이 정음사 판으로 나오게 되었다.

나는 무엇보다도 윤 동주 시집이 나온 출판사에서 내 시집이 나오게 된 것이 기뻤다. 모두 다 최 영해 사장의 은혜였지만 녹원 다방에서 출판 기념회가 있었다.

비가 많이 쏟아지고 있었다. 서로 외롭던 피난살이, 실로 많은 친구들이 모여들었다. 좌석이 없을 정도로, 「거지 발싸개 같은 조국, 주점에 기어들어 나를 마신다.」-난데 없이 뛰어나온 조 영암의 취한 목소리, 이 말에 김 말봉 여사가 벌떡 일어나더니 「그 말 취소하시오. 뭐가 거지 발싸개 같은 조국이란 말이오.」-장내는 수라장이 되었다. 잠시 옥신각신하다가 수습이 되어 지금 뉴욕에서 개업을 하고 있는 김 말봉 여사의 사위 닥터 「마태 김」의 노래도 나왔지만 그 김 말봉 여사도 갔다. 그리고 김 소운 선생은 「베니스 국제 예술제」로 떠나고 우리들도 휴전이 되어 서울로 다시들 돌아왔다.

조국에 처참한 상처만 남기고 기쁨이 없는 휴전이 되었다. 정부가 서울로 이동함에 따라 서울 시민들이 다시 서울로 이동하기 시작을 했다. 따라서 부산 거리는 하루하루 한적해 갔다.

모두들 돌아들 간다.
가난한 살림
물싸움 하다가
물이 그리워
물이 그리운 사람들이 돌아들 간다.

싸우다 보니 너도 나도 외로워진다.
싸우다 보니 우리 서로 그리워진다.

돌아들 간다.
놓이지 않는 마음을 지닌 채
만세 소리도 없이 돌아들 간다.

총소리 끄친
하얀 백주의 보도

사람이 그리운 푸라타나스 그늘로
허전한 기쁨
우리 모두들 돌아들 간다.

아, 무거운 다리
입원실 문턱에 걸켜 나의 다리는 휘청거린다.

친구, 나도 같이 가세
시장끼 도는 내 정신

돌아들 간다.
만세 소리도 없이
소리도 없이
모두들 돌아들 간다.
　　　　-(「환도」 전문)

부산에서 마지막 발간한 〈경향신문〉에 나는 이러한 시(序)를 그
환도 기념으로 하나 남기고 서울로 돌아왔다. 입경해서 첫째로 놀란
것은 그 무성한 플라타너스의 가로수, 하늘로 제멋대로 솟아오른 울
창한 가지가지들이었다. 인적이 없었던 수도의 거리에 그대로 사랑도
없이 야생해 버린 그 모습들. 마침내 전투 지구에 들어온 기분이었다.
10월 하순경이어서 굵은 낙엽이 뚝뚝 떨어지고 있었다. 그리고 명동
은 처절한 벌판, 폐허를 이루고 있었다.

바다냄새 젖은 바바리 외피(外皮)를 걸치고
생명이 무성한 가로수
얕은 그늘 아래를 다시 걷는다.

돈도 책도
이와 같은 모든 유산이 허물어진 재 속에

앙상한 몸뚱아리만 솟아들고

바람이 차가워드는 거리
내 인생 수도(首都)의 거리
담배꽁초도 버리고 싶지 않은 아스팔트에
세월처럼 낙엽이 내린다.
우수수 낙엽이 진다.

오, 사랑하는 사람들이여
소공동(小公洞) 가는 언덕
낙엽이 우거진 그늘 밑을……

서서히 걸으시오
죽음은 가고
인생은 남고.

　　　　　　-(「街路樹」 전문)

　수복의 인사를 이렇게 〈경향신문〉에 발표하고 쑥밭은 되었지만 다시 명동으로 그리운 벗들을 찾아 드나들기 시작했다. 모나리자라는 찻집이 그 첫 근거지가 되었다. 부산의 금강, 밀다원의 서울 친구들이 이곳에 다시 합류되어 아침부터 저녁 늦게까지 모나리자는 실로 서울의 문인·예술인들, 그리고 기자들의 시장바닥이 되었다. 일단 이곳에 모였다간 끼리끼리 뿔뿔이 이 술집 저 술집, 대폿집들을 찾아서 인생

실존의 애수를 서로 달래가며 공동의 운명을 나누러들 갔다. 실로 우리들은 역사의 파편들이었으며, 존재의 그림자들이었다. 날이 감에 따라 명동엔 찻집이 들어가고 대폿집들이 늘어가고 바가 들어가고 카바레가 늘어갔다. 그리고 하나, 둘 집들이 서 갔다. 골목마다 밤이면 빈대떡 냄새, 생선·불고기 냄새, 막걸리 냄새, 시금털털한 김치쪽 냄새로 자욱했다. 그리고 인간들의 정이 타는 냄새로. 우리들은 이러한 명동 바닥에서 살아남은 정을 나누며 갈릴레오로, 뉴 나이야가라로, 몬타나로, 바카스로, 주피타로, 블랙 스톤으로, 신텔리아로, 봉 소아로, 향원(鄕苑)으로 자리를 옮겨가며 조국의 밤을 살았다. 명동에 이러한 바나 카바레가 생기기 전에 무교동의 야래향이라는 고급 바가 생겼었다. 주인은 상해에서 온 분, 이 집 단골은 김 은성(金銀成)씨, 김형은 문학인은 아니었지만 문인들의 파트톤이 되어 호주머니 선선한 우리들에게 많은 술을 샀다. 김 광주, 이 해랑, 조 경희 여사, 백 인수, 박 인환, 이 진섭, 김 영주(金榮周), 때론 이 인범, 신 태민, 박 성환……이런 멤버들이 자주 한 자리 하여 호탕한 밤을 보내곤 했다. 김형은 문학·그림·영화 등에 걸쳐서 많은 지식을 가지고 있었다. 때문에 밤새 술을 마셔도 화제가 끊어지는 법이 없었다. 거기에 이 봉구씨의 문학 야화는 우리들을 흐뭇하게 문학인들의 심금을 속으로 물들여 주었다.

다방 모나리자가 망하고 새로 동방 살롱이 생겼다. 문인 예술인들이 모이는 다방은 망한다는 거다. 외상도 외상이거니와 온종일 석고상처럼 앉아 있는 시인·소설가들이 많아서 항상 다방은 초만원이지만 항상 결손이라는 거다. 우리는 이러한 비참한 천대 속에서 일거 동방 살롱으로 대이동을 했다. 동방 살롱 주인은 문화 애호가이며 「동방문화회관」이라는 이름 아래 〈동방뉴스〉라는 사진 화보를 내고 있었다. 아깝게도 한강백사장에서 열렸던 문인 카니발 때 물에 빠져 세상을 떠났지만, 많은 편의를 우리 예술인들에게 베풀어 주었다. 이곳으로 장소를 옮긴 문인·예술인들은 신개척지의 서부인들처럼 날이 갈수록 대성시를 이루었다. 박 종화, 양 주동, 이 하윤, 이 헌구, 김 광섭, 이 흥열, 이 무영, 여러 문총의 소뇌부들을 비롯해서 무명의 문학 청년까지 예술인들의 메카처럼 이곳은 초만원을 이루었다. 그리고 이 동방 살롱을 중심해서 무수한 판잣집 술집들이 늘어갔다. 이 무렵 퇴계로에 새로 「포엠」이라는 술집이 생겼다. 포엠은 먼저 무슨 국산 위스키의 시음장으로 시작되었는데 나중엔 막걸리·소주·빈대떡집으로 변모, 문인 예술가들의 소굴이 되어 버렸다. 6·25 전 술집 명동장·무궁원을 합친 것 같은 예술인들의 주점이 되어 버렸다. 기염을 토하며 술을 마시던 그 광경, 지금 생각을 해도 장관이었다. 이 집엔 단골 아닌 문인 예술인은 없었지만 장 욱진, 원 용하, 한국의 트럼프왕 이 규석(李 圭奭), 박 고석, 이 봉구씨가 단골 중의 단골이었다. 3면 온 벽면이 이 집에 모이는 문인·예술인들의 먹 글씨 이름으로 가득 차 있었고, 벽면이 모자라 천장까지 이름으로 가득 찼다. 그것이 모두 거꾸로 되어 있는 글자들, 이것은 이 규석씨의 솜씨였다.

　퇴계로에 포엠이라는 술집이 생겼읍니다.
　저녁이 오면
　하루의 일과를 마친 저녁이 오면

털들이 앙상한 가로수 잎새를 돌아
우리들은 술을 마시러 포엠으로 갑니다.
포엠엔 노랑저고리를 입은 여인이 있습니다.
코가 높고 눈이 깊고 술을 잘 주고
시간이 오면 계산을 잘하는 여인이 있습니다.
그런데 포엠엔
그림쟁이들이 먼저 모여들 들었습니다.
그리고 글쟁이들이 모여들 들었습니다.
그림쟁이와 글쟁이와 노래쟁이들이 같이 취해서
노랑저고리를 웃기다간 돌아들 갔습니다.
그런데 여기는 식민 시대의 산업 도로
그 냄새가 싫어
술에 취해 돌아갈 때마다 오줌을 흘리고
욕설을 하고 울며 돌아간 글쟁이가 있습니다.

— (「포엠」 일부)

이렇게 포엠에서 술에 취해 길을 건너 명동으로 들어서면, 물새에 아니면 주피터에 송 지영씨, 바카스에 박 계주씨, 봉 소아에 아니면 향원에 방(龐) 용구 선생, 최 완복(崔完福) 선생과 그 일행, 가리레오에 신 상초씨, 그리고 명동 입구에 있었던 대중 음식점 명천옥(明泉屋)엔 〈문예〉 혹은 〈현대문학〉을 중심한 인사들이 와리캉 술을(주식 술이라 했다) 마시고들 있었다. 그리고 동방 살롱 부근 술집촌에선 왕 학수, 조 지훈, 김 인수, 박 기준(朴綺俊), 전 봉초(全鳳楚), 최 요안,

김 진수씨들이 기염을 토하고 있었고, 토요일마다 명동에 나왔다가 술을 사시는 고 서 원출(徐元出) 교장, 이 마동(李馬銅) 선생은 정종 집에서 밤과 술을 즐기고 있었다. 포엠도 얼마 가지 않아 외상술로 망해 버렸다.

나의 단골은 가리레오와 향원이었다. 가리레오엔 최 영해 사장과 많이 드나들었고, 향원엔 이 진섭, 박 인목과 자주 드나들었다. 아마 최 영해 사장과 명동에서 술을 안한 문인·예술인은 거의 없을 거다. 그만큼 최사장은 문인·예술인들을 아껴주고 사랑해 주고 감싸주었다. 누구보다도 예민한 시인의 감각과 시심 그 기질을 가지고 있으면서 실로 넓고 깊은 도량의 다정한 분이었다.

나에게 좀 포용력이 있다면 이건 모두 최사장에게서 배운 인생이었다. 멋과 구수함, 그리고 그 깊은 인간미, 모두가 나에겐 스승이었다.

명동은 지금 서북 사투리
개척지의 밤
날개를 밤에 접고
섬머 타임 12시 부근
길가의 시간은 빔 참회의 시간
밤은 지폐의 피를 빠르며
혈액을 마신다.

오 페파멘트! 푸른 술이여

밤을 몽땅 잡혀도 모자라는 외로움이여

차지 않는 마음

비새는 정이여

　　　-(「바·가리레오」 일부)

찬 바람 부는 이러한 삭막한 폐허의 거리, 명동 생활에서 나는 제
4시집 「인간 고도(孤島)」를 꾸며냈다. 인천에서 한영사(韓英社)라는
인쇄소를 하고 있던 김 성민(金聖民)씨가 출판하기로 하고 산호장 이
름으로 나왔다.

무리를 잃어버린 사람들은 외로움을 안다. 그러나 이 외로운 사람
들끼리

또 하나의 무리를 서로 감지할 땐

이미 이 외로움은 외로움이 아니다.

　　　-(「서시」 전문)

명동에 둥둥 떠 있는 무리[群]을 잃은 너와 나, 우리는 모두 서로
인간의 외로운 섬들이 아니냐, 하고 겨울을 넘겼다.

김 광주씨가 〈경향신문〉 편집 부국장 자리로 올라가고 유 호(兪
湖)씨(본명 兪海濬)가 문화부장이 되었다. 사장은 한 창우(韓昌愚)
선생, 주필 겸 편집국장은 석천(昔泉) 오 종식 선생이었다. 향원이라
는 시를 〈경향신문〉에 발표하던 저녁 유 호씨를 향원에서 만났더니
책상이 부서졌다는 거다. 술집 광고를 실린 게 아니냐는 호통이 났다

는 거다. 나는 불란서 시인들이 파리를 아끼고, 자기네들의 거리를 아끼는 것을 본따서 명동의 우리들과 그 주점, 그 거리, 그 다방을 기록 삼아 읊은 것뿐인데 이것이 이렇게 책상이 부서질 정도로 이해가 가지 않았다면 참으로 미안한 일이라 생각되어서 김 광주씨, 유 호씨에게 사과를 하고 겸해서 술을 마셨다. 이 봉구, 이 진섭, 박 인환, 모두 취해서 이 시를 낭독하곤 했다. 향원이 부서질 정도로.

향원은 좋은 술을 주는 집이다.
향원은 즐거운 우리 벗들이
술을 나누러 가는 곳이다.
향원은 명동 외떨어진 곳에
홀로 있는 집이다.

이 집의 주인 향원 부인은 학(鶴)의 태생이다.
학은 내릴 자릴 가려서 내린다는 새 이름이다.
향원 부인은 먼 목소릴 한다.
　　　　-(「향원」 일부)

한 때 이 시가 유행이 되어 향원 부인은 명동의 학이 되고, 향원은 명동의 명물이 되었다.

신 석정 시인을 만난 건 가리레오에서였다. 이 무렵 나는 쓸쓸하면 정음사에 들르곤 했다. 한참 교정을 보고 있던 최사장이 신 석정씨가 전주에서 올라와서, 가리레오에 가 있으니 먼저 그곳에 가 있으리라는 거다.

정음사에서 신 석정 시인의 「빙하(氷河)」가 나오고 나의 「여숙(旅宿)」이 나오던 저녁이었다. 사무를 마치고 최사장이 나왔다. 조니 워커가 나오고 술이 돌았다. 마담 노(盧)가 샴페인을 축하로 터뜨렸다. 그러나 신 석정 시인은 나를 안더니 입을 맞추는 게 아닌가. 만나고 싶었다는 거다. 헤헤 남자끼리 이 뜨거운 키스, 따지고 보면 그럴 수도 있는 거다. 「시는 무성(無性)이요, 만인의 가슴, 장미의 입술이로다」-마시고 마시고 「빙하」는 녹고 「여숙」은 뜨고 가리레오는 별을 잃었다. 시집이 나가지 않는다는 지금, 이런 기분을 다시 맛볼 수 있을까.

다음해 「사랑이 가기 전에」라는 나의 시집이 역시 정음사에서 나왔다. 초판이 나오고 1주일 만에 정음사에 들렀더니 재판에 들어갔다는 거다. 인지를 찍으라는 거다. 또다시 1주일인가 되던 날 저녁에 정음사에 들렀더니 3판에 들어갔다는 거다. 또 인지를 찍으라는 거다. 나는 인지라는 게 뭔지도 모르고 하라는 대로 수없이 인지를 눌렀다.

어느 날 최 영해 사장이 「조형, 출판 기념회 같은 걸 나는 그리 좋아하지 않지만 이번 3판 기념으로 우리 출판 기념회를 합시다. 내 개인의 이름으로 할 터이니 수입금을 다 털어서」-뜻밖의 일에 나는 얼떨떨하기만 했다 「우리국일관에서 국수와 우리 술, 막걸리로 합시다」하여 둘이서 국일관으로 예약을 하러 갔다. 그러나 국일관은 휴업중이었다. 하는 수 없이 아서원 3층 홀을 빌기로 했다.

드디어 그 출판 기념회 날이 왔다. 최 영해 사장 개인의 초대였다.

한 사람, 두 사람, 모여들기 시작했다. 일일이 최사장은 인사를 했다. 그럴 때마다 나는 속으로 울고 있었다. 3층 홀이 가득 찼다. 장안의 문인·예술인·명사들이 총동원된 감이 들었다. 물론 나도 모르는 인사들도 많았다. 때마침 일본에서 잠시 귀국했던 김 영수씨가 불편한 다리에도 불구하고 사인첩에 일일이 사인을 받아 주고 있었다. 근 3백여 명, 어머님도 한 모퉁이에 하얗게 서 계셨다.

한 창우 사장이 보내는 〈경향신문〉 꽃다발은 어찌나 컸던지 유 호씨가 쉬며쉬며 가지고 올라오던 그 고마운 기억이 지금도 머리에 선하다. 술도 무진장, 안주도 무진장, 손님도 무진장, 친구도 무진장, 장소도 무진장, 기분도 무진장, 밤도 무진장, 무진장 아닌 것은 감사에 눌린 나의 가슴뿐이었다.

한 하운 시인은 홀이 터지도록 노래를 불렀다. 선우 휘(정훈장교, 대령으로 제대, 지금 〈조선일보〉이사 겸 논설고문, 소설가)는 당시 육군 중령, 전선에서 때때로 군복 바람으로 명동에 나타나선 한탕 치곤 돌아가곤 한 쾌남아, 나의 중학 동창이다.

사상성이 강한 단단한 소설을 쓰고 있는 굵은 작가이지만 그때만 해도 군복을 입은 현대의 베가본드였다. 이 무렵 명동의 나의 은행은 명동 입구에 있는 문예서림 김 희봉(金熙鳳)씨였다.

술집에서 술을 마시다 돈이 떨어지면 김 희봉씨에게로 가곤 했다. 어떻게 보나 딱딱하고 무뚝뚝하게 보이는 분이지만 문인들을 잘 이해해 주는 분이었다. 명동의 길목 대감으로 지금도 건재하다.

이렇게 터놓고 호탕하게 나의 청춘을 배회하던 명동은 지금 변했다. 낭만 대신에 돈, 돈 대신에 자본으로 변해 버렸다. 그리고 어질고

착하던 우리들의 명동의 왕자들, 김 인수, 박 인환, 임 긍재, 김 리석, 김 수영, 조 지훈, 박 기준, 김 내성, 박 계주, 윤 용하, 장 철수, 김 진수, 마 해송, 변 영로 제씨들 그리고 노 천명 시인도 각자의 성좌를 찾아 이미 하늘로 떠나 버리고 남은 벗들은 세찬 시대적 바람에 몰려 종로로, 무교동으로, 세종로로, 청진동으로, 인사동으로 혹은 자기 안방으로 뿔뿔이 「폴 베르레느」의 가을 낙엽처럼 흩어져 버리고 말았다. 한 세대가 간 거다. 예술은 매스컴으로 되어 버리고, 우정은 사무로 되어 버리고, 사랑은 섹스로 변해 버리고, 인간은 돈과 권력으로 되어 버린 게 아닌가.

아 좋은 술 많던 시절의 명동이여.

『한국문단이면사』, 깊은샘, 1983.

8

창경원동식물원 부활
창덕궁 국립박물관도 수리 착수

昌慶苑動植物園復活
昌德宮國立博物館도修理着手

조선에 하나박게업는昌慶苑植物園溫室은 작년겨울에 연료부족과 온방장치고장으로 회유한 식물이 만히말러죽엇는데구왕궁에서는 이 식물원의 수리공사를 二百五十만원을드려 이지음착수하엿다고한다

그리고 動物圓의동물도 전쟁중에일본인이죽이고 또식량부족으로 만히죽엇는데이의복구게획안도 방금수립중이며 또불원간昌德宮안의 國立博物館도 수리공사를시작할터로 이것이완성되면 약 십□년전에덕수궁미술관에 옴기엇든미술품과 기타李朝시대(一三九二──一九一○)의 유물물을진열하기로 되엿다한다

《자유신문》, 1947.9.25.

쓰는것과 呼稱을 統一 二重式 서울市名의 矛盾업세라

우리의 수도 서울의명칭은 어떠케쓰고 어떠케불러야 올흔가 서울시의 발표를 싸돌고 일반의 여론이 분분하다 서울시청에서는 十三일 경성부를 서울시로 부윤을 서울시강으로 정식으로고처쓰기로하는데 문서에글자로쓸때는 「漢城」이라고 쓴다고 발표하엿다 불으기는 서울로불으고 글자로쓰기는 漢城으로쓴다는것은 일본의 「후리가나」식이요 모순과불편은 말할것도업고 아직도 케케묵은 사대사상의잔재라고하야 일반은 반대의소리가놉흔데 이에대하야 조선어학회 조선문화건설 중앙협회 서울시청원은 다음과가티말한다

朝鮮語學會 李克魯氏談

=우리는 한글무자건페운동을 전개하고잇스며 현재 교과서도이러한방침아래 편찬되고잇다 쓰기도서울 불으기도 서울이라고해야할것은 말할것도업다 한문글자로써야 하겟다는주장은 무식하기짝이업다 문제삼기도 부끄러운 일이다

文建委員長 林和氏談

=우리글을 업수히 역이는 생각은 케케묵은봉건사상 반동사상이다

「서울」이라는글자가 어데가 모자라漢城이라고 쓰느냐? 우리가 독립된 것은 四十년 옛날로 고대로 돌아가는것이 아니고 새로운 건설을 향해앞으로 나가는것이다 예전의漢城府가 오늘의 서울시가 아니라는것을알어야한다

　서울市ㅁㅁ員 某氏談

　=국정당국이 서울을회복한 긔념으로 경성을 서울로 불으게해달라는 요구가 잇서 서울로 불으기로 하얏고 그들도 문서상이나 지도나 다서울로 쓰겟다고 합니다 그런데 공문서의 위신상 漢城이라고 써야한다는 결정에는우리도 조치안타고 생각합니다

《자유신문》, 1945.11.18.

10

씩씩한新建設의巨步 ② 서울市의神經中樞

씩씩한新建設의巨步②

서울市의神經中樞

우리말목소리도明朗

電話局篇

『아노네』『모시모시』가아니면 통치못하든이고장에도 낫익고 부드럽고그립든 우리말로『여보세요여보세요』의 명랑한소리로 일변되엇다

이곳서울중앙전화국 교환실에는 피여오르는 꼿송이갓치탐스럽고 귀여운열칠팔세의 五百명의 아가씨들이 그지긋지긋하든 왜놈들의 『방첩』(防諜)이란 통화연락교환감시의 쇠사슬의 구렁에서해방되여 우슴소리도명랑히 『멧번이예요』 곱다라케 대답하고잇다 공장에서 바다에서 들에서 억차게싸우는이들의 번듯한격눅을위한 싸홈이잇다면 푸른하늘과 맑은대기를등진 빌딍의그늘속에서 꿈만은한참시절의 젊음의넉슬 새나라를세우는 신경이라고 할수잇는교환대 키 (鍵)에다 이바지하고 탄력잇는 사지의힘을쏘다가며싸우는 이들교환양들의분

투도새조선의 리즘이며 새날을창조하는 아름다운시라고도 할수잇슬
것이다

    (사진은교환대압헤서분투하는교환양들)

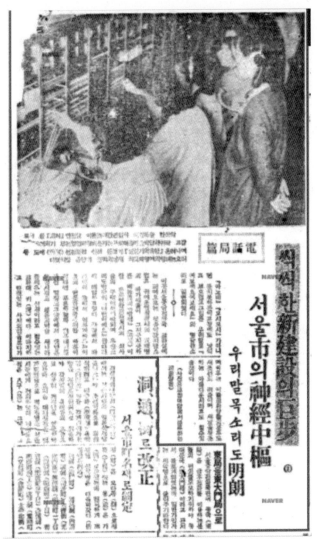

《조선일보》, 1945.11.24.

活氣를띈百貨店의賣場

活氣를띈百貨店의賣場

經營도우리순으로,接待도親切

서울시내의 각백화점도 악랄한일본제국주의전쟁의 커다란희생자로 찬란튼진렬장은 몬지투성이로 움직이는사람조차 정신을일흔듯 전체가 김이빠진듯완전히 그기능을일헛섯다 그러나불의의 구릉은사라지고 해방의새볏츨마지하면서 건국의 마치소리요란한가운데 이들백화점도새건설의 우렁찬발거름을 내드듸엇스니 서울시내 四대일인경영의백화점은재빠르게 우리사람의손으로그경영을넘겨가지고오로지 건국도정의생활필수품의충실한배급기관으로 씩씩한새출발을하얏다 여기동화백화점(東和)을미쓰꼬시(三越)의간판을 떼버리고새구상새진용으로 나온 우리의 『데파─트』이다 밧뿌게서두는여점원들의 말씨도 상냥하게점내는 조선맛이풍긴다 더욱요새는 군정청으로부터 일인소유의생활필수품을 불하바더서 진렬장에는 『샤쓰』류가 산가치싸혀오래간만에 풍성풍성한맛이 떠들고잇다 갑도 일반시장보담은훨신 싸며 입을것못입고 떨고잇든 시민들에게 배급의사자(使者) 노릇을하

고잇다 압흐로는구두양말기타 각종생활필수품이 쏘다저나온다고하
며 시장의 어지러운 물가도 이러한질서잇는배급이확대되면 점차로 시
정될것으로 기대된다(사진은활기에뛴떼파트의매장)

"特別自由市"로 "昇格하는 東洋屈指의 "國都서울"

"特別自由市"로 昇格하는

東洋屈指의 "國都서울"

신생조선의 국도(國都)로 서울시는 금二十一일 특별자유시로서 동양제一의 면모와 새규모를 가추고 등장하게되었다이특별시 헌장은 태조(太祖)三년 한양(漢陽)을 국도로 정한지 五百五十三년의 들되는 날인 이날아침十시 서울중학교에서 거행하게되어 더욱 뜻깊흔바 잇는데이날 수여될 특별자유시 헌장(憲章)제一조조문에의하면 서울시의 관활구역은 다음같다 第一條 "京城府"를 茲에 "서울市"라稱하고 此를 特別自由市로함,서울市의管轄區域은 現中區,鐘路區,龍山區,永登浦區로하되 今後法津에依하야 此를變更함을得함

《동아일보》, 1946.11.21.

朝鮮文學家同盟 서울支部 結成準備

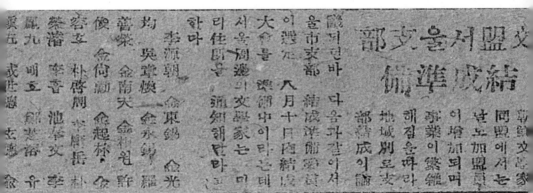

《현대일보》, 1946.8.4.

흥성대는 양키시장

흥성대는 양키시장
연합군 철수 무영향,
놀라웁게 활기 띠워 날로 범람

해방직후 미군이 진주한 이래 우리 시장에 미군수품이 흘러나오기
시작한지도 어언 십년에 가까운 세월이 흘렀는데 그 동안 한때는 대
폭적인 미군철수도 있었고 최근에 와서도 작년 10월 이래 약 반수 이
상의 미군과 연합군이 철수하였으나 서울을 비롯한 부산 대구 등 각
도시의 속칭 『양키시장』은 아무런 영향도 받지 않고 있을 뿐더러 도
리어 날로 더욱 흥성하여가고 있다. 『양담배』, 『양주』, 『커피』등 외래
물건, 그 중에서도 특히 박대한 수요량을 가진 물자를 전문적으로 빼
내오고 팔아넘기고 하는 도매 취급업자를 비롯하여 표면에 나타나
있지 않는 시장 뒷목의 엄청난 수량과 값어치의 물건을 거래하고 있
는 현황은 과시 놀랄만 한 활기를 띠고 있는데 이제 여기 대충 뒤져보
아 그러한 상품이 일반 수요자의 손에 까지 들어오는 경로를 살펴보

기로 한다.(S)

물품이 흘러나오는 경로

○…흔히『양키』물건은 미군들이나 또는 미군 부대에 드나드는 한국인 종업원등에 의해서 새 나오고 구호품 등에서 시장에 흘러나온다고 알려져 있으나 이는 전혀 이 방면의 내막을 모르고 하는 이야기다. 물론 약간의 양키 물건은 호주머니속에 감추어 빼내오는 소위『얌생이』에 의해서 시장으로 나오는 것도 사실이지만 그러나 현재 우리가 하루하루 소비하고 있는 엄청난 수량의『양키』물품은 도저히 그러한 미미한 공급으로는 충당할 수 없는 것이다.

○…좀더 규모가 크고 베짱이 센『얌생이질』이 수많은 인원이 동원되어 규율(?)있게 정기적으로 감행되고 있다. 첫째 단계가 미군 수송선에서 물품이 양육될 때 그 방면의 요로와 사전 연락이 있은 후 교묘한 수단을 써서 감쪽같이 집덩이만한(때로는 반톤급) 짐덩어리가 괴짝으로 송두리째 옆으로 흘러나온다. 때로는 조그만 발동선이 동원되고 때로는 한번 덤벙 바닷물 속에 가라앉았다가 다시 바깥세상에 나오기도 한다.

○…다음 단계는 물론 창고에 들어가 있다가 수송에 착수하였을 기회인데 이 중에는 정기적으로 트럭이 동원되어 당당하게 다른 군수품 수송대 속에 끼어서 빠져나오기도 한다.

○…다음 제3단계가 각 군 피엑스에서 새나오는 것인데 여기서도 수량은 트럭에 실려 나올 정도이며 일을 수행하기 위하여 문지기서부터 각급 요로와 깍정이 소년 부랑패로부터 양공주에 이르기 까지 정연한 연락망과 동원체제가 확립되어 있는 것이다.

○…마지막 단계가 개인 개인이 숨겨 나오는 사소한 물품이다.

양담배의 수요량

○…현재 우리나라에서 전매청을 통해 제조되는 권연은 연산 약 500만 갑에 달하고 있는데 정확한 집계를 낼 방법은 없으나 서울에서 양담배가 일반시민에 의해서 연기로 화하여 지는 것이 하루 평균 8천갑에 달한다고 한다.

○…(이는 서울의 영등포시장, 남대문 자유시장, 동대문 등지의 도매시장에서 하루에 나가는 양담배 수량을 평균 집계하여 나온 숫자이다)

○…이들 상인의 하루 이익금은 일례를 들어 동대문시장의 어떤 도매상은 하루에 담배만도 평균 칠,팔천환 즈음 팔게 되는데 이익은 불과 오,육백 환에 불과하다. 한 예로 『럭키』나 『카멜』은 도매상에서 작십五일 시세로 일천이백십환 내지 삼십환에 사서 일천이백육십환 내지 팔십환에 소매상인에게 넘기고 있으며 소매상은 이를 받아서 한갑에 일백오십환 받고 있다.

○…거리에 괴짝을 놓고 팔고 있는 소매상 가지고 다니며 파는 담배장사들의 하루매상고는 오천환내외며 하루의 이익금은 그중에 오백환정도

○…서울에만 하루에 평균 팔천갑의 양담배가 수요된다고치면 일년에 약 이십오만갑의 양담배가 연기로 사라지고 그 값은 요즈음 시세로 따져서 무료 삼천팔백만환 정도가 된다.

○…이를 전국적으로 집계하면 실로 어마어마한 금액이 될 것이나

이러한 통계는 집계불능(?)인 것이다.

양주, 커피 등

○…서울의 다방수가 500이 넘는데 각 다방에서 끓이는 차가 모두 시장에서 사오는 것으로 이중에 하나도 정식 수입된 것이 없는 만큼 모두가 미군수품이며 이 수용량은 실로 막대한 양에 달하고 있다.

○…『커피』값은 작십오일시가로 큰 통이 칠천오백환 작은 통이 일천오백환인데 매일매일 시내 각 다방에서 사가는『커피』류의 차원료는(하루 각 다방에서 작은 통 한 개를 소비한다치고) 하루에 약 칠십오만환어치의 차를 팔게되니(원료값) 이를 전국적으로 따지고 일년분을 따지면 어마어마한 수량과 금액이 나온다

○…또한 양주도 단 한 병도 수입되는 것이 없으나 매일 각 시장 도매상에서 나가는 고급양주는 각 기관을 비롯한 여러『스탠드 빠』등에서 사가는데 이 역시『스카스취·위스키』(한 병에 삼천이백환) 같은 고급술이 불티같이 팔리고 있다.

○…놀라운 일은 정부에서 개최하는 "파티" 식탁 위에 이러한 시장에서 나가는 고급양주가 올라가는 일이다.

《동아일보》, 1955.5.16.

서울시의 지역별 전쟁 피해 현황

전란 70일 동안에 수도는 어찌 되었는지? 혹은 시가지가 전멸되었으니 혹은 어느 동리가 나빠졌으니 여러 가지 추측으로 남하한 시민의 마음을 조리던 서울시의 실태를 현지 당국에서 들은 바에 의한 시내의 건재건물, 피해건물을 대충 조사해 보면 다음과 같다(14일 현재).

△ 건재건물 : 서울시청·법원·덕수궁·남대문·반도호텔·조선호텔·RCA사회부·식은殖銀·서울신문·태고사·동대문·서울운동장·중앙청·경무대·파고다공원·한은(반파)韓銀(半破)·동화백화점·서대문마포 양 형무소·창경원·인정전·조선일보·국립극장·고대·연대·이대·적십자병원

△ 일부피해 및 건재동健在洞 : 효자동·화동·삼청동·재동·가회동·안국동·체부동 및 안암동·신설동·서대문2가官舍村·불광동·혜화동·성북동

△ 피해 막대화한 동洞 : 소공동 1가·시청 부근·서대문통 일부·양동陽洞 일대·중앙청 부근·중학동·신당동·종로5가·충무로

1~4가·명동·장충동·왕십리·을지로 2~3·사직동 관사촌官舍村·삼
국아파트·사직공원·서대문 일대.

《동아일보》, 1951.3.16.

전쟁이면의 사회상

戰爭裏面의社會相

轉落하는女性群像!

父母잃은孤兒들은街路에서彷徨

눈물겨운이事實을아는가!

動亂이 시작되어 三천만겨레가 남부여대하여 남으로북으로 밀려가
는유민(流民)작용을 계속한지 이미二년유여ㅣ총화(銃火)에 쓰러진
귀중한생명의 이면(裏頭)에날로 비저지는암담한 사회상(社會相)은
이나라역사가 시작된이후 그리고 세계어느나라에서도 볼수없는암탐
하고 처참(凄惨)한이있다

아직전쟁은 계속중이나 설사전쟁이 끝난다손치더라도 전락(轉落)
의 一로를 박진하는숨가쁘고 눈물겨운 이비통한현상을 수습하고옳바
르게 잡지못한다면 패전(敗戰)이상의비참한 결과가 비저지지 않을것
이라고 누가단언할수없는 것이있다

그날그날의 찰나(刹那)주의에 몸을 파는이나라의 어머니와 누님이

있는가하면 다음세대(世代)를 지닐 수많은소년소녀들이 가두에 방황하는이사실은 뜻있는 사람들을 전율(戰慄)이상의 공포(恐怖)속에집어넛고있으니 爲政者여!이현실을 그대들은어떻게보며 앞으로 어떻게할려고하는가?—반시민들의 소리는 날로높아가고있는것이다

▲轉落하는女性群

정확한 수자는 당국에서도 파악하지못하고있으나 一선에 접근한지역내에만도십만여명으로 추산된다 그리고후방을 총합하여 인또는본국인을 상대로한「밀매음」여성들의 수효는이몇배로 예상되는데一선에 접근한 지역 약三환은 후퇴시에 가족과 분리된여인들이며남어지八환은 생활고에의한것이라한다 그리고그중의 약八활은 보균자이며방금시설이부족하다

▲戰災孤兒

현재전국각지에 분포되어있는 구호단체수는 二백九십一개소로되어있고 이구호시설에 수용구호를 받고있는 고아는 三만一천백七십三명이라는데 그중미아(迷兒)가 三천一백七십九명이고 심신허양 아동이六천七십명이라고한다 그리고 그들을 연령(年齡)별로 나누어보면 三세미만 아동이四천五십八명 四세이상六세미만 아동이 一만五천二백십四명 九세이상이 四천五백八명이라는데 당국에서 그들을수용구호하는데만 그치지않고 일반가정에서자라는 아동들과같은 교육의기회를 주도록 노력하고있다한다 수용중에있는 고아들에 대한현재의교육실시상태를보면 미취학아동이 一만六천八백二십五명 중등교육이 一

천六백七십一명 고등교육이 二만五십一명으로서 그들은각시설에서
수용구호를받고있으면서 일반교육기관에 통학하고있다고한다 이외에
도 전국각지에는 수용하지 못하고있는 고아는 부지기수이다

▲「슈ㅣ샤인」뽀ㅣ이와「뉴ㅣ쓰」뽀ㅣ이「슈ㅣ즈샤인」뽀이(구두닥는아
해)와「뉴ㅣ스」뽀이(신문파는아해)는 전국도시별로 대체 얼마되나?도
시별로 보면 다음과같다

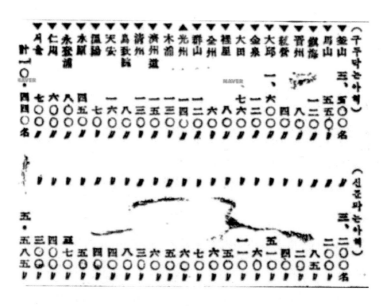

이상은 대략의수짜이며이외에도 무수히 있는것이다

▲結綸=이상과같은현상으로써 철저한 구호대책이 시급히 요청되고
있는것이다

《경향신문》, 1952.5.27.

서울의 축소판 명동의 하루

서울의 縮小版明洞의 하루

豪奢極致의繁華街

庶民들의生活苦는아랑곳없이

流行·享樂만亂舞

두부장수鐘소리로밝고酒酊으로새고

◇…「빠리」의번화가「샹제리제ㅣ거리ㅣ「뉴욕」의「五번가」ㅣ東京의
「긴자(銀座)」한…◇

◇…다면 서울은「明洞거리」……서울에서으뜸가는번화가인「明洞
거리」는 우리나라에…◇

◇…서 가장번화로운지대이기도하다 풍년이들어도말아닌「농촌경
제」ㅣ긴축재정실…◇

◇…시이래의 불경기ㅣ극도에달한 서민의생활고ㅣ떠들석하는 정치
적혼란등…◇

◇…등 이땅의「냉한지대」와는 아랑곳없이「明洞의하루」는낮이면
낮…◇

◇…대로 밤이면밤대로 온갖 사치와 유행과 오락과 술과 여자로 그…◇

◇…칠사이없는 소란속에 그래도 한국최고의 호사로운 풍경을이루고 있다「…◇ ◇…五백환」「千환」짜리지폐가 그어느지역보다도 마구 난무하는곳│「明洞거리…◇ ◇…」…넓이약二평방「키로」의 이「유흥지대」는 어느─면으론 바로「서울의축소판…◇◇…」이기도하다 여기「明洞의하루」몇시간의 생태를 추려본다…◇

午前五時

○…새벽먼동이 트기직전부터 아직가시지않은 어둠속에「明洞」은 일찍잠깬다맨처음에침묵을깨는것은「두부장수」의종소리│「忠武로」근방까지합하여 五십개이상의「다방」三십여개의「빠│」기타각상점등에서먹고자는「풍로족속」(풍로불로 끼니를끓여먹는)들에겐「두부」란 요긴한반찬이고 아침마다 팔리는양은 굉장한모양으로 거의십분마다 두부장수와 채소및생선장수가 지나간다

○…「明洞」이 움직이기 시작하는것은 오전열시다 일반관정 보다 한시간늦은셈인데아침먹고나와서「다방」에들려「모닝커피」를마시는 사람들의움직임이곧「明洞」의하루가 활동을시작하는「신호」이기도하다

○…그러나 이때「다방」에모이는 사람중의절반이상은 바로이「다방」을「직장」으로하는각종「부로│커」아저씨들로서 이들은 소위「약속시간」으로흔히「오전열시」를 애용한다는데 그이유는 이시각이「明洞」의시무(始務)시간이기 때문이라나─

○…하기는 열시부터열두시까지는 「明洞」의하루중에서 가장한산하고조용한시간으로 「매담」들의목욕탕나가는(?)시간이기도하다

午後一時

○…어떤사람(애인이든 관리이든)에게 점심을 호화롭게대접할려면 |서울어느곳에서나자동차를"明洞으로!"몰고오게마련인데 점심식사도 식사려니와 식후의한잔 「차」를 번화로운 「明洞거리」를 조금소요하며 「사람구경」을하고나서 먹자는데의도가있으며 필요하면식후의 잠시소요끝에들려값비싼 「선물」을대접하기에 알맞기때문 |

○… 「明洞」에 즐비하게차려놓은 양품점,양복점,양장점은 도합五O개소가넘으며 모두가 「최신」의 첨단을걷는것으로자처하여 이점으로해서 일반상점의그것보다 약二할이상이값비싼것도 특징 |

午後五時

○… 「明洞」이정말로활기를띄우는 시간이바로 오후五시부터 약두시간동안 | (토요일은두시부터 | 일요일은 도리어 약간한산)

○…밀려오고 밀려가는 인파…인파… 「明洞족속」이라불리우는 사람들은 남자건 여자건겉보기에一목요연하다 | 「최신」 「최고」 …무었이든 이두가지요건이구비된것만을 몸에붙이고또 가까이한다는것이이들의 「신조」(信條)인데 여하간에 한국의 「유행」은 서울에서퍼지고 서울의 「유행」은 「明洞」에서 시작된다

○… 「모던」여성의복장 「스타일」을좌우한 「A라인」 「H라인」 「후레야」 「타이트」 「헤프번·스타일」 「복스·타잎」 「맘보·스타일」…든 가지가지유행이 「파리」에서 「뉴욕」에서 東京에서 뒤늦게(?)수입되어항상

그「쌤풀」을보여주는 것이「明洞」거리…또「쌤풀」노릇을한다는 것이
「明洞·뽀이」나「껄」들의자랑|

　○…오후五시는「明洞」의 여주인공(?)들「빠ㅣ」의접대부「땐서」등의
출근시간이기도한데…요즈음 반「코ㅣ트」윗도리밑에 좁다란「맘보」바
지를입은이들「모던」아가씨들엔흔히「여배우」「땐서」등이많으나 물
론 새파란 여자대학생들도 한몫|이밖에 배불른사업가 고색찬연한 너
털옷차림의 예술가 거리의말썽꾼 어깨패(물론一류신사)…기타 각계
각층들이 아무리바쁜사람일지라도 일단「明洞」에들어서면 유유한태
세로 걸어간다|

　○…「明洞」의놀이터(어른들)로 제일많은것은「당구(撞球)장」「베
비·야구(野球)장」「기원(棋院)」「캬바레ㅣ」「땐스·홀」등인데 도박적
흥취를 독구고싶은사람을위하여「경마장중계소」까지 설치되어있는판
|그러나이제한창인「당구장」을제외하고는 五시전까지는모두가 파리
를날리며한산|

午後十時
　○…밤이깊어가면 술취한「거리의성악가」들의 울부짖는 노래소리
가 간간히떠들석하고오고가는사람의 수효가붓쩍줄어들고 길목군밤
장수의 호롱불만이 깜박깜박 졸기시작하면|어수선하던「明洞」의하
루도 막이나리고 어둠의정막으로 돌아간다

《동아일보》, 1957.11.25.

새로운 여름철 의상

노라·노 夏季 팻숀·쇼 盛況

「원피스」 등 50여점 출품

소개된 작품들을 보면 「비취내복」 六점을 비롯해서 「외출복」으로 「완피스」 二十二점 「투피스」 三점 「스쓰」 四점 「스카트·부라우스」 二점 「써ㅁ마·코트」 三점 등이었다 그리고 「드레스」 종류에 들어가서는 특히 「노라·노」 여사가 불란서 「파리」에서 쌓은 그의 의상미학(衣裳美學)에 대한 지식과 기품있는 운치를 가지고 노력을 거듭한 것으로서 예술의서울 세계의서울 외교의서울로서 알려진 「파리」의 향수를 짙게 품겨주고 있었다

이 다음 특수한 것으로 「티·드레스」 「칼데르·드레스」 「이부닝·드레스」 세가지가 있었는데 「쟈스민·티」를 위시해서 정열적인 「서울의 黃昏」 「마돈나」 그리고 우리나라의 소박한 흰색갈을 고저풍으로 만든 「白鷺」는 확실히 여사가 아무리 국제적인 「파티」의 「테크니크샨」이라 하여도 어디까지나 우리의 고유한 민족정서를 토대로 하고 있다는 것을 말해주고 있었다 이밖에 「컨세트」 「꽃망울」 「月光의꽃」은 처녀의 애띠고 순박

한마음을그대로옮겨논것같았고 「샤ㅇ제리제」 「嫉妬」 「샤넬·넘버·화이프」는 「파리」 찬미라는 것과같았다

특히 이날 「모데ㄹ」로 영화배우 김유희(金由喜)이민화(李民花)양도 끼워서 한결 다채로왔고 이번에 동업 「한국일보」 주최로 실시되었던 「미쓰·코리아」 선발에 일등 당선한 朴賢玉양도 관객석에서 열신히 바라보고있었다

하여튼 이번 하기(夏季) 「패스숀·쇼」는 어딘지 좀 여유있고 부유한 사람들만 입을수 있는 그러한 호사한 차림새라는 인상을 씻을수는 없었다하더라도 반면에 우리 국산복지나 천들을이용하여 「데코레숀」으로서 새로운 「스타일」을 강구하였기때문에 직업여성들도 간편하게 입을수있는 「생활복」이기도하였다

좀더 「데자이너」 「노라·노」 여사에게 요청되는것은교양이나 예절이나 아름다움이라는것이 결코특권층에나 또는 귀족적인 취미를 찾는 유한층에있는것이 아니라 일을하면서 살아 나아가는 그 직업여성들에게서 지정그러한 아름다움이 있다는것을 알아야하며 더한걸음 나아가서 그들직업여성들을생활과 직업과 더불어 아름답게 만들어주는 새로운 「생활적」 「스타일」을창안해내야할것이라고 보고있는 것이다

한편 「노라·노」여사의역량을 생각해보면 세계적인 「데자이너」로 유명한 「파리」의 「기·안드레」씨와 대비할만큼 못지않는 수준인 것이다

때문에 더욱이 그러한역량있는 노력과 기술로써점차 우리나라에 알맞고또 직업여성들을 아름답게하는 그러한 「스타일」이 창안되어야

할것이라고 보고 있다

의상(衣裳)은 미학(美學)의 세계에속한다 그것은단순한 미학이아니라 일을하며 살며 즐기며 발전해나아가는 그러한 건전한 생활(生活)과 더불어 피어나는 미학의세계인것이다

때문에 의상미학(衣裳美學)은 사치나 취미에 머물러버리는 것이 아니라 생활의 필수(必需)용으로서 없어서는아니될 그러한것이어야 하는 것이다 이러한 의미에서 「데자이너」「노라·노」女史가세번째 「패스숀·쇼」(衣裳展示會)를 지난九일 하오六시반도 「호텔」 옥상에서 여성월간잡지사 「여원사」의 후원을얻어가지고 개최하였다 이날 전시회에는우리나라에 주재한 외국공관의 직원과 그부인들도 참석한 가운데 五十여점에 달하는 새로운 「스타일」들이 우리나라에서 처음 등장한 날씬ㄴ한 「모데ㄹ」들에게 입혀서 가지가지로 소개되었다

《조선일보》, 1957.6.13.